CHOSES BUES

JACQUES DUPONT

CHOSES BUES

BERNARD GRASSET
PARIS

ISBN 978-2-246-72811-5

Libérez nos camarades !

« Ecrire, d'ailleurs, n'est-ce pas un peu farder à sa manière les mots de tout le monde ? »

Paul LÉAUTAUD, *Le Petit Ami*

Le nez est une invention récente. Ou alors, autrefois, il ne servait pas à la même chose. Nous, en dégustation ou tout simplement à table avec les bons amis, on l'utilise comme stimulateur de plaisir. On cherche des arômes, des fruits, des fleurs, des plantes. Des références qui sont plutôt positives, qui excitent les neurones et déclenchent dans le cerveau des processus complexes qui tendent à nous rendre heureux. Dopamine et tout le toutim. Heureux, on l'est doublement : par le stimulus d'une belle odeur mais aussi par la joie que provoque son identification. On cherche, on trouve et nous voilà ravis… On n'est pas des gens compliqués.

Je m'aperçois en écrivant cela que je simplifie drôlement le rapport personnel que j'entretiens avec mon nez. Vous qui me lisez tranquillement dans un train ou calé dans un canapé, vous fonctionnez sans doute selon le procédé que je viens de décrire. Je ne veux pas poser au phénomène mais, pour ce qui me concerne, c'est un peu plus compliqué et parfois un peu troublant au regard de ceux qui ne sont pas habitués. L'entourage direct n'y prête plus guère attention. Parfois même il fonctionne à l'identique. Mais imaginez un peu de recevoir un week-end quelqu'un qui, dès le pas de la porte franchi, se met à renifler et marque l'arrêt comme un épagneul breton sur la piste d'un garenne. Pourtant, j'essaie de me corriger, mais c'est devenu une seconde nature, un réflexe, un cas de somnambulisme éveillé. Je ne peux pas déconnecter le logiciel d'un simple clic.

« Tiens, ils ont passé de l'huile de lin quelque part. Où ça ? Ça doit être sur les marches de l'escalier. Rapproche-toi discrètement ! »

Et moi, comme un robot mouton, je m'obéis.

« Oui, c'est ça, là, sur les marches de l'escalier en bois. Du coup, ce que je croyais être de l'agneau quand ils ont ouvert la porte est peut-être du veau qui rôtit dans le four, car le côté lacté de l'huile de lin doit gommer la note sauvage de l'agneau… »

— T'as l'air préoccupé, tout va bien ?

— Oh, excuse-moi, je me demandais ce que tu nous mijotais, cela sent si bon !

La pirouette n'est pas toujours aussi aisée ! Je suis passé quelquefois pour un fêlé pas dangereux, mais un peu atteint quand même, en essayant de deviner dans les taxis la marque de la voiture. Je monte sans regarder, en fermant à moitié les yeux, je baisse la tête pour ne pas voir le sigle au centre du volant et, à l'odeur, j'essaie de trouver.

— Je le dépose où, le monsieur ?

Autrefois, c'était facile avec les Mercedes, les Peugeot, les Renault d'antan, et surtout les Fiat à l'odeur bien particulière, un peu réglissée, que dégageaient les sièges et les plastiques du tableau de bord…

Quand on avait dix-huit ans, dans ma Bourgogne de l'Yonne où nous passions nos week-ends et toutes nos vacances, on roulait avec des « cassons » dont plus personne ne voulait et qu'on récupérait pour pas cher… Il fallait souvent changer le moteur, racheter des pneus à la casse. On est au pays de Guy Roux, la récup, ça nous connaît. Et vu les budgets dont on disposait avec les copains, on n'avait pas trop le choix. On allait chez Schoum, le casseur de Sermizelles qui nous aimait bien et nous faisait des prix. Schoum avait eu son heure régionale de gloire, dans les années 60 ou 70. Michel Péricard réalisait ce qui fut sans doute la première émission de télé écolo, mais version

France éternelle que ces sagouins nous saccagent… J'ai failli écrire sagouins de pauvres mais c'eût été un peu caricatural. A la télévision de ces années-là, il était impossible de toute façon de montrer un grand groupe industriel bombardant de dioxine un malheureux sous-sol perméable… Le ministre de l'Information ne l'eût pas autorisé. Alors, l'équipe de « La France défigurée » s'attaquait à des cibles moins proches du téléphone ministériel. C'était déjà pas si mal. Aujourd'hui, tout a bien changé. Il n'y a plus de ministre de l'Information. Il y a juste des actionnaires…

Ils étaient tombés sur la casse de Schoum, située en bordure de la nationale 6, entre Auxerre et Avallon, à quelques kilomètres de Vézelay. Ils étaient venus filmer les empilages de bagnoles éventrées qui se vidaient de leurs huile et essence comme des bêtes crevées. « Si près de la basilique éternelle, de la Colline inspirée, n'est-ce pas un scandale ? »

Schoum, pas très grand mais râblé, sans cou, la tête boulonnée à serre sur une nuque faite pour tenir la mêlée, capable de sortir sans l'aide de personne le moteur d'une DS et de le porter dans la benne du camion, n'avait guère apprécié la visite de ces Parisiens accusateurs. A l'image, la France entière, défigurée ou pas, avait vu par l'œil de la caméra s'approcher très vite une sorte de boxer blond tout en pli et en muscle, la bouche fermée, juste une fente bleu acier à la place des yeux. La caméra avait violemment changé d'axe. On avait vu le ciel, un peu d'herbe tachée de cambouis, puis plus rien. L'histoire avait fait une bonne séquence dans l'émission et valu à Schoum la Une de *L'Yonne républicaine* et le total respect des jeunes qui venaient se servir chez lui. Ils avaient compris depuis longtemps qu'il valait mieux discuter les prix, la jouer aux sentiments, plutôt que de tenter d'embarquer discrètement un pneu ou un cardan dans le coffre de la voiture.

Je ne sais pas si je reconnaîtrais à l'aveugle l'odeur des Dyna Panhard, j'en ai pourtant eu deux de ces voitures géniales, qui roulaient assez vite et consommaient peu. Peu d'essence du moins, car de l'huile, il ne fallait pas oublier d'en mettre, elles mangeaient gras les Panpan !

Je suis certain de ne pas me tromper encore aujourd'hui si on me fait sentir une 4CV Renault ou une Dauphine. Des 4CV, j'en ai eu quatre, je crois. Certaines ont eu une vie – du moins entre mes mains – assez éphémère. Deux ont fini sur le toit. La dernière était un modèle fortement bricolé avec moteur de Dauphine Gordini, du nom du magicien Amédée Gordini qui transformait les voitures des familles modestes, les petites Renault, en bolides de rallye. Celle-là a fini sur ses roues, et malgré les nombreuses transformations subies elle n'avait jamais perdu ses arômes de 4CV… Difficile de mémoire à décrire avec précision, mais si un jour vous visitez un musée de l'Automobile, glissez le nez par la portière d'une 4 CV et vous sentirez mes dix-huit ans.

Aujourd'hui, le distinguo est plus subtil, sans doute ont-ils tous les mêmes sous-traitants... Tout fout le camp ! En plus, certains taxis me compliquent la tâche en utilisant des désodorisants écœurants à la vanille gerbifiante.

Chez les gens ou au restaurant, j'ai beau faire attention, je ne peux m'empêcher de sentir les verres vides, l'eau même si elle sort d'une bouteille de marque, les plats, les serviettes... J'adore leur odeur quand elles sont fraîchement repassées. En revanche, une serviette qui a traîné un peu longtemps dans un placard ou qui sent le séchoir va me gêner. Même quand je me brosse les dents, je prends le verre, je le fais tourner et je sens. C'est réflexe ! Des fois, je rigole tout seul dans la salle de bains de constater à quel point le vieux Pavlov avait raison.

Avec un verre vide, je peux vous dire où on l'a stocké, s'il sort du carton (ça, c'est relativement facile), d'une armoire ancienne (cire, vieux bois) ou d'un placard genre Ikea (neutre ou un peu chimique, parfois colle), si on l'a essuyé avec un torchon bien sec ou pas très sec, traité à l'assouplissant ou pas, si l'eau est fortement javellisée et même si elle est très calcaire... Je peux le faire, mais je ne le fais pas. La plupart du temps je ne dis rien, car j'ai été bien élevé par ma mère qui n'avait pas de pif mais tellement d'autres qualités, et un père de qui je dois tenir cette manie. Il était préparateur en pharmacie rue Lafayette à Paris. Préparateur à l'ancienne. C'est un métier qui a changé, pour ne pas dire disparu, du moins dans sa première vocation. Autrefois, le préparateur fabriquait des potions, des sirops, des comprimés, des suppositoires, des lotions. Le médecin prescrivait et lui fabriquait, dans un petit labo en arrière-boutique. Aujourd'hui, sauf exception, le préparateur ne fabrique plus. Il se contente de vendre et de connaître la multiplicité des médicaments que les grands labos mettent à sa disposition. Moi, quand j'étais petit et enrhumé, un seul sirop venait à bout de mes toux, celui que faisait mon papa. Il avait inventé une pommade qui bousillait les verrues en quarante-huit heures chrono. Aussi, une sorte de goudron peu ragoûtant mais qui avait débarrassé d'un psoriasis envahisseur un gradé de la gendarmerie. Ce fut bien utile par la suite, quand mon frère, qui faisait de la course automobile, passa un jour devant un radar à une vitesse légèrement inférieure à celle d'un Airbus en pleine forme.

Il y avait dans ce métier de préparateur un côté sorcier, guérisseur, toubib de rue qui fascinait. De nombreux clients de la pharmacie, en sortant du cabinet médical, venaient consulter mon père. Sans son approbation, les conseils et l'ordonnance seraient restés lettre morte. Même les médecins lui demandaient son avis quand ils avaient un doute et certains, sans la moindre trace d'ironie, l'appelaient docteur. Cela faisait sa fierté et la nôtre. Il disait toujours que dans son métier, le nez était important. Grâce au sien, il reconnaissait immédiatement un produit sans jamais se tromper. C'était la grande angoisse de ma mère, qui avait tendance à prolonger les conversations avec mon frère et moi, et parfois, pour ne pas dire souvent, en oubliait un rôti au four ou des pommes de terre sur le brûleur de la gazinière. C'est pas croyable, chez nous, le nombre de casseroles que l'on a dû jeter faute de pouvoir les récurer tellement la couche carbonisée au fond était impénétrable. Ma mère avait beau aérer violemment notre petit appartement, faire brûler du papier d'Arménie, mon père devinait toujours, parfois même avant de passer la porte d'entrée. Tout cela ne se terminait pas en drame mais en mise en boîte générale de ma pauvre maman qui, avec son caractère d'or, en riait jusqu'aux larmes. J'ai sans doute tort d'entrouvrir la porte des souvenirs. On a vécu trop serrés dans ce tout petit logement sans confort, avec mon père, ma mère, mon frère. Trop d'amour, trop de souvenirs et une difficulté insurmontable pour nous, les frangins, les survivants, à glisser une lame de rasoir entre chacun d'eux.

A la mort de mon père, Franz-Olivier Giesbert

m'a écrit : « tu ne t'en remettras jamais ». La brutalité du message ne m'a pas surpris. Côté expression des sentiments, vous l'aurez compris, Franz aurait besoin d'un sérieux réglage de carburateur chez un psy agréé. Mais je savais ce qu'il voulait dire et, de tous les mots gentils que l'on m'a fait parvenir à ce moment-là, c'est celui que j'ai toujours, en permanence, en mémoire. Lui-même à cette époque rédigeait *L'Américain*, son livre important et qui tourne autour des rapports conflictuels (pour le moins) avec son père qui le battait, qui l'aimait et qu'il aimait.

Mon père m'a plus influencé que je n'ai longtemps voulu le croire. Simplement, à une époque, celle où j'ai appris à voler de mes propres idées, notre opposition était tellement limpide qu'on avait du mal à se croiser, à se supporter.

Je ne me suis pas rendu compte tout de suite de l'importance qu'avaient pris dans ma vie les matins très tôt à chercher les girolles en forêt de Frétoy, les casse-croûte à la chasse, les pêches de vigne et les envolées de perdreaux, les brochets ferrés au poisson mort, les crottins de Chavignol au bistrot de Sancergues, sa connaissance patiente des oiseaux, sa dévotion pour les vins bouchés que les clients fortunés et reconnaissants lui offraient à Noël.

En politique, ce qui me passionnait à l'époque presque autant que les filles et les voitures, il était nul, mon père, et disait beaucoup de bêtises.

Comme tant d'autres et moi donc. Surtout dans les années 70, à leur début. Quand on déployait une énergie féroce à expliquer le monde en noir et blanc, les bons et les méchants. Mais lui, qui ignorait tout de Feuerbach, de la critique de l'empiriocriticisme et de la correspondance entre Marx et Engels, était capable de mettre son nez sur un vieux bidon dans la grange et de dire : « C'est un mélange de térébenthine pour un tiers avec de l'huile de lin et un soupçon de siccatif, si tu mets ça dans le moteur de la Mobylette, tu ne passeras pas la barrière de la cour… »

Mon père marchait vite, l'air toujours pressé. A Paris, cela ne se remarquait pas trop, c'était le rythme de bien des citadins. Mais dans l'Yonne, on y faisait davantage attention. Surtout qu'il a toujours gardé la cadence. Il n'a jamais adopté le geste lent, la démarche appuyée des gens habitués à traverser les champs labourés. Dans le jardin ou dans la cour de la maison, à quatre-vingts ans il marchait comme dans la rue Lafayette quarante années plus tôt, à la vitesse de celui qui craint de rater le 26 (Gare Saint-Lazare – Cours de Vincennes). Je me rappelle que, quand j'allais au lycée Colbert, dans le métro, quelquefois, lorsque mes horaires de cours coïncidaient avec ceux de la pharmacie, nous nous sommes retrouvés sur le quai de la station Bolivar. De loin, je savais que c'était lui. Je reconnaissais son pas dans les couloirs, le claquement des fers saccadés. Les gens le regardaient, surtout les femmes. Grand, très mince, toujours impeccable, brun aux yeux bleus, les cheveux coiffés en arrière, toujours bien droit et cravaté dans son costume croisé, des faux airs d'Yves Montand en moins gouailleur. A la pharmacie, la clientèle féminine s'éternisait facilement. Plus tard, ma mère a travaillé à ses côtés. La petite cour des clientes ne la gênait pas. Elle en était presque fière et en plaisantait facilement avec lui, surtout quand elle savait, vu l'âge ou l'état avancé de la rombière énamourée, qu'elle ne risquait pas grand-chose. Il était beau, mon père, et son sérieux, sa sûreté de diagnostic, son nez infaillible en imposaient.

Ma mère m'a appris la lecture dérobée. Celle que l'on fait par gourmandise, en sachant que ce n'est pas bien, qu'on devrait à cette heure-là dormir, faire ses devoirs ou ranger ses affaires. Avec elle, on a traîné des matinées entières, elle dans Giono, moi dans les « Rouge et Or », dans *Le Grand Meaulnes* ou plus curieusement dans Alphonse Allais, qu'elle m'a fait connaître très tôt et qui ne m'a jamais plus quitté depuis.

Pour faire dans le résumé métaphorique, on peut dire que ma mère m'a appris à me servir intelligemment de mes yeux et mon père de mon nez. Mon grand frère aussi s'est occupé de mon éducation, mais ce fut un peu plus tard, vers treize ou quatorze ans, quand j'en eus définitivement terminé avec la « Bibliothèque verte » et les échanges très platoniques du Club des Cinq…

Je disais tout à l'heure que mon père ignorait tout de la correspondance entre Marx et Engels, c'était pour faire une amorce de transition.

Friedrich Engels, l'éditeur du *Capital*, l'auteur de *L'Anti-Dühring*, était également un commerçant avisé installé à Londres, un « *cotton lord* », comme disait Marx. Il n'était pas l'idéologue triste, uniquement penché sur l'inéluctable paupérisation du prolétariat, que les retoucheurs soviétiques d'image (et leurs filiales) ont figé. Son argent a servi à financer les travaux de recherche et d'édition qu'il menait avec Karl Marx. Engels entretenait aussi la fille de Marx, Laura. Elle avait épousé Paul Lafargue, un jeune révolutionnaire qui n'en faisait qu'à sa tête et agaçait profondément son beau-père Karl. Le couple Lafargue et Friedrich Engels ont entretenu une volumineuse correspondance. Les lettres échangées entre Paul, Laura, qui appelait Engels « Mon vieux Général », lui-même, qui signait « Le Général pour rire », n'avaient rien de sinistre. Même en 1883, année de la mort de Karl Marx, quand Paul était emprisonné à Sainte-Pélagie !

A la suite d'un discours un peu enflammé prononcé à Moulins dans l'Allier, Paul Lafargue est poursuivi pour provocation au crime, au meurtre, au pillage et condamné à six mois de prison. Sainte-Pélagie, un ancien couvent recyclé en prison politique, sise rue du Puits-de-l'Ermite à Paris dans le Ve arrondissement, a une terrible réputation. « Porte aussi massive que rébarbative, murs épais d'un mètre qui le disputent à l'horreur de sombres couloirs, suintant la crasse, le froid et le désespoir. Tout ici sent la Mort ! Dante a dû y venir, rédiger ses Enfers », écrivait un connaisseur, le mathématicien Évariste Galois, qui fit derrière ses barreaux plusieurs séjours. Au XIXe siècle, Sainte-Pélagie est réservée aux « politiques » : républicains, anarchistes, agitateurs comme Etienne Arago, un habitué du lieu, Courbet, Paul-Louis Courier, le marquis de Sade en 1801, Daumier et même le poète Gérard de Nerval :

Dans Sainte-Pélagie,
Sous ce règne élargie,
Où, rêveur et pensif,
Je vis captif,

Pas une herbe ne pousse
Et pas un brin de mousse
Le long des murs grillés
Et frais taillés !

Dumas disait : « Sainte-Pélagie finit par ressembler, en mieux, à un quelconque Bottin mondain ». Finalement, elle sera démolie en 1895.

Laura Marx, épouse Lafargue, de fait bloquée à Paris, se plaint auprès de Friedrich de « n'avoir pas bu une goutte de bordeaux convenable depuis que je vous ai quitté ! ». Elle a d'ailleurs écrit en anglais « *claret* », qui était le nom donné par les Britanniques aux vins de Bordeaux, alors assez peu colorés… Quant à son époux, Paul, de sa prison, il écrit au maître cette lettre étonnante :

> « Mon cher Engels,
>
> « Aujourd'hui finit le quatrième mois de résidence dans mon bocal. Nous avons passé le temps aussi gaîment que possible ; car si nous n'avons pas la liberté de sortir, le vin a celle d'entrer. Un Grec, du nom argentin d'Argyriadès, nous a envoyé du vin de son pays. Ce diable de vin de Chypre qui sentait le bouc, ayant vieilli dans la peau de cet animal odorant, était si bon, si bon, que, ma foi, j'en ai bu un soir plus que ne comportait la raison de ma tête ; je n'ai donc pas eu la peine de la perdre. Il paraît que j'ai fait et dit des bêtises, cela va sans dire ; je me suis promené vêtu de mes charmes naturels ; heureusement que c'était la nuit et que le pavillon que nous occupons n'est habité que par nous. […] La prison est ouverte à toute sorte de comestibles, excepté aux mets de luxe, ce qui est assez élastique. Notre directeur qui est bon zig ferme les yeux ; mais il paraît que son prédéces-

seur était strict sur ce point ; un jour la question du homard se posa ; et dans sa sagesse souveraine il décida que le homard avec sa carcasse était un mets de luxe, mais que sans carcasse il rentrait dans la catégorie des mets prolétariens ; pour entrer à Sainte-Pélagie le homard en question a dû laisser à la porte sa grandeur cardinalesque*. »

Paul Lafargue partage son « bocal » avec Jules Guesde, socialiste sévère, souvent en opposition avec Jean Jaurès, et que l'on imagine difficilement en mangeur de homard copieusement arrosé au vin de Chypre qui sent le bouc. Mieux encore, on apprend par cette même lettre, et toujours sous la plume de Paul Lafargue, que lui-même est « délégué aux grillades » et que le strict Jules Guesde est « délégué aux sauces ». Libérez nos camarades, mais de grâce pas trop vite !

C'est un aspect de la révolution en marche qui n'aurait pas déplu à mon père, car si en politique nous avons eu nos soirées chaudes où « on se traite de con à peine qu'on se traite », comme disait Nougaro, pour la table et le vin, nous avons toujours été en plein accord.

Chez les autres, quand nous étions conviés à dîner, même s'il sentait quelque chose qui ne lui plaisait pas trop, comme le céleri qu'il détestait,

* Correspondance Engels-Lafargue, Editions sociales, t. I, 1956.

mon père ne disait rien. A la maison, il ne se privait pas. Je fais de même, je me tais quand je suis invité. Sauf circonstances exceptionnelles. Par exemple, si l'on doit déboucher une très grande bouteille. Alors là, si besoin est, j'interviens directement sur les verres et généralement on ne m'en tient pas rigueur. Il suffit de les rincer avec un peu de vin (de les enviner et non pas les « aviner », comme je l'entends trop souvent).

Mon cas personnel est peut-être légèrement pathologique, trop modelé par mon activité professionnelle. Oui, c'est vrai, on n'est pas obligé de sentir l'eau du verre à dents pour se faire plaisir avec du vin. Bien sûr qu'avec un peu de temps passé dans un jardin en fleurs et en fruits, n'importe qui peut ensuite s'amuser à rechercher dans tel beaujolais ou tel bourgogne l'odeur d'une rose ou d'une framboise, ou encore de la feuille de cassis. Rien de plus jouissif que de passer sa main sur le romarin ou le thym et de la sentir ensuite (un arôme que l'on retrouve dans certains vins blancs de Provence ou de Corse), de froisser quelques feuilles de sauge, de chiper l'arôme si fragile des premières violettes (côte-rôtie) ou celui plus entêtant du chèvrefeuille ou du muguet (alsace). Ou, sans déplacement particulier, puisque Ducros s'est déjà décarcassé, de sentir la cannelle, le clou de girofle ou le célèbre quatre épices (gigondas) qui fait le bonheur du cordon bleu débutant. Voilà, c'est largement suffisant.

Mais je ne m'explique toujours pas comment fonctionnaient les anciens. Au niveau du pif je veux dire. Je n'ai peut-être pas la preuve indiscutable, mais de solides présomptions qui me permettent d'affirmer qu'ils s'en servaient très peu dans la dégustation du vin. On peut comprendre Lafargue qui se regalait avec son vin de Chypre. Moi-même, enfermé quatre mois à Sainte-Pélagie en compagnie de Jules Guesde, je l'aurais tout comme lui trouvé délicieux son jus de bouc.

Récemment, quelqu'un de beaucoup plus savant que moi, l'historien Serge Wolikow, m'a confirmé dans cette opinion. Serge piste depuis quelques années les « gourmets », une corporation qui au Moyen Age faisait un peu office d'experts et de courtiers. Ils étaient les dégustateurs officiels, ceux que personne ne contestait et qui disaient le juste et le bon en matière de vin. Serge m'affirme qu'ils travaillaient en se servant principalement du « tactile ». En clair, de la bouche. Les arômes, le nez n'intervenaient pas. Sauf, peut-être, en cas de conflit sur un vin qui aurait empesté. Dans les vieux bouquins du XVIIIe siècle, d'ailleurs, les seules odeurs citées sont les mauvaises. Les livres d'œnologie ou de conseils donnés aux vignerons et hommes du vin ne parlent jamais des bons arômes. On dit comment éliminer les mauvais, des remèdes parfois qui relèvent plus de la sorcellerie ou de l'empoisonnement que de la science. Ainsi, dans *L'Agronome. Dictionnaire portatif à l'usage du cultivateur*, paru juste avant la Révolution, on apprend comment se débarrasser du moisi dans le vin : « Prenez un carreau d'acier que vous ferez rougir au feu et que vous jetterez bien rouge dans le tonneau par la bonde. Votre vin sera remis en son premier état après vingt-quatre heures de repos et vous pourrez en boire. » J'aime bien aussi cette recette-là pour son côté Grand Schtroumpf : « Prenez deux onces de salsepareille ; liez-les en paquet et les suspendez dans le vin par la bonde. »

L'auteur nous assure que cela empêche le vin de « se corrompre ». Mais, précise-t-il, « il fera un peu médicinal ». Toujours dans le même but, on peut également « infuser dans le tonneau un nouet de grosses racines de gentiane ». Mais là encore, l'auteur nous met en garde : « sa saveur ne sera pas agréable ». Les meilleurs vins d'Anjou, récolte 1704, un mois après la vendange eurent « une odeur de corne brûlée qui ne fit qu'augmenter avec le temps ». Et dans ce cas, salsepareille ou pain chaud que « l'on ouvrit pour appliquer le côté de la mie sur la bonde », rien n'y fit.

Le meilleur pour la fin : « Une sophistication ordinaire de Cabaretiers, pour les vins verts ou aigres, se fait avec de la litharge. Le plomb dont elle est une préparation, uni aux acides, fait un sel très doux : qui corrige au goût la verdeur du Vin ; mais que l'on peut regarder comme un poison pour ceux qui le boivent. » A consommer avec modération... L'auteur du *Dictionnaire* avait lu Rousseau attentivement. Ou l'inverse. On retrouve dans *Emile*, à propos de chimie domestique, à peu près les mêmes phrases : « Le plomb uni aux acides fait un sel fort doux, qui corrige au goût la verdeur du vin, mais qui est un poison pour ceux qui le boivent. » Jean-Jacques ajoute : « Les vins qu'on vend en détail chez les marchands de vins de Paris, quoiqu'ils ne soient pas tous lithargirés [ajout de litharge], sont rarement exempts de plomb, parce que les comptoirs de ces marchands sont garnis de ce métal, et que le vin qui se répand dans la mesure, en passant et séjournant sur ce plomb en dissout toujours quelque partie. Il est étrange qu'un abus si manifeste et si dangereux soit souffert par la police. Mais il est vrai que les gens aisés ne buvant guère de ces vins-là, sont peu sujets à en être empoisonnés. »

On ne trouve pas dans ces écrits anciens de descriptif favorable où seraient évoqués les fruits rouges ou la badiane.

Parfois l'on trouve, plutôt à partir du début du XIXe siècle, des formules lapidaires du genre : « ce vin comporte un vigoureux bouquet ».

Que contient le vigoureux bouquet ? A nous de l'imaginer.

Les anciens avaient-ils du nez, ou bien étaient-ils handicapés du pif ?

On peut penser surtout qu'ils vivaient dans un monde où les mauvaises odeurs dominaient. Le livre de Patrick Süskind, *Le Parfum*, raconte jusqu'à l'écœurement les odeurs nauséabondes de Paris à l'aube de l'époque moderne. On pourrait penser que pour les besoins de l'intrigue il en rajoute un peu. Eh bien pas tant que ça ! Dans sa *Vie quotidienne au temps de la Renaissance*, le très sérieux historien Abel Lefranc confirme : « Est-il besoin de rappeler les doléances que firent entendre les voyageurs au sujet des odeurs de Paris ? "Ces belles villes, Venise et Paris, nous dit Montaigne, altèrent la faveur que je leur porte par l'aigre senteur, l'une de son marais, l'autre de sa boue." L'odeur des rues de Paris passait pour causer mal de cœur aux arrivants de la campagne. »

Ailleurs, ce n'était pas mieux. Il suffit pour s'en convaincre de lire par exemple le récit de la mort de Charles VIII, survenue le 7 avril 1498 au château d'Amboise, telle que nous la conte l'historien Didier Le Fur, son plus récent biographe* : « Le roi et la reine quittèrent le logis des sept ver-

* *Charles VIII*, Editions Perrin.

tus par la rampe cavalière, traversèrent la basse-cour en pleins travaux et pénétrèrent dans le logis du roi, de l'autre côté du château, par le nord. En tournant à gauche, ils descendirent un escalier et trouvèrent une porte basse qui donnait accès à la fameuse galerie qui servait souvent de pissotière. Le roi s'y heurta le front avec violence, mais continua son chemin. De sa loge, il assista au début de la partie, parlant avec les gens qui l'entouraient, lorsque soudain il défaillit, tomba à la renverse et perdit l'usage de la parole. Immédiatement on alla chercher ses médecins. Le roi fut déposé sur une paillasse malgré la saleté du lieu. Les médecins ne purent rien. Charles décéda le soir même. »

Donc, le roi de France, pour se rendre à sa loge assister aux jeux donnés en son honneur, n'hésite pas à traverser une pissotière en compagnie de la reine. Et quand il agonise, cela ne dérange nullement ses proches de l'allonger dans cet endroit qui devait sentir tout sauf la fleur de lis.

Plus proches de nous encore, les verres à dégustation ou destinés aux vins à table jusqu'à récemment. Celui à vin blanc est généralement trop petit pour que l'on se risque à faire tourner le liquide dans le verre pour en dégager les arômes. Sinon on prend le risque d'éclabousser la nappe et le voisin qui n'avait pas prévu de dîner en ciré de pêcheur breton. Celui à vin rouge est étroit dans le bas et large dans le haut. Là aussi, faire tourner consiste à jouer les Canadair. Jusque dans les années 1990, rares sont les verres qui peuvent prétendre retenir les arômes grâce à un col resserré, la forme tulipe en somme. D'ailleurs jusqu'au XVIIIe siècle, le verre de table et individuel est une rareté. Auparavant, on n'en utilisait qu'un seul pour l'ensemble des convives, posé sur un buffet et qu'un serviteur remplissait et portait à celui qui le réclamait. Le buveur le vidait d'un trait et le verre revenait sur le buffet en attendant d'étancher la soif d'un autre convive. Pourtant, comme la bouteille, le verre est connu depuis l'Antiquité, mais son usage comme instrument de dégustation est allé de pair avec la connaissance œnologique. Une meilleure conservation des vins, grâce à l'utilisation du soufre, de l'anhydride sulfureux pour être plus précis, a créé l'envie et le besoin de se pencher sur les arômes. Le soufre agit comme un désinfectant et protège le vin des attaques de bactéries malintentionnées. Jusque-là, les vins voyageaient mal. Pour un rien, un environnement peu soigné ou un changement de température, ils devenaient vinaigre. Ce n'est pas pour rien que la ville d'Orléans était devenue la capitale du vinaigre. C'était le port de transition, celui par lequel les vins venant du centre de la France transitaient obligatoirement avant de gagner Paris ou les ports bretons. Pour ceux qui avaient mal supporté le voyage, Orléans faisait figure de terminus.

Le recours au charbon, toujours au XVIIIe siècle, notamment à Bordeaux où le minerai anglais était facile d'accès, a facilité le développement de verreries et la fabrication à grande échelle de bouteilles. La mise en bouteilles a façonné l'identité des crus. Nos amis les Anglais, premiers clients (et anciens propriétaires de la région) n'achetaient désormais plus du *claret* de Bordeaux en vrac, comme on le dirait aujourd'hui, mais des crus identifiés et donc mieux soignés par leurs créateurs.

En résumé, la qualité des arômes et la pratique de la dégustation doivent beaucoup au soufre et au charbon. A l'encre aussi, car c'est à cette époque que, grâce aux découvertes allemandes (lithographie), on améliore grandement la vitesse d'impression et donc la fabrication des étiquettes…

Dans une brocante, j'ai trouvé la photo de Félix Roguier. Au dos, son nom, la date 1865 et une dédicace : « A mon ami Charles. » Félix est sommelier, il pose à côté d'un guéridon sur lequel est posée une bouteille à moitié pleine. Une bouteille de forme bordeaux, un peu plus trapue que celle que nous connaissons, un peu irrégulière aussi car soufflée à la canne. Félix est jeune, chevelure abondante coiffée en arrière. Il porte nœud papillon, chemise blanche, et gilet à larges revers sur un col ouvert. Le tablier est noué à la taille et recouvre le pantalon. Sa main droite s'appuie sur la bouteille et dans celle de gauche il tient un verre à moitié empli de vin. Félix Roguier a de l'assurance, de l'aisance, le sourire n'est pas forcé. C'est un professionnel. Si on compare cette photo de 1875 à celle d'un sommelier d'aujourd'hui, au jeu des sept erreurs, on aurait bien du mal à distinguer celui d'hier et l'actuel. A un détail près cependant : le verre. Celui de Félix est épais et ressemble à un V majuscule posé sur un pied. Aucun de nos sommeliers contemporains n'oserait poser avec un tel instrument car ce serait nier 50 % de ses facultés, celles de son nez ! Ils sont nombreux depuis le milieu des années 80 à participer à des concours renommés : meilleur sommelier de France ou du monde, avec des demi-finales régionales comme pour les Miss France. A chaque étape, il y a des épreuves où ils doivent reconnaître des vins, identifier les cépages et les régions. En deux temps : le nez sert de poste principal d'aiguillage ; la bouche intervient seulement après comme une confirmation du senti. Le jury se forge sa première et principale opinion sur le candidat à partir de sa description des arômes. En quelques dizaines d'années, moins d'un demi-siècle, le nez a pris le pas sur la bouche, comme une sorte de signe prémonitoire ou accompagnateur d'un nouveau mode de consommation des vins qui privilégie le subtil sur le plaisir tactile. On boit moins, on apprécie plus. Du moins on fait vibrer plus de capteurs.

Il est de bon ton d'opposer les vrais buveurs, ceux qui se contentent de dire « Ça c'est vrai bon ! » à la mode beaujolaise, et ceux qui se lancent dans des descriptions interminables et précieuses qui auraient inspiré Molière. Moi-même, dans un article du *Point*, je m'étais un peu moqué, il y a quelques années, d'un guide dont les auteurs se prenaient gravement au sérieux : « Ce jus de crâne, à lui seul, mérite le détour. C'est une sorte d'agrégat de proclamations, entre le règlement intérieur d'une secte gentiment apocalyptique et les messages envoyés en 1955 à Maurice Thorez, pour son anniversaire, par les écoliers de Champigny-sur-Marne. Le moins que l'on puisse en dire, c'est que les auteurs ont une haute idée de leur mission quasi évangélique, aussi de leur propre personne. Ici, on parle "d'expertise analytique qualitative" (pour dégustation) et de "répétabilité" (?) des résultats. Le dégustateur "se doit d'entretenir comme un athlète son corps et son esprit. Les problèmes d'ordre digestif ou l'obésité entraînent une perte de sensibilité gustative. Il lui faut entretenir régulièrement sa sphère ORL (oto-rhino-laryngologie), faire attention à son alimentation et respecter un temps de repos suffisant. Une vie stable, régulée, exempte de trouble et de toutes sortes de tourments, va favoriser sa concentration." Bigre ! Et nous qui pensions que le vin était d'abord facteur de plaisir. »

Comme tout phénomène culturel, le vin aussi a ses raseurs.

Entre les Diafoirus et ceux qui « s'essuient d'un revers de manche les lèvres », il y a une large place pour les hédonistes, les buveurs de plaisir, les assoiffés d'en savoir un peu plus. Les amateurs d'aujourd'hui ne seraient pas très à l'aise au banquet populaire de deux mille six cents couverts offert à l'occasion de la venue, le 16 mai 1948, du président Vincent Auriol à la foire de Mâcon, et à son prestigieux concours des vins au cours duquel on proposait cigares et cigarettes à volonté. Les fumeurs aujourd'hui seraient priés d'aller dehors. On peut le regretter publiquement au nom des libertés individuelles, et secrètement s'en réjouir au nom du droit à sentir les vins merveilleux sans doute servis lors d'une telle occasion.

Et que dire de la tradition bourguignonne du tastevin ! C'est un bel objet un tastevin, et pratique, on le glisse dans la poche où on se l'accroche autour du cou avec une ficelle. Un coup de mouchoir à carreaux et le voilà « propre », sec, prêt à resservir. Son usage a perduré jusque dans les années 1980. René Engel, vigneron célèbre, professeur d'œnologie et grand camerlingue de la célèbre Confrérie du Tastevin, expliquait* que la forme de cet « outil » ne doit rien au hasard. Le fond, nous dit-il, est délimité en deux zones, d'un côté une série de « cupulettes », des petites écailles en somme, et de l'autre des stries parallèles. Le centre est appelé ampoule et forme une légère bosse. « Chaque cupulette est, avant tout, un miroir concave qui, recevant un flux de lumière, le réfléchit en donnant des rayons convergents dont la résultante est un cône lumineux assez intense. La masse du vin, côté cupulettes, se trouve ainsi éclairée indirectement et cet éclairage latéral illumine les particules les plus subtiles génératrices de trouble. C'est là un phénomène bien connu des physiciens et qui se nomme l'effet de Tyndall. Ce cône lumineux agit dans le liquide comme les phares d'une voiture par temps de brouillard [...] Les stries, par contre, de par leur structure même, réfléchissent directement la lumière reçue au travers du vin. L'œil perçoit une série de raies brillantes alternant avec des parties plus sombres et, vu sous cet éclairage direct, le vin paraît beaucoup plus limpide de même que sa robe semble beaucoup plus sombre qu'elle n'est en réalité [...] Le côté cupulettes qui ne "farde" jamais le vin est appelé "côté acheteur"

* Dans *Propos sur l'art de bien boire*, 1980.

alors que le côté stries qui l'avantage toujours est le "côté vendeur". » Mais René Engel, malgré cette démonstration scientifique et son titre de grand camerlingue dans une confrérie dont le tastevin est l'emblème, reconnaît que cette tasse présente « le vin sur une surface trop étendue pour son volume, ce qui nuit à l'olfaction des bouquets et des odeurs ».

Peu à peu, les tastevins ont déserté les poches des professionnels pour rejoindre les vitrines des antiquaires et des collectionneurs. Mais encore une fois, c'est un phénomène récent. Le tastevin constitue la preuve que l'œil et la bouche étaient les principaux juges de la qualité d'un vin chez les professionnels de naguère.

La réhabilitation du nez n'a pas que de bons côtés. Hormis les discours pédants des grands chevaliers de l'olfactif ou de la rétro-olfaction – action d'aspirer de l'air par la bouche en le mélangeant au vin (bruit de succion) et de le rejeter par le nez –, qu'un de mes amis nommait les grands officiers de la rétro-nasale ou les gars de la narine, la mise en scène du nez a provoqué quelques désagréments. L'invasion de la vanille par exemple. Il y a celle qui, dans les taxis, m'empêche de jouer à « devine qui t'emmène dîner ce soir », évoqué plus haut. Mais dans ce cas précis, il ne s'agit que d'un dégât collatéral relativement mineur par rapport à la marche du monde.

La vanille étant avec le lait l'arôme de la petite enfance, celui que l'on fréquente en premier, bien avant le chocolat, elle est aussi celui que l'on a le plus profondément gravé dans la mémoire. C'est aussi l'odeur principale que le fût de chêne, quand il est neuf ou très récent, confère au vin.

La suite est facile à imaginer. D'un côté, des consommateurs, sommeliers, professionnels du monde entier qui ouvrent grand leur narine (c'est une image). De l'autre, les petits génies générés par une œnologie moderne, récente, touche-à-tout, à la recherche de nouveaux revenus, c'est-à-dire autres que ceux que procure l'analyse en laboratoire. Autrefois, l'œnologue se contentait de ses éprouvettes et ne quittait guère sa blouse blanche. Désormais, c'est un VRP de luxe qui prodigue ses conseils et vend ses produits miracles d'exploitations en domaines. Au milieu du tableau, on trouve des vignerons, négociants et marchands en quête du vin qui saura séduire le jeune, la ménagère, l'Américain et bientôt le Chinois. Il se produit comme une conjonction, une fusion entre les intérêts parfaitement coïncidants de tout ce monde-là.

Résultat, pendant dix à vingt ans, vanille à tous les étages.

En 1980, quand on passait dans les caves et les chais, les producteurs étaient très fiers de nous montrer leurs premières cuves inox : « Un coup de jet et c'est propre ! » Quand on demandait ce qu'étaient devenues les barriques et les grands fûts qui autrefois meublaient l'endroit, nous avions droit partout à la même réponse : « On a fait du feu avec ! » Au bonheur des barbecues. Dix ans plus tard, le bois avait retrouvé sa place et même souvent un peu plus. Simplement, ce n'étaient plus les vieux tonneaux du grand-père mais des barriques flambant neuves. Que s'était-il passé entre-temps ? La vanille... Le café aussi, le moka ! Les œnologues avaient démontré aux vignerons que, pour faire un vin adapté au goût des « nouveaux consommateurs », il fallait à tout prix utiliser de la barrique de chêne neuve pour que le vin se gorge de saveurs vanillées.

Mieux encore, si l'on demande au tonnelier un « brûlage fort », on obtient des goûts de grillé qui peuvent aller du café au lait jusqu'à l'espresso. Le brûlage est nécessaire pour cintrer les bois de la barrique : on assemble les douelles, ces petites planches biseautées qui vont former la partie ventrue de la barrique, autour d'un feu. C'est une opération purement technique au départ mais qui est devenue aujourd'hui autre chose, un argument œnologique dans le sens où elle intervient sur le goût et les arômes du futur vin.

Le problème, c'est que si le terroir d'un grand vin ne s'improvise pas, le goût et les odeurs de vanille, à partir du moment où on est client chez un tonnelier, on peut les répéter à l'envi et les coller sur n'importe quelle bibine.

Le danger pour les vignerons français, sourcilleux défenseurs de l'appellation contrôlée et du terroir, est de se noyer dans une masse de vins sans origine et parfumés artificiellement. Mais pour un jeune viticulteur du Languedoc, frais émoulu de l'école d'œnologie, il est bien tentant d'essayer l'élevage ou la vinification en barriques comme le font traditionnellement les grands crus de Bordeaux et Bourgogne. Le résultat, c'est qu'aujourd'hui, pour en avoir dégusté quelques dizaines de milliers, de ces vins au jus de chêne, je me trouve bien méritant de ne pas ressentir comme une petite haine vis-à-vis de la vanille et de son copain le café. Le temps passe, les œnologues aussi, et les modes encore plus. Celle de la supervanille et de l'hyperboisé me semble déjà derrière nous. Des producteurs d'Australie ont commencé à faire figurer sur leurs étiquettes des mentions « GARANTI SANS BOIS » pour bien faire comprendre que le retour du fruit était à l'ordre du jour. Plus près, en Bourgogne, à Coulanges-la-Vineuse, Maryline et Michel Martin ont inventé pour le millésime 2002 une cuvée Madame Sans-Chêne qui a eu beaucoup de succès. La vanille recule même dans les taxis. Je vais pouvoir recommencer à m'amuser.

« Je le dépose où, le monsieur ? »

À vue de nez

« Il dit les entrées qui ont été servies au dernier repas où il s'est trouvé ; il dit combien il y eut de potages, et quels potages ; il place ensuite le rôt et les entremets ; il se souvient exactement de quels plats on a relevé le premier service ; il n'oublie pas les hors-d'œuvre, le fruit et les assiettes ; il nomme tous les vins et toutes les liqueurs dont il a bu ; il possède le langage des cuisiniers autant qu'il peut s'étendre, et il me fait envie de manger à une bonne table où il ne soit point. »

LA BRUYÈRE,
Les Caractères (« De l'homme »)

Le grand connaisseur est invité à dîner chez une famille bourgeoise. Le père, Mike Schofield, a déniché un vin français qu'il pense peu connu dans un millésime improbable. Il est persuadé que son hôte ne saura l'identifier. Ce en quoi il semble un peu naïf car le vin français en question n'est autre qu'un cru classé de saint-julien, issu d'un domaine magnifique situé juste en face de Château Beychevelle, bien plus qu'un second rôle dans le Médoc.

L'atmosphère est tendue, le fameux spécialiste passe la première partie du repas à faire du gringue à la jeune fille de la maison placée à côté de lui. A peine s'il touche au premier plat de poisson accompagné d'un rare blanc de Moselle. Mike est sous pression. Il attend la viande et le moment du bordeaux pour reprendre la main. Le vin est servi « à l'aveugle », c'est-à-dire sans que l'on puisse voir l'étiquette. Le grand connaisseur continue son manège. Mike le met au défi d'identifier la bouteille. L'autre se montre hautain. Le ton monte ainsi que les enjeux. Ce qui devait être un moment d'échange et d'amitié tourne au psychodrame de table. Le père de famille parie son toit, sa fille et peut-être même sa voiture…

Le dégustateur scrute longuement le vin dans le verre, le sent pendant d'interminables minutes de silence compact. Il mâchouille, avale, prend son temps, puis à haute voix procède par élimination, se rapproche, tourne autour du château, semble s'en éloigner et… incroyable, identifie le cru puis le millésime : Branaire-Ducru 1934. Tout semble perdu. Mais la famille est finalement sauvée de la ruine et du déshonneur par la bonne qui rapporte la paire de lunettes du grand connaisseur : « Vous les aviez oubliées dans le cabinet de travail de Mr. Schofield. En haut du placard vert, quand vous y êtes entré, avant le dîner. »

C'était là, bien sûr, en haut du placard vert, dans le cabinet de travail, que papa Mike avait planqué la bouteille le temps qu'elle se réchauffe et s'oxygène. Drôle d'idée d'ailleurs. Car si, comme on peut l'imaginer, le haut du placard vert se situe pas très loin du plafond, la chaleur ayant comme habitude de monter plus que de descendre, le vin devait être à la température d'une tisane.

Cette histoire a un nom. Elle s'appelle « Le connaisseur » Elle fait partie d'un recueil de nouvelles *Bizarre ! Bizarre !* de Roald Dahl, l'auteur de *Charlie et la Chocolaterie.* Dahl a fabriqué de délicieuses nouvelles, moins sinistres que celles de Raymond Carver, moins coupantes que celles de Truman Capote. Des contes pour adultes d'une morale douteuse (en Amérique) parfois écrits à l'encre de la dérision, celle qui remet en forme quand arrivent l'hiver et les jours raccourcis. Puis Dahl aime le vin et déteste les tartufes, voilà deux bonnes raisons de le tenir en affection.

Cette histoire de Mike et du grand connaisseur, tous les pros du vin peuvent la raconter, avec d'autres noms pour les personnages, sans peut-être le talent de Dahl ni les enjeux du pari. Mais le scénario est identique.

Nous l'avons tous vécu, qui possédons cave bien remplie et table accueillante, le coup du vieux copain qui, sous prétexte de faire la bise ou de soulever les couvercles, fait un petit tour à la cuisine pour voir « comme ça sent bon ce que tu nous mijotes » et en profite discrètement pour repérer les étiquettes sur les bouteilles.

Après, c'est une question de talent dans l'impro. Si c'est un bon comédien, il fera semblant d'hésiter. « Ecoute, juste au nez comme ça, je penche pour Bordeaux. La rive gauche même. Tu vois, au début j'avais un doute. Il y avait un petit côté réglisse, terre mouillée qui me faisait penser à Madiran, mais à l'agitation, ça s'affine. Je ne l'ai pas encore pris en bouche mais je vois bien quelque chose du côté des Graves ou de Pauillac plutôt... Oui, c'est ça, ce côté minéral, cette complexité en douceur, mêlant solaire et estuaire... Ah, puis ces tanins majestueux. Là, je crois que tu nous as gâtés. C'est un pauillac et pas n'importe lequel... », etc. et CQFD.

Un fameux Bourguignon affirmait que pour bien reconnaître les vins à l'aveugle, il fallait surtout posséder un bon coup d'œil !

Quand au préalable on a vu l'étiquette, c'est toujours plus facile de reconnaître le vin servi en carafe. Il faut cependant se méfier. On peut tomber sur des pervers comme mon copain Gérard Bécot.

A Saint-Emilion, Gérard dirige avec son frère Dominique le domaine familial Beau Séjour Bécot, un vignoble situé sur le plateau calcaire, aux portes de la ville, à deux pas des murailles en ruine qui n'échappent à aucun photographe amateur japonais. Un morceau de très beau terroir qui vaut à Beau-Séjour Bécot de figurer parmi les premiers grands crus classés de Saint-Emilion.

Premier grand cru classé : l'énoncé fait peur. On craint de voir apparaître le costume bleu, le discours sans accent, le teint bronzé au soleil d'Arcachon. Gérard Bécot ne s'inscrit pas dans ce style ; son bronzage est un peu rougeoyant, de celui qui fait s'interroger : ski, activité de plein air en mode tracteur ou fréquentation assidue des caves ? Je ne sais pas pour le ski, mais pour les deux autres disciplines, je puis témoigner que Gérard ne les dédaigne pas. Il est aussi un formidable raconteur d'histoires. Avec lui, on a l'impression que Saint-Emilion n'a pas bougé, pas changé, depuis l'époque de sa ruralité triomphante en noir et blanc. A l'écouter, on se transporte à l'ère des routes blanches, des Frégate Renault, des 2CV grises et vertes, celles avec le coffre arrière bombé qui leur conférait un côté Quasimodo. Le vieux curé est encore là, celui au fort caractère, soutane luisante et pommettes colorées. « Un jour, mon grand-père, c'était dans les années 1960, m'a demandé de porter au curé un petit fût de vin comme cela se faisait tous les ans. Je suis parti tout content avec la 4L du domaine. Avant que je ne descende le fût, il avait ouvert le coffre, tiré un peu de vin à la cannelle, goûté, et m'avait dit : “Rapporte-le à ton grand-père et dis-lui que c'est gentil, mais qu'il veuille bien m'en donner du meilleur…” »

Gérard a conservé longtemps un vieil ouvrier de chai, qui comme le curé aimait vérifier par lui-même la qualité des vins. Il le faisait bien volontiers, quotidiennement, souvent un peu trop. Mais il avait connu Gérard enfant et celui-ci ne se sentait pas de lui faire la morale. Alors, plus pour le protéger que par volonté répressive, Gérard planquait les pipettes du chai, pour qu'il ne puisse pas tirer du vin par la bonde des barriques. Mais le vieux était plus malin et quand il avait soif, il savait se faire comprendre : « Gérard, t'as rien pour la gorge ? »

A Bordeaux, la tradition élégante dans les grands châteaux veut que l'on serve à table autre chose que sa production ou au pire une seule bouteille de son propre vin parmi d'autres. La tradition élégante, Gérard s'en fiche un peu, mais comme il est curieux et adore faire plaisir aux autres, on goûte chez lui des vins d'ailleurs. En nombre.

A chaque fois qu'il l'invitait à dîner, un de ses amis lui faisait le numéro du détour par la cuisine où ça sent tellement bon. Un regard rapide en direction des bouteilles alignées et l'ami en question pouvait à table flamber devant les autres convives. Gérard avait repéré le manège depuis longtemps mais que dire ? que faire ? S'énerver et révéler le pot aux roses ! Merci pour l'ambiance.

Un dimanche, Gérard a trouvé la parade.

Il décida de remettre les pendules à l'heure, ou plutôt de jouer au copain un petit décalage horaire à sa façon. Il récupéra des bouteilles vides, veuves d'un précédent repas, et les posa bien en vue sur la table de la cuisine. Les vraies, celles qui avaient contenu les vins destinés au dîner, avaient pris le chemin de la clandestinité au fond d'un placard obscur et pas forcément vert.

Je vous laisse imaginer la suite. Jubilatoire ! Du moins côté Bécot. L'ami si brillant d'habitude se montra en piètre forme ce jour-là. Il ne parvint à identifier aucun des vins. Pire même, il confondit rive gauche et rive droite et peut-être même Bourgogne et Bordeaux...

Je dédie cette histoire au pauvre amateur qui, croyant faire une bonne affaire, a acheté au receleur les bouteilles que son cambrioleur avait dérobées dans ma cave parisienne. Je voudrais lui signaler que le vosne-romanée-cros-parentoux vinifié par le maître bourguignon Henri Jayer et que j'imagine il a payé un bon prix n'est pas tout à fait ce qu'il croit. En vérité, il s'agit d'un mélange de vieux corbières bien oxydés, d'un fond de rivesaltes et d'un petit restant de gamay (pour le fruité). Une bouteille à ma façon, soigneusement rebouchée avec le bouchon d'origine et recouverte d'une capsule qui ne correspond pas vraiment, mais qui peut s'en apercevoir ? Son destin d'origine était de participer du haut de ses soixante-quinze centilitres à une bonne blague entre amis. Bah ! si l'acheteur est un de ces buveurs d'étiquettes comme on en rencontre quelquefois dans le monde du vin, je suis certain qu'il aura trouvé excellent mon breuvage. Je suis désolé pour ses invités. Bien mal acquis, etc.

J'ai parfois commis ce genre d'indélicatesse auprès de gens qui ne m'avaient rien volé. Je dois l'avouer et j'en rougis de honte en pensant que mes victimes vont peut-être lire ces lignes. Le procédé Gérard Bécot j'en ai eu également l'usage. Peut-être même que j'ai commis certaines forfaitures un peu pires.

Agacé par quelques sempiternels détesteurs de beaujolais, il m'est arrivé de transvaser un cru de ce vignoble dans une bouteille de bourgogne… Une fois même, le beaujolais a pris la place d'un cru bourgeois de saint-estèphe sans que la victime de mon crime s'en aperçoive.

Plus les gens se montrent péremptoires dans

leur rejet, plus il est amusant de les berner. Pour ma seule satisfaction d'ailleurs, car si j'ai passé un très bon moment à les écouter vanter les mérites de l'étiquette, je ne leur ai jamais révélé la véritable identité du vin qui se cachait derrière. C'est doublement jubilatoire de les entendre trouver merveilleux quelque vin qu'auparavant ils vouaient aux gémonies et de ne rien dire. Il y a le petit picotement de l'interdit. La petite touche de dopamine que seul l'acte malhonnête distille.

Que celui qui n'a jamais joui d'une erreur de caisse (en sa faveur) dans une grande surface me jette la première pierre ! Comme disait Jules Renard : « Il ne suffit pas d'être heureux, il faut encore que les autres ne le soient pas. »

Puis les tourner en ridicule publiquement en révélant le pot aux roses n'aurait servi à rien, sinon à les persuader d'organiser un match retour où à mon tour j'aurais pu me faire piéger ! Car le professionnel n'est pas à l'abri. Bien au contraire, connaître, fréquenter, goûter énormément de vins finit par dérouter.

Quand on glisse un verre de vin blanc qui sent le muscat à un simple amateur, il répond Frontignan, Beaumes-de-Venise ou Alsace.

Le vrai professionnel ne raisonne pas ainsi.

D'abord, il s'interroge. Qui me passe ce verre ? Mike Schofield qui est prêt à parier sa fille et sa maison ? Un restaurateur ? Cet ami qui voyage beaucoup ? Donc, c'est un piège. Ils ont reçu ou rapporté un vin bizarre venu d'ailleurs. Muscat de Samos, du cap Corse ou de Nouvelle-Zélande ? Voilà ce que se dit le professionnel, tout étonné quand à la fin, une fois qu'il a récité son tour du monde des vignobles où le muscat est possible, l'ami qui voyage beaucoup ou le restaurateur lui montre la bouteille bien française en provenance de Frontignan…

Conclusion : tout professionnel placé devant un vin inconnu tend à se noyer dans un verre d'eau. Le reste, le gars qui en deux coups de naseau devine le nom du château, le millésime et la parcelle, relève de la littérature, du manga (il en existe un très bien fait qui s'appelle tout simplement *Le Sommelier*) ou du fabuleux coup de bol.

J'exagère. Il arrive que l'on trouve quand on est bien concentré et habitué à l'exercice. Mon copain Eric Beaumard, formidable sommelier, directeur du Cinq, le restaurant de l'hôtel George V, s'y amuse beaucoup et s'y montre très performant. Pour ce qui me concerne, la plupart des défis me sont lancés quand je suis en reportage, le soir au restaurant.

J'avoue qu'après une longue journée de dégustation et d'entretien avec des producteurs, j'aspire à boire un verre ou deux ou trois en toute béatitude sans forcer mon talent divinatoire.

Il m'est cependant arrivé quelquefois de trouver par orgueil, quand j'avais le sentiment que mes interlocuteurs me prenaient pour un demeuré. L'orgueil est un bon moteur de recherche.

Je m'amuse beaucoup plus à tenter de deviner une origine, une signature, un sentiment rien qu'avec le nez, très rapidement, sans prendre le vin en bouche. On se penche sur le verre, on sent, on dit. Juste une première impression basée sur un bouquet dominant. C'est assez souvent pertinent : même si on n'identifie pas le vin, cette approche définit toujours une sensation juste et intéressante.

Je m'explique. Le chocolat noir est présent dans les grands pomerols mais on peut aussi le rencontrer sur des hermitages de la vallée du Rhône, de vieux châteauneuf-du-pape, quelques rouges du Roussillon ou même un porto. L'odeur d'une cerise un peu cuite, comme sortie du bocal Le Parfait où elle a séjourné plus d'un an, peut être le symptôme d'un chinon ou d'un bourgogne de la côte de Beaune en année bien mûre comme 2005. Mais ne serait-ce pas plutôt la signature d'un côte-de-nuits jeune en année fraîche comme 2002 ou 2006, ou encore un pinot d'Alsace ou encore un cabernet franc de Bourgueil ?

Juste un petit coup de nez et voilà ouverte la discussion.

A condition cependant de ne pas se prendre au

sérieux. Pas de pari à la Roald Dahl ! Sinon, il y a longtemps que je n'aurais plus de toit. Pas de perdant, peut-être un gagnant, et surtout un bon délire en forme de voyage sous des climats différents, dans des vignobles presque opposés.

Seule règle impérative : ne pas avoir à table de grand connaisseur ! Méfiez-vous, ils sont partout comme les Envahisseurs. Sauf qu'avec eux pas de petits doigts repliés ou d'oreilles pointues : impossible de les démasquer au premier coup d'œil. Le grand connaisseur peut s'épanouir sur bien des sujets : expliquer les médicaments à son médecin ou trouver que décidément Rostropovitch n'était pas en forme ce jour-là. Nous avons tous rencontré un grand connaisseur en géopolitique, en sport (le foot est une mine de ce point de vue), en adresses de restaurants ou de « petits producteurs » de fromages, de légumes, de poulets, etc.

Mais c'est dans le vin qu'il est le plus redoutable et le plus reproductible. Le fait d'être français confère d'emblée un net avantage sur le solde de la planète. Un avantage qui s'énonce ainsi : je vis au pays du vin, donc je sais le vin.

« Tout le monde en a un dans sa famille ou parmi ses relations. A la fête du Vin, à la foire de Langon, à Vinexpo ou à la Saint-Vincent bourguignonne, son comportement est le même : un rapide tour d'horizon et il se précipite vers les appellations prestigieuses ou les grands crus. [...]

Pour lui, un médoc s'efface devant un haut-médoc qui par définition ne peut rivaliser avec un pauillac. Il est péremptoire : "Je n'en goûterai que deux ou trois, mais des grands !" Il connaît le vin, le cru qu'il a dans son verre. Des fois, son verbiage descriptif commence avant d'avoir eu le vin dans la bouche. Il vous met en demeure d'apprécier : quel merveilleux vendeur ferait-il dans la grande distribution ! Voler au secours du succès est sa vocation. Faites-lui goûter une de vos découvertes, un de ces vins d'œnophile, il condescendra à y trouver quelques mérites mais… mais… "il ressemble à château X en moins étoffé" ou "à clos Y en plus acide". Vous ne le surprendrez jamais : il connaît tout, du moins tout ce qui a déjà été sacralisé : c'est le buveur d'étiquettes. »*

C'est une des versions possibles du phénomène.

À l'inverse, il existe une autre variété de grand connaisseur que je redoute plus encore : le connaisseur qui connaît un petit propriétaire que vous êtes censé ne pas connaître. Parce que lui ne s'intéresse qu'au petit, toujours bien meilleur que le gros ou le grand.

C'est ce que le sociologue Gérard Mermet définit comme le culte du « petisme ». Un mal bien

---

* Geneviève Teil, chercheur en sociologie à l'INRA.

français qui fait toujours préférer l'artisan à l'industriel, le malchanceux au veinard et dénigrer la réussite. Souvent j'ai entendu mes amis des bars à vins parisiens admettre, en aparté, que les crus du Beaujolais signés Georges Dubœuf étaient remarquables. J'en connais même qui, en dégustation à l'aveugle, les ont sortis premiers. Ce n'est pas pour autant qu'ils les feront figurer sur leur carte. Trop connu, trop important, un industriel du vin… Il ne peut pas être aussi bon que celui qui vinifie quelques hectolitres au milieu des toiles d'araignée.

Pour le grand connaisseur, celui qui ose prétendre le contraire, vous, l'autre, moi en l'occurrence, je suis l'abruti qui passe en jet privé devant la cave cachée du petit, sans même jeter un regard, pour me précipiter chez le grand.

Le petit vigneron copain du connaisseur, il ne le fait jamais déguster son vin, parce qu'il sait que les dégustations, le guide Hachette, tout ça « c'est bidon, tricheurs et compagnie… ». Lui, il fonctionne autrement. Son vin se mérite et il ne le vend qu'aux intimes. Du moins, aux survivants. Il en écoule dans certains bars à vins parisiens où l'on ne tolère que les vins vinifiés « sans soufre ». Parce que le soufre ce n'est pas naturel et nul pour la santé, nous expliquent ces buveurs militants qui les dégustent en fumant cigarette sur cigarette qui contiennent bien plus de soufre qu'une bouteille de vin « normal ». Avec l'interdiction du tabac dans les lieux publics, peut-être s'apercevront-ils que la plupart de ces vins dits sans soufre sont oxydés ou malades. A de rares exceptions près ! Réaliser un vin sans soufre, c'est-à-dire sans aucune protection contre l'oxydation ou les bactéries, et dans un milieu fermentaire elles ont tendance à être nombreuses, relève de l'exploit et nécessite de veiller sur son vin comme sur un nouveau-né. Je m'inquiète toujours quand dans un bistrot, à Paris, je croise un des auteurs de ces vins fragiles. Qui veille sur bébé ?

Parce qu'il assiste à une ou deux dégustations dans l'année, qu'il possède quelques centaines ou dizaines de bouteilles, qu'il est abonné à la *Revue du vin de France* (dont il convient cependant de dire du mal...), le grand connaisseur se croit autorisé à terroriser son entourage et à polluer les repas de commentaires qui enferment les autres convives dans leur ignorance.

C'est surtout pour cette dernière raison que je déteste les grands connaisseurs, bien que personnellement, corporellement je puis dire, j'ai un motif supplémentaire pour alimenter ma rancune.

L'un d'entre eux, médecin radiologue de son état, n'a pas vu, trop occupé qu'il était à m'exposer son immense savoir des vins de Provence, la fêlure de sept centimètres qui barrait en diagonale mon humérus.

« Vous faites quoi dans la vie ? »

Quand on exerce certains métiers, il faut bien mesurer ce qu'on répond et à qui on répond. Avocat, garagiste ou journaliste spécialisé dans le vin sont des professions qu'il ne convient pas d'avouer dans certaines circonstances. Forcément, le connaisseur s'est retrouvé le héros d'une affaire de justice unique au monde, ou s'est dépanné façon Mac Gyver d'un pépin mécanique qu'aucun professionnel n'avait diagnostiqué. Pas même son beau-frère qui possède cependant une photo dédicacée de Sébastien Loeb. J'ajouterai pour la défense des médecins que ceux-ci ne sont pas non plus à la fête lors des dîners en ville. Forcément, l'un des convives est atteint d'un mal mystérieux dont il ne tarde pas à lui exposer les nombreux symptômes. Un de mes amis généraliste a trouvé le remède. Quand dans la rue ou lors d'une réception il se sent un peu trop pressé par l'ennemi, il fait front : « Déshabillez-vous entièrement, on va regarder ça de suite ! »

Il paraît que c'est une thérapie d'une grande efficacité.

« Vous faites quoi dans la vie ? »

Ce jour-là, un joli mensonge eût été préférable. Mon détecteur personnel de raseur clignotait rouge vif. Avec l'expérience, nul besoin de préchauffage, l'instinct est sur la position galop. Les grands connaisseurs, on les devine avant même qu'ils aient dit un mot. Seul et concentré, on arrive parfois à opérer un rapide contrôle de la balle suivi d'un botté en touche, bien au loin, au-delà des tribunes. Mais dans l'état où je me trouvais ce jour-là, après une chute d'une dizaine de mètres à peine ralentie par quelques acacias riches en épines, j'étais obligatoirement accompagné. Déjà, j'avais du bol d'être là. Je n'étais pas le premier à tomber du haut de cet ancien rempart, m'a-t-on dit après, j'étais le troisième dont on se souvienne. Le premier était mort, le second avait passé neuf mois dans une sorte de coquille en plâtre d'un confort modeste, et moi, j'étais debout ou plutôt assis sur la table d'auscultation tandis que l'on me retirait quelques dizaines d'épines avec une pince.

Mon père m'avait conduit dans ce service d'urgence.

C'était un papa très modeste sauf quand il était question de ses fils.

Je savais que l'autre tortionnaire ne se contenterait pas d'un simple aveu sincère. Le mot journaliste bredouillé par une masse sanguinolente affalée sur la table d'examen ne saurait apaiser sa curiosité. J'aurais dû lui lancer : contrôleur des impôts ! Mais mon père n'aurait pas compris, lui qui n'attendait que cela pour expliquer combien son fils était le plus grand des meilleurs journalistes écrivant sur le vin.

Que pouvais-je y faire ? Un signe, un geste ? J'étais à peine moins vif que la momie de Ramsès et bien plus réactif à la douleur. Donc il sut. Donc, il en oublia pour quelques instants, mais quelques instants c'est parfois suffisant pour pourrir la vie des autres, son serment d'Hippocrate. Au lieu de bien se concentrer sur la radio qu'il venait de me faire passer, il m'expliquait déjà quel était le meilleur rouge de Provence, avec le propriétaire duquel il était dans les meilleurs termes, et que comme c'était un « petit » vigneron, forcément je ne le connaissais pas. Pour rétablir la vérité, il s'agissait d'un domaine à forte notoriété qui figurait dans la plupart des guides.

Quatre semaines plus tard, cet été-là qu'il faisait si chaud, je revins le voir pour me faire retirer l'échafaudage de bandes et d'épingles qui m'emprisonnait l'épaule gauche. Il n'était plus là et son remplaçant fut tout étonné. Pourquoi hurlais-je à ce point quand brutalement il me tirait le bras vers le haut ? Le titulaire du poste était parti en vacances en Provence sur les traces de ses crus favoris. Le remplaçant était un buveur d'eau et un obstiné. « En haut le bras, en bas, remontez-le doucement, puis plus vite. Attendez, je vais vous aider… » Façon de parler !

Jean-Jacques Rousseau m'avait mis en garde : « J'ai toujours remarqué que les gens faux sont sobres et la grande réserve de la table annonce assez souvent des mœurs feintes et des âmes doubles. » Le côté âme double de l'abstinent, je l'ai ressenti très violemment dans mon épaule... Las de secouer mon bras comme celui d'une pompe de fontaine et peut-être aussi de m'entendre hurler, il exigea une nouvelle radio, découvrit la fêlure de l'os et quelques ligaments supplémentaires déchirés.

On me construisit un nouvel échafaudage. J'en repris pour quatre semaines, cet été-là... qu'il faisait si chaud !

Les défenseurs du vin adorent cette citation de Rousseau, sur les gens sobres et faux, tirée d'une lettre à d'Alembert. Elle est vive, courte et pourrait contrer à merveille les prêches de certains inquisiteurs prohibitionnistes rogneurs de liberté.

Ils en oublient volontiers la suite...

Car dans cette même lettre, le philosophe éclairé ajoute : « Jamais peuple n'a péri par l'excès du vin ; tous périssent par le désordre des femmes. La raison de cette différence est claire : le premier de ces deux vices détourne des autres ; le second les engendre tous. » Moins évident à placer aujourd'hui...

Pauvre Jean-Jacques qui avait une certaine facilité à rendre responsables les autres, en l'occurrence les femmes, de ses propres faiblesses. S'il revenait parmi nous, il devrait réviser ses jugements ou devenir sobre. Car les femmes et le vin font excellent ménage, au point d'ailleurs que nombre d'entre elles dirigent des exploitations et même des organisations viticoles. Ce dernier exercice est le plus difficile, car les hommes laissent plus facilement la place aux femmes pour les tâches rudes, la taille de la vigne par exemple, que pour celles, valorisantes, où l'on discute au chaud avec le préfet et les élus de la République.

En 2006, l'ensemble des professionnels du vin à Bordeaux, producteurs indépendants ou coopérateurs, négociants, ont renouvelé par vote leur bureau interprofessionnel. Sur cinquante membres, ils ont désigné une seule femme ! Alors que la région fourmille de vigneronnes, souvent des battantes qui allient le goût de la qualité et le sens de la communication. J'ai raconté cela à l'époque dans *Le Point* et le seul écho qui me soit parvenu fut celui-ci : « Encore une attaque contre Bordeaux ! »

Quand je dis qu'elles sont souvent des battantes, les femmes du vin, c'est vérifiable et facile à comprendre. Il leur a fallu beaucoup de courage et de ténacité pour s'imposer dans ce monde masculin et qui entendait le rester. Souvent, c'est contre leur propre famille qu'elles ont dû ferrailler pour parvenir à leurs fins.

Jocelyne Depardon est la vigneronne du domaine du Point du Jour à Fleurie, un des plus délicieux crus du Beaujolais où les Depardon sont légion.

Quelques-uns sont cousins avec Raymond le photographe.

« J'avais déjà deux sœurs aînées. L'une est dans la coiffure et l'autre dans les bijoux. Quand je suis née, mon père était en train de tailler la vigne autour de la maison, la sage-femme lui a crié du balcon que c'était une fille. Il a jeté sa casquette et il n'est pas rentré à la maison. Le voisin a dit : On ne boira pas un coup ! Quand mon premier fils est né, il a fait le tour du village avec une caisse de champagne dans le coffre. Mon père n'était pas macho, c'était l'époque qui voulait ça. Après, il était content et fier que je reprenne. J'ai bien essayé de faire un métier de fille, secrétaire. Mais je suis bien vite revenue aux vignes. J'étais la plus proche de papa, toujours dans ses guêtres. Quand j'ai commencé à travailler avec lui, je lui ai dit : Faudra que ça me plaise. Il m'a tout de suite laissé les clefs du cuvage. Quand je sortais et que je draguais, je ne disais pas aux garçons ce que je faisais, je baratinais un peu. C'était pas évident. »

Dans les années 80, rares étaient les femmes qui pouvaient reprendre directement la propriété comme l'a fait Jocelyne dix ans plus tard. La plus célèbre, Colette Faller, est devenue vigneronne à part entière en 1979 à la suite d'un drame : le décès de son mari. Colette, bientôt suivie par ses filles Catherine et Laurence, a fait du domaine

Weinbach, 100 % féminin, l'un des plus renommés d'Alsace.

La plupart ont dû emprunter des chemins détournés, commencer par exercer un autre métier, « un métier de fille » comme dit Jocelyne. Puis, quand il n'y avait plus d'autres choix possibles, revenir au domaine.

Anne Hugues était conservateur du musée de L'Isle-sur-la-Sorgue. Son mari architecte possédait un domaine viticole dans les coteaux du Lubéron, confié à un fermier coopérateur. Quand celui-ci est parti en retraite vers 1985, Anne a décidé de prendre la suite, de quitter la coop, de faire son vin et de le vendre. « Je suis passée de la culture à l'agriculture », dit-elle. Exercice difficile que de quitter la coopération ! C'est vécu comme un reniement, surtout dans le Sud où la coopération est plus qu'un mode de production, un engagement philosophique et même souvent politique. « C'est passé tant bien que mal car j'étais mariée avec Jean-Pierre, quelqu'un du coin et dont la famille était connue. » Personne n'a voulu voir que c'était une femme la responsable de ce grand tournant. « Encore aujourd'hui, il y a des gars qui arrivent à la cave et me disent : Il n'y a personne ? »

Véronique Braud dirige le Château Sauman dans les premières côtes de Blaye au nord de Bordeaux. Avant, elle a été éducatrice spécialisée jusqu'en 1989. « Maintenant j'ai fait mes preuves. De ma génération, dans l'appellation je suis la première femme à m'être installée. Cela n'a pas toujours été simple avec mon père. Ce n'est jamais facile de changer les choses, même les étiquettes... » C'est dit avec diplomatie, mais en 2005, quand Véronique nous racontait cela, après quinze vendanges par elle dirigées, après avoir réussi à produire un vin remarquable, elle ne pouvait toujours pas modifier l'habillage des bouteilles du domaine...

Martine Langlais-Pauly s'occupe désormais et avec beaucoup de talent du Château Clos Haut-Peyraguey, un des meilleurs crus classés de Sauternes, voisin d'Yquem.

« Je dirigeais une clinique de convalescence psychiatrique mais en fait j'attendais. J'étais dans les starting-blocks depuis quinze ans. Mais mon père est de la génération qui ne voyait pas les filles faire la vigne. Quand un voisin lui posait la question de sa succession, il répondait qu'il n'avait personne. Moi, je bouillais. J'avais vraiment envie de lui dire : Je suis là. Et finalement, je suis bien là. Mon père est ravi de voir la propriété toujours dans la famille, même s'il a encore un peu de difficulté à le dire. C'est dans son caractère... »

Petit cru accroché dans les murs anciens de Saint-Emilion : La Clotte. Quatre hectares escarpés, morcelés, pas faciles à travailler pour Nelly Mouliérac. « Mon grand-père était fondateur de la Jurade [la confrérie] de Saint-Emilion. Il avait deux filles et dans les années 1950, les filles ne faisaient pas de vin. Alors, il a donné le vignoble en métayage... Ma mère a monté une pension de famille et le domaine est resté vingt-sept ans comme cela. Quand j'ai commencé, je n'avais pas beaucoup de références. Toute l'expérience de mon grand-père, la mémoire du vignoble, avait disparu avec lui. »

Un jour, non loin d'Avignon, un vigneron de Gigondas mariait son fils à une jeune et brillante directrice des relations humaines d'un grand groupe industriel. A l'employé de mairie qui lui demandait la profession de la jeune femme, il répondit : « Bah, marquez secrétaire ! »

A Gigondas on avait une solide réputation de macho mais aussi le sens de l'humour, puisque c'est un producteur, papa d'une fille, qui nous a narré cette histoire sans doute authentique. Depuis, la Providence en a rajouté côté humour. Car beaucoup de ces solides gaillards ont eu des filles. La plupart d'entre elles ne sont pas devenues infirmières ou institutrices mais vigneronnes à part entière. Après avoir obtenu un BTS élaboration et commercialisation des vins, Anne-Marie Gaudin a rejoint son père en 1987. Elle se souvient en riant des premières réunions auxquelles elle assistait : « Les gens me disaient bonjour, étaient très aimables, mais dès que ça parlait vin, ils ne m'adressaient plus la parole. Aujourd'hui, on est davantage de filles. Moi, je suis la plus ancienne, ils se sont habitués, ils me parlent. Pour les petites nouvelles, ce n'est pas gagné ! » Mais au total, sur une photo de famille rassemblant pour l'occasion une quarantaine de producteurs, on compte déjà une petite dizaine de vigneronnes.

Vigneronnes, sommelières, œnologues, les femmes sont de plus en plus nombreuses dans les métiers du vin. La place qu'elles occupent est souvent plus importante que ne le perçoivent les hommes. Il m'est arrivé de nombreuses fois d'aller visiter des vignerons accompagné d'une consœur ou d'une œnologue confirmée, l'une comme l'autre plus habituées que notre hôte aux dégustations à répétition. Pourtant, très souvent, j'ai vu le vigneron ne sortir que deux verres : un pour moi et un pour lui. Encore plus souvent je l'ai entendu questionner la dame : « Vous en voulez un peu ? » Ou, version plus moderne : « Vous dégustez aussi ? » J'admire la patience des femmes, due sans doute à la longue pratique – cela relève de l'inné – du mépris masculin.

Malgré tout, le pire est passé. Il fut une époque où des viticulteurs refusaient l'entrée de leur cave aux femmes, de peur qui si elles étaient en période de règles cela ne fasse tourner le vin. Comme pour la mayonnaise… Cela ne se passait pas au Moyen Age, je l'ai entendu pour la dernière fois dans la bouche d'un jeune vigneron en 1992 !

La mécanisation, les directions assistées sur les tracteurs, beaucoup de choses ont simplifié la vie des vignerons en général et des vigneronnes en particulier. Michelle Cligny travaille en famille et prend peu à peu la direction du domaine familial dans l'Aube, en Champagne : « J'ai une spécialité, la vinification, mais quand il faut aller tailler on y va tous. Dès l'âge de huit ans, je menais un rang comme un adulte… Je fais tous les postes dans les vignes mais je n'ai pas la force d'un homme, c'est la limite. Quand je suis en train de soutirer en cuverie, si c'est un homme qui a bloqué l'ouverture d'une cuve, je ne peux pas la débloquer ! » Tout n'est donc pas perdu pour les hommes…

Les femmes dégustent-elles mieux que les hommes ? Certaines études tendent à l'affirmer. Je me méfie des généralités. Je crois davantage à la capacité de chacun, homme ou femme, pour peu qu'il ou elle travaille beaucoup. La seule vérité en matière de dégustation, me semble-t-il, est celle que l'on approche quand on s'immerge longtemps dans un vignoble, verre et carnet de notes en main. Mais ce que je puis affirmer c'est que du côté des femmes, le besoin de démontrer « que l'on connaît » est bien moins présent. J'ai rencontré beaucoup de grands connaisseurs et très peu ou pas de grandes connaisseuses…

Ma détestation du grand connaisseur ne prend pas (uniquement) sa source dans le peu glorieux épisode de l'histoire des sciences médicales que j'ai rapporté plus avant.

Je lui reproche surtout de n'être point partageur. Sa grande connaissance n'a rien d'initiatique. Elle n'a d'autre but que d'affirmer sa supériorité, de réduire au silence les autres. J'aime visiter une salle de musée avec un conservateur érudit qui n'a d'autre but que de nous aider à mieux ressentir.

Je me souviens d'Albert Jacquard au micro de Lorraine Cœur d'Acier, en 1979, expliquant la génétique à des familles de sidérurgistes qui, a priori, avaient d'autres préoccupations.

L'Europe, Usinor, les patrons, le gouvernement, Raymond Barre : ils avaient presque tout le monde contre eux. L'acier ne payait plus et les hauts fourneaux du Pays haut devaient s'arrêter. Leur vie aussi par la même occasion. Depuis l'acier coûte très cher. Il est devenu une denrée presque rare, mais il est un peu tard pour la Lorraine que l'on a désarmée comme un trop vieux vaisseau de guerre.

Fallait vraiment avoir la foi du charbonnier, celle qui animait l'auteur d'*Eloge de la différence*, pour imaginer tenir en haleine sur un tel sujet un tel public.

Quelqu'un dans le studio de la radio pirate demanda à Jacquard : c'est quoi un gène ?

« Essayez de mettre votre langue en forme de tuile romaine à l'envers. Vous allez voir : certains vont y parvenir, d'autres non. Parce qu'ils n'ont pas le gène qui leur permet de le faire. C'est cela la différence génétique entre nous. Tous semblables et tous différents. »

Ce soir-là, quelques milliers de personnes entre Mont-Saint-Martin, Longwy et Longuyon, penchées sur leur poste de radio, ont tordu la langue en écoutant ce professeur pas ordinaire placer son savoir à portée de leur salle à manger.

Celui-là, je l'aime. L'autre, le connaisseur, qui place des chicanes et des barbelés entre sa prétendue science et les humains, je l'adore surtout quand je peux l'allumer et le mettre minable devant ceux qu'il croyait étouffer.

Je ne sais pas trop pourquoi le vin génère autant de fâcheux et provoque autant de crainte. Oui, de crainte. La pire, celle de passer pour un ignorant !

Si l'on demande à quelqu'un qui écoute de la musique pourquoi il écoute de la musique il répondra qu'il écoute de la musique parce qu'il aime écouter de la musique et que c'est son plaisir. Ou quelque chose d'approchant. De même, si l'on procède à un rapide sondage à la sortie d'un cinéma. Les gens vous diront qu'ils vont au cinéma parce que cela les cultive, les distrait ou que le pop-corn déchire… Suivant les âges. Point.

En revanche, avec le vin c'est plus compliqué. Les gens commencent par s'excuser : « Ah, je n'y connais pas grand-chose ! » Ou direct : « Je n'y connais rien ! » Réponse plus franche et souvent féminine.

Mais qui leur a demandé « d'y connaître », d'apprendre par cœur la liste interminable des appellations contrôlées ? Personne.

Dans les communiqués de l'INAO, l'Institut national des appellations d'origine, en principe tour de contrôle du machin, il m'est arrivé de trouver des chiffres contradictoires ou approximatifs. Je me souviens du discours d'un président de l'INAO commençant par ces mots : « La France compte 437 appellations contrôlées environ. »

Un chiffre aussi précis, 437, accompagné du mot environ, m'avait rappelé délicieusement l'humour par l'absurde d'Alphonse Allais soulignant combien le pied est un élément important chez le fantassin. Bref, eux-mêmes, les grands prêtres, ne savent pas très bien combien de paroissiens assistent à la grand-messe des AOC.

C'est dire.

Le vin n'a pas besoin d'érudition.

De même qu'il n'est nullement exigé du connecté MP3 un brevet d'aptitude à la lecture du solfège ou du cinéphile amateur le savoir d'Henri Langlois.

Alors, d'où vient cette culpabilité qui se traduit par le « j'y connais rien » préalable ?

On ne me retirera pas de l'idée que la faute en incombe au grand connaisseur. Dans chaque famille il en existe un, terroriste dormant en période endive et steak haché calibré, mais parfaitement opérationnel dès le moindre signe de rassemblement festif. Autrefois, il avait le physique des personnages de Daumier, gras, rond, le gilet et la montre, le double menton agressif, le cerne gras et méprisant. Il n'existe plus, cet oncle suffisant et pervers, tireur de jarretelles. D'autres l'ont remplacé. L'enquiquineur des banquets n'a pas de gilet. Il est souvent mince et ressemble plus à un philatéliste qu'à un descendeur tout schuss d'escaliers de cave. Parfois même il ne boit pas, il se contente de collectionner. Le critique américain Robert Parker raconte qu'un jour il a cédé au désir de rencontre d'un de ses compatriotes grand connaisseur. Celui-ci l'avait tant harcelé de courriers qu'il avait fini par accepter une invitation *at home*.

Parker se rend donc chez le passionné en question. Il est reçu par un couple charmant qui lui fait visiter une matinée entière les richesses de la cave verrouillée comme il se doit, protégée, climatisée, ventilée, humidifiée sous contrôle électronique... Lumière basse tension évidemment ! Les bouteilles des plus grands crus de France et d'ailleurs sont alignées sans qu'aucun grand millésime manque à la parade. Le temps passe. Parker, qui a déjà eu cent fois l'occasion d'admirer ce genre de trésor, commence à s'ennuyer ferme et pense au somptueux déjeuner accompagné des meilleurs crus qui doit conclure cette visite admirable. Le foie gras sur l'Yquem, l'Hermitage de Gérard Chave pour donner la réplique au feuilleté de truffes tièdes. Et pour ne pas trop se charger, un blanc de poularde accompagné d'un musigny 1961...

Peau de balle, ses hôtes lui font avaler en vitesse une cochonnerie sous cellophane arrosée d'un picrate à un dollar acheté au supermarket du coin. Le vin, les grandes bouteilles, c'était seulement collection ! Ceux qui ont vu *Mondovino*, le film documentaire de Jonathan Nossiter, se diront que Parker aurait dû se faire accompagner par son « chien péteur », comme il nous le présente lui-même dans le film. La visite eût été de plus courte durée.

Une réminiscence de bonne foi me fait souvenir que tous ne sont pas ainsi.

A Paris, la très riche veuve d'un grand capitaine d'industrie adore convier sommeliers et cuisiniers régulièrement dans les meilleurs restaurants ou chez elle. Elle fait déboucher pour l'occasion les premiers crus classés de Bordeaux, les clos-du-mesnil de Krug ou parfois même Sa Majesté la Romanée-Conti.

Il est des façons d'occuper son argent plus égoïstes.

Dans mon village au bord de l'Yonne, j'ai connu un entrepreneur qui possédait une cave très fournie et qui savait en faire profiter les autres. Un peu trop même, parfois avec un certain manque de discernement. Bien avant que Guy Roux les propulse en division 1, du temps des autocars poussifs, les joueurs et l'encadrement de l'AJA venaient chez lui fêter les victoires. A la moindre occasion, Jean Delagneau n'hésitait pas à sortir quelques très grands bourgognes qui auraient mérité un peu plus de mise en scène et la compagnie d'une bien saignante viande rouge. Jean était pêcheur. Un jour, pendant les crues, sa barque se décrocha et alla s'échouer sur un banc de sable. Deux gars solides vinrent la tirer sur la berge et la vider de son eau. Pour les remercier, il les invita à boire un canon dans la cave. Dans un département qui en 1930 comptait quarante-quatre mille bouilleurs de cru, record de France, la tradition du canon perdure. Même sans l'épisode de la barque, ils auraient de toute façon atterri à la cave. Là, il prit deux grands verres à pied, extralarges du bas et resserrés en haut. De ces ballons tellement immenses qu'un poisson rouge se croirait de retour au pays. Puis il versa lentement le vin en inclinant le verre pour qu'il se répande le long de la paroi et s'oxygène au maximum. Chambolle-Musigny Clos des Amoureuses de chez Amiot, me semble-t-il, peut-être un millésime 1976, année de la sécheresse, très réussie pour les grands rouges bourguignons. Chambolle est un cru de Bourgogne des plus délicats, on le repère à ses arômes de rose et de framboise, une bouche en dentelle. Dans le livre référence *Les Grands Vins de Bourgogne*, paru en 1892, Danguy, professeur de viticulture à Beaune, et Aubertin, officier d'académie, livrent cette appréciation : « … plusieurs œnologues ont émis l'avis que ce sont les plus fins, les plus parfumés et les plus délicats de la côte de Nuits. »

Jean tendit à chacun son bocal et attendit le verdict. Alors le Jean-Jacques, le plus costaud des deux, vida d'un trait son verre, repoussa sa casquette vers l'arrière, sortit du paquet une Gauloise un peu fripée et dit : « Il est bon ton vin, on sent ben qu'il a du degré ! »

La capsule

« Ah ! Sophie, la vie est bien mauvaise chose pour les âmes sensibles ; elles sont entourées de cailloux qui les choquent et les froissent sans cesse. »

DIDEROT, lettre à Sophie Volland,
20 septembre 1760

Le Médoc est un pays sans étrennes. A l'ouest, du sable couleur de cendre et des pins à n'en plus finir, qui sur une large bande pompent l'eau des sols. On s'enlise en avril. L'été, c'est sec et brûlant. Un mégot ou un tesson de bouteille peut embraser des centaines d'hectares en quelques heures. Des routes toutes droites et étroites bordées de larges fossés ne mènent nulle part, ou parfois à l'Océan avec des vagues monstrueuses qui rendent périlleuse la baignade. Il suffit de s'y perdre une nuit d'orage pour connaître l'oppression. A l'est, au long de la Gironde, c'est plus humain : des vignes rangées, serrées, nombreuses, alignées comme avant la bataille. On a ainsi tiré le meilleur parti de la pauvreté des sols : une mer de petits cailloux vomis par la Garonne, quand, du temps de sa rage, elle arrachait aux Pyrénées ce qui tentait de lui faire obstacle. Et partout, du vent qui moutonne le relief et perd la boussole en bout d'estuaire.

Ici, la terre est pauvre et rien de fragile ne pousse en surface : blé, colza... allez voir en Beauce !

Le pin fut un placement de paysan, à long terme et sans grand risque. Sauf l'incendie.

La vigne fut un investissement de bourgeois, de riches habitants des villes, de Bordeaux ou d'ailleurs, de Paris ou de Londres. De loin, on a bâti des domaines. Encore aujourd'hui, rares sont les propriétaires qui habitent sur place. Les châteaux sont le plus souvent de grandes façades mortes aux volets fermés qui s'animent uniquement lors des réceptions. Ce vignoble qui fait rêver le monde entier n'accueille pas. L'hôtellerie est presque inexistante, les restaurants peu nombreux. Les grands châteaux ne vendent pas de vin. Tout passe par « la place », un terme qui désigne l'ensemble du négoce bordelais. Le cru cède au négociant et celui-ci se charge de disperser les caisses auprès de revendeurs dans le monde entier. Il n'y a pas si longtemps, le propriétaire d'un cru classé, après une visite prévue de longue date, indiquait à ses hôtes désireux d'acquérir une caisse ou deux de ses vins le magasin Carrefour en banlieue de Bordeaux…

Quelques-uns cependant font des efforts. Depuis peu, on peut acheter des tee-shirts ou des objets du vin : bondes en verre qui bouchent les fûts, tire-bouchons gravés au nom du château, parfois même quelques bouteilles… Les crises, la concurrence ont fait bouger les mentalités. Lentement. L'œnotourisme de luxe et bien organisé fait s'ouvrir quelques grilles le samedi…

La famille Cazes, propriétaire de Lynch-Bages, cru classé de Pauillac, a compris depuis longtemps qu'une telle indifférence pouvait s'interpréter comme du mépris et s'emploie à rendre un peu plus chaleureux son Médoc d'autour. Les Cazes, Jean-Michel le chef de clan et sa sœur Sylvie, ont créé Cordeillan Bages, un restaurant gastronomique qui vise les trois étoiles au Michelin. Au village de Bages, qu'ils font revivre, ce sont eux qui ont réinstallé une boulangerie, un magasin de souvenirs et un magnifique bistrot de campagne. Rien que la machine à couper le jambon ancienne, monumentale, vaut le déplacement… La boulangerie a ouvert en premier : un hommage au fondateur du petit empire familial. Les Cazes, contrairement à d'autres familles qui ont eu des itinéraires comparables, n'ont pas oublié leurs origines. Petits paysans miséreux d'Ariège, ils sont venus dans le Médoc au temps du phylloxera. C'était la désolation. On arrachait, on plantait. La vigne semblait survivre, vivre même, puis d'un coup dépérissait et tout était à refaire. La bête était coriace. Un insecte de rien qui piquait les racines, y pondait ses œufs, bloquait la sève et faisait crever la plante. On a tout essayé, depuis les processions jusqu'à l'urine humaine qu'un docteur miracle recommandait et vendait aux malheureux de la Rioja en Espagne, eux aussi victimes de l'insecte… Une époque bénie pour les charlatans et les escrocs. Une époque, aussi, où on avait besoin de beaucoup de main-d'œuvre. Pour le terrassement ou pour enfoncer dans le sol des pals en cuivre, d'énormes seringues remplies de sulfure de carbone qui expédiaient *ad patres* le phylloxera, du moins pour un temps. Les ouvriers agricoles venus d'autres départements trouvaient de l'embauche sur les grandes propriétés du Médoc. C'est comme cela que les Cazes sont arrivés ici, avec d'autres qui le plus souvent sont restés. Jean-Michel Cazes m'a dit un jour être retourné dans le village de ses ancêtres, là-bas en Ariège. Quelques maisons abandonnées et un cimetière où, me dit-il, il n'avait retrouvé que des noms figurant aujourd'hui dans l'annuaire de Pauillac… Le grand-père Cazes est devenu le boulanger de Pauillac, puis boulanger et assureur. Le père de Jean-Michel fut, lui, assureur à plein temps. Les Cazes sont devenus propriétaires de Lynch-Bages, cru classé de Pauillac dont la renommée n'est plus à faire, puis de Château Les Ormes de Pez à Saint-Estèphe… Mais ils n'ont jamais oublié la boulangerie des débuts. D'où, à Bages, le fournil tout pimpant.

Ils sont un peu l'exception qui confirme la règle.

Sinon, le Médoc vivant est celui des petits exploitants, des salariés et des vignerons au service des grands. La pêche, la chasse et les lotos de salle des fêtes le samedi soir rythment les loisirs.

Quelques clans organisent l'amitié et les rencontres. Le mieux informé et le plus sympathique est celui des maîtres de chais des grands crus. Ils goûtent entre eux, échangent des confidences. Ils partent tous les ans, pas très loin, en car, juste histoire de sortir du Médoc pour une journée de festin où l'on s'échange les bouteilles. Elles sont nombreuses, à l'inverse des rares invités admis dans ce cercle très médocain, donc par définition très fermé.

En Médoc, le rang social est aussi lisible que l'était celui de la Lorraine du fer et de l'acier avant qu'elle ne rouille : en haut de la colline, la demeure du maître de forges ; autour, les villas des cadres ; en bas, les petites maisons appuyées les unes sur les autres des ouvriers et mineurs.

Ici, c'est le fameux classement de 1855 qui a désigné les maîtres de forges et définitivement scellé le rang de chaque cru. Il y a les classés et les autres. Il y a ceux qui choisissent leurs acheteurs et ceux qui les espèrent. Deux mondes à part qui ne se fréquentent guère. Ce classement, voulu par Napoléon III en vue de l'Exposition universelle, a d'une certaine façon figé les rapports sociaux dans le pays. Il a créé une aristocratie, j'allais écrire moderne, disons plutôt récente, contemporaine avec en héritage quelques tics de comportement féodaux. J'étais assez surpris l'autre jour de constater qu'un de ces riches châtelains, propriétaire d'un très beau parc secret, caché entre le château et une forêt, tutoyait son maître de chai, tandis que l'autre lui répondait par un vous respectueux. « Nous avons été élevés ensemble, nous avons le même âge, on a appris à faire du vélo côte à côte et nous allions des journées entières pêcher dans l'étang, nous ramassions les cèpes dans le bois... », me dit le châtelain, âgé aujourd'hui d'une petite quarantaine. J'imagine qu'enfants, chez ces deux-là, le tutoiement était réciproque, mais comme dans les contes de princes et de princesses, le fils de berger est devenu berger et salue bien bas son ancien copain de pêche à la grenouille transformé en seigneur.

Dans ce pays où l'on s'observe, les tensions, immédiatement palpables, sont soigneusement contrôlées. Entre grands propriétaires, il ne peut y avoir de querelles irrémédiables façon Corse.

On est obligatoirement contraints de se côtoyer, de se parler, de faire semblant. On est du même bord. Les dégustations de prestige, les voyages de promotion à l'étranger, les réceptions et les fêtes officielles obligent à dissimuler les inimitiés. Au pire, on sait et on ne dit rien. Au mieux, on balance avec l'écran presque total de l'humour : les pires vacheries passent plus facilement quand elles sont distillées sur l'air de la blague. Mais c'est assez exceptionnel, et réservé à un public restreint, celui des amis ou plutôt des admis, ceux qui de temps en temps déjeunent au château.

C'est au cours d'un de ces déjeuners que l'on m'a raconté le départ des Broutelamer. Ce sont les anciens propriétaires du Château Laggrave Dessus, très grand cru classé du Médoc. Ne le cherchez pas dans les guides. L'histoire est récente, trop, moins de vingt ans, pour que je puisse donner les noms véritables. Moi-même je n'aime pas beaucoup qu'on me fasse le coup du déguisement, mais j'y suis contraint. D'autant qu'au cours de ces déjeuners, ceux qui racontent ont souvent la dent dure et parfois en rajoutent un peu. C'est peut-être le cas… Bien que je me sois fait confirmer certains passages, les plus savoureux, par le régisseur du domaine où se déroule cette histoire.

Un très beau château, avec une vue imprenable sur l'estuaire, beaucoup de bâtiments annexes, des allées de graviers blancs qui les séparent.

Autrefois, dans ce Médoc presque insulaire, on vivait en autarcie. Les jardiniers fournissaient les fruits et les légumes, des bergers s'occupaient du cheptel, tonneliers et charrons faisaient aussi partie du personnel logé sur place. Il fallait donc beaucoup de place et comme la main-d'œuvre était bon marché, on construisait vaste. Les propriétaires et encore plus les gérants, qui étaient les vrais dirigeants des domaines pour le compte de banquiers ou d'entrepreneurs la plupart du temps absents, avaient instauré des règlements intérieurs qui prenaient en charge l'ensemble de la vie sociale de ces presque villages. La santé, l'éducation, les accouchements, les maladies et la mort : il fallait organiser et prévoir. Le Château Beychevelle, cru classé de saint-julien, possédait une crèche jusque dans les années 1930.

Encore aujourd'hui, persiste de cette époque une atmosphère bien particulière dans les châteaux, et les relations entre patrons et salariés surprennent l'étranger. Quand on a la chance de déjeuner au prestigieux Château Lafite-Rothschild, ce sont les ouvriers de chai, en tablier de travail bleu marine, qui servent à table et n'hésitent pas à se mêler à la conversation pour peu qu'on les sollicite. Même en présence de « Monsieur le Barongg », comme se plaît à dire Eric de Rothschild avec humour et complicité. Lui n'oublie jamais un anniversaire, ne rate pas une naissance, et ce sont les vignerons du domaine qui souvent posent pour la carte de bonne année signée chaque fois d'un très grand photographe.

De loin, avec nos réflexes conditionnés par les luttes sociales, on ricane de ce paternalisme dépassé et naïf... A fréquenter d'un peu plus près cette société médocaine isolée, on comprend que c'est une manière de vivre et d'assumer une différence avec le monde extérieur. « On ne traverse pas le Médoc, on y vient exprès », disent les vieux.

D'où certaines réactions irréfléchies, instinctives ou violentes, pour peu qu'on tente de modifier les règles.

On se souvient des tentatives courageuses voire téméraires d'Alain Bougrain Dubourg pour faire cesser la chasse aux oiseaux migrateurs, et des réactions démesurées qu'elles suscitaient.

L'excellent vigneron Jean-Luc Vonderheyden s'occupait du domaine familial Château Montbrison, en appellation margaux. Un matin, il avait retrouvé un bon nombre de ses pieds de vigne sectionnés, coupés au ras du sol. Un acte violent, un crime dans le monde viticole. Jean-Luc était victime de son franc-parler. Il avait eu le tort de dénoncer, pendant une réunion, et sans citer de nom, les rendements trop vigoureux que certains médocains pratiquaient. Jean-Luc était très jeune et déjà poursuivi par le cancer qui devait gagner la partie peu de temps après. Ceux qui lui ont fait ça ne le savaient pas, du moins je l'espère. Dorment-ils bien ? Jean-Luc avait juste tort d'avoir raison..., un peu tôt.

Depuis, les crises, la mévente des médocs de base ont provoqué quelques prises de conscience tardives. Par rapport à l'autodiscipline que Jean-Luc prônait, les réformes intervenues paraissent beaucoup plus drastiques. Le contrôle de la qualité des vins pour obtenir l'AOC, organisé jusque-là par les vignerons eux-mêmes, faute de rigueur, leur échappe. Désormais, c'est un organisme du style certificateur qui s'en charge, et celui-là ne possède pas de pieds de vigne que l'on peut au petit jour mutiler...

Dominique Hessel, organisateur d'un classement des crus bourgeois qui d'ailleurs s'est terminé au tribunal par une annulation, avait, lui, trouvé des petits ballons remplis de gazole, peut-être des préservatifs, accrochés dans ses vignes. Le classement avait pour but d'éliminer de la rubrique cru bourgeois les mauvais, les négligents, les manipulateurs qui multipliaient les châteaux au fil des besoins de leurs acheteurs discounteurs. Une chaîne de supermarchés voulait un cru en exclusivité et à très bas prix, pas de problème, on inventait un nom de château bidon et le tour était joué. C'était surtout le consommateur en l'occurrence qui était joué, car ce qu'il y avait dans la bouteille était exactement la même chose que dans les rayons du super d'en face, avec simplement un autre nom. Ces hardis militants de la cause du pipeau et des fraudes n'ignoraient pas que Hessel vendangeait à la machine et que celle-ci, contrairement au vendangeur de chair et d'os, n'a pas d'œil… Dix centilitres de gazole dans une benne, puis dans une cuve, et c'est une bonne partie de la récolte qui est fichue, même pas acceptable pour la distillation.

Un ami régisseur d'un cru classé dit : « Ce qui fait le malheur de ce Médoc, c'est ce qui l'a aussi préservé : l'absence de route convenable pour y accéder. Il y a des années, quand les élus ont imaginé un projet de contournement de Bordeaux par l'est, vers le Libournais, les Médocains se sont lamentés. Ils étaient, comme toujours, les grands oubliés de l'histoire. Personne n'avait pensé à eux ; pas d'accès ; pas de bretelle ; personne ne viendrait les voir ; le Médoc restait l'enclavé. Le projet a depuis été abandonné. Voilà qu'un nouveau surgit. Cette fois, on n'a pas du tout oublié le Médoc : le contournement passe par le sud de l'appellation margaux… Les Médocains de hurler de nouveau en disant qu'on va tuer leur vignoble ! Ils ont surtout peur de perdre leur identité ! »

La famille Broutelamer occupait le château Laggrave-Dessus depuis cinq ou six générations.

Avec des périodes fastes où une seule barrique de vin payait le salaire annuel d'un vigneron. Avec, aussi, deux guerres mondiales et, pour interlude, la sinistre crise de 1929. Les Broutelamer ont résisté à tout. Tantôt on roulait dans de somptueuses limousines, tantôt on ne gardait au château que quelques salariés d'entretien et un vacher... Depuis les années 1980, tout allait pour le mieux. Le vin se vendait sans effort et suffisamment cher pour que Monsieur, ardent chasseur, délègue à un directeur technique le soin de faire le vin et d'entretenir la vigne. Madame veillait aux comptes tout en s'assurant que le gibier traqué par Monsieur était bien le sanglier et non quelques proies à la couenne plus douce qui se pistent plus facilement dans le Bordeaux chic et secret où Monsieur, paraît-il, de temps à autre s'égarait. Laggrave-Dessus n'était pas le plus cher des grands crus mais pas le moins rentable non plus. Contrairement à d'autres, le château ne pratiquait pas dans les vignes de sélections très sévères, car son terroir exceptionnel autorisait des rendements confortables. Beaucoup ne gardent pour le grand vin qu'une moitié, parfois un tiers de la récolte. A Laggrave, on préférait de loin la proportion inverse : deux tiers de grand vin et un petit tiers de second vin : « La Châtelaine de Laggrave », cédée évidemment à plus petit prix aux négociants. Mais prière de payer dès réception.

Les Broutelamer, quand ils n'étaient pas en voyage pour la promotion de leur vin, ce qui constitue l'essentiel du travail des propriétaires de grands crus, passaient deux jours par semaine au château. Monsieur faisait le tour du chai avec le directeur, approuvait certains choix techniques, validait une demande d'investissement en matériel. Pendant ce temps, Madame refaisait les additions et donnait ses ordres au personnel féminin en charge de la maison des maîtres. Le reste du temps, le couple vivait dans un très confortable appartement de Bordeaux, à Caudéran, le quartier chic, loin du vent qui souffle presque en permanence sur ce coin de terre entre Océan et Gironde.

Une organisation de vie très classique en Médoc.

Tout aurait été pour le mieux s'il n'y avait eu les enfants. Quand un domaine se vend en Médoc, c'est toujours la faute des enfants.

Soit ils sont absents, et l'on n'a personne à qui transmettre.

Soit ils sont trop présents, et réclament leur part du butin. L'un voudrait bien reprendre le flambeau familial mais l'autre a un fils futur médecin, pharmacien, avocat… Ou tout autre métier qui nécessite un capital d'installation… Et quand on pense à tout cet argent qui dort sous les pieds de vigne…

Soit encore, on n'a pas assez de trésorerie pour payer à l'Etat les très lourdes taxes dont il faut s'acquitter pour céder l'outil de travail à la génération suivante.

Avec ce qu'avaient gagné et économisé les Broutelamer, ces impôts auraient largement pu être acquittés.

L'argent n'était pas un problème et transmettre le bien constitue le but premier du propriétaire foncier en milieu rural. Quitter un domaine qui appartient depuis toujours à la même famille constitue d'ailleurs un demi-échec et un crève-cœur.

Mais en l'occurrence les relations entre héritiers potentiels relevaient de la détestation, et ce n'était guère mieux entre parents et enfants. L'un d'eux supportait mal le caractère autoritaire d'une maman toujours fervente admiratrice de l'œuvre du Maréchal, et ses visites au château fortement espacées n'étaient guère encouragées par ses géniteurs.

Réaliser un partage équitable dans ces conditions, sans l'aide de Dieu qui avait autre chose à faire, était donc bien difficile. Alors, petit à petit, Madame persuada Monsieur de la nécessité de vendre la propriété. Ainsi, avec l'argent récupéré dont ils pourraient disposer à leur guise, ils distribueraient aux deux héritiers potentiels selon les dispositions qu'ils auraient décidées.

Pour l'extérieur, c'est-à-dire les châtelains voisins, le négoce, les courtiers, les relations bordelaises, la presse locale, on prétexta le climat. Il pleut beaucoup à Bordeaux. Et le vent humide de l'estuaire ne convenait décidément plus aux bronches pourtant réputées solides du chasseur. Celui plus sec du vrai Sud, de la belle Provence, du Lubéron par exemple serait davantage bénéfique, même si là-bas le gibier se fait plus rare. D'ailleurs Monsieur avait renoncé à la chasse. Du sanglier et du reste : quand l'odeur de la poudre ne met plus en appétit, il faut savoir ranger les fusils. Donc, on fit savoir discrètement par les banquiers que Laggrave-Dessus était à vendre.

A Paris, entre conseil d'administration, avion et hélicoptère privés, un riche industriel rêvait de rejoindre le club très sélect des milliardaires possesseurs de grands crus. Un vrai industriel dont la fortune ne devait rien aux coups de Bourse. Héritier d'un royaume il avait bâti un empire. Il se trouve que ce riche industriel était un amoureux de Laggrave. « Dans ma cave personnelle, la moitié de mes bouteilles de bordeaux est constituée de Laggrave-Dessus. J'ai presque tous les millésimes récents, j'adore ce vin… », m'a-t-il confié un jour. Autant dire que dès l'instant où les banquiers lui murmurèrent l'éventualité d'un rachat, l'affaire fut presque conclue. Trois ou quatre passages d'hélicoptère au-dessus de l'estuaire plus tard et le riche industriel était devenu le nouveau propriétaire de Laggrave-Dessus, très grand cru classé en 1855. Le chèque signé à cette occasion fut l'un des plus élevés que l'on n'avait jamais offerts pour une transaction de ce type en terre médocaine. Un record mondial qui, depuis, a largement été battu... Cependant, il lui fallait un peu de patience pour vraiment jouir de sa nouvelle acquisition. Il devait attendre que les Broutelamer déménagent... Comme de bien entendu, c'est Madame qui se chargea de superviser l'opération, n'hésitant pas, malgré son âge hivernal, à mettre la main à la pâte afin que rien ne fût négligé. Ainsi, au grand ébahissement du personnel et des nouveaux propriétaires, on vit Madame embarquer les assiettes destinées aux réceptions, les couverts, les torchons et même les produits d'entretien. Tout un inventaire de petites choses dont on aurait pu penser que, avec ce gros paquet de millions en poche, il n'était pas indispensable qu'elle encombrât les camions du déménageur. De plus, c'est certain, le beau Sud provençal est mieux garni que le Médoc en supermarchés.

Un peu déstabilisé par cet acharnement, le riche industriel tenta tout de même une négociation.

Dans un des salons du château trônait en majesté le portrait grand format d'un homme en col d'hermine. Renseignements pris, il s'agissait d'un magistrat, président de tribunal au début du XXe siècle, ami d'un Broutelamer du temps jadis, qui aimait à passer les mois d'été au domaine. Vins et glaives ont toujours fait bon ménage...

Goupillons aussi. Le Bordelais regorge d'histoires garanties vraies de vins et de curés. Celui de Pauillac était alimenté par un assemblage de tous les crus de la commune. Tous les ans, chacun apportait quelques litres de sa propriété. Le tout était ensuite assemblé dans un fût, puis après élevage mis en bouteilles. L'opération se déroulait à tour de rôle dans chacun des châteaux.

En homme de communication, le riche industriel se disait que le tableau, d'une facture très académique, n'était pas un chef-d'œuvre ; malgré tout, vis-à-vis d'un certain public étranger, il donnerait une impression de solennité et de continuité, de décompression de l'espace-temps. Bref, un président de tribunal dans un cru classé ne pouvait pas faire plus mauvaise figure qu'un moine sur un emballage de fromage pasteurisé. Certain de ne pas abuser, n'ayant fait aucune remarque aux Broutelamer concernant leur zèle à faire le vide, pressé qu'il était de les voir partir, il s'autorisa une demande : pouvait-il conserver Son Excellence ?

Devant l'épouse de l'industriel, ce jour-là présente, Madame Broutelamer hésita un instant avant d'acquiescer. « Cela vous ferait réellement plaisir ? Oui… Alors dans ce cas, nous sommes d'accord. Bien que ce portrait fasse partie en quelque sorte de notre famille, nous vous le laissons bien volontiers. »

Quelques semaines plus tard, cependant, le portrait avait disparu…

Stupeur, mais pas tremblements du côté des nouveaux propriétaires, juste un peu d'agacement. Evidemment, le président n'avait pas pris de son propre chef la poudre d'escampette. Et nul, parmi le personnel du château, n'aurait eu envie de l'installer chez soi, accroché au mur du salon. Le nouveau régisseur embauché par l'industriel, sans être Maigret, connaissait bien son monde. Il eut tôt fait de poser son diagnostic : Mme Broutelamer, malgré la parole donnée, avait soit embarqué, soit vendu le magistrat…

Le régisseur se lança sur la piste. Très vite, il apprit qu'un brocanteur de Blaye était venu plusieurs fois avec un camion charger, contre espèces sonnantes et trébuchantes, tout ce que les Broutelamer ne pouvaient ou ne souhaitaient emporter.

Le samedi suivant, il proposa à son épouse d'aller chiner sur l'autre rive de la Gironde, du côté de la forteresse de Blaye imaginée par Vauban pour protéger Bordeaux des appétits anglais. Chez le premier antiquaire visité, ils firent chou blanc. Mais dans l'imposant entrepôt du second, entre vaisselle ébréchée et jougs de bœuf transformés en lustres pour pizzeria, le président en hermine attendait le client. « J'ai appelé immédiatement le nouveau propriétaire pour lui dire que j'avais retrouvé le magistrat et qu'entre-temps il avait pris de la valeur. Le brocanteur en voulait un assez bon prix. On a payé sans discuter. Je n'avais pas très envie de rentrer dans les détails devant lui. On a chargé dans la voiture et on est partis. »

Sur la route, une demi-heure plus tard, l'industriel le rappelle :

« Dites, ça vous ennuierait beaucoup de stocker le président quelque temps chez vous ? J'ai peur que si Mme Broutelamer repasse au château une ultime fois vérifier si elle n'a rien oublié, elle ne revende le tableau à un autre brocanteur… »

Mon ami le régisseur en riait encore en me racontant l'histoire dans la voiture qui ce jour-là nous menait à Laggrave : « Ne vous étonnez pas du mobilier. Pour pouvoir recevoir en attendant de faire les travaux de rénovation, on a fait un tour chez Ikea, histoire de récupérer une table, des chaises et deux ou trois fauteuils. Le portrait du président, c'est rien. Il a fallu qu'on rachète aussi les brosses pour les W.-C. Ils les avaient emportées ! »

C'est ainsi que chez l'un des hommes les plus riches d'Europe, j'ai déjeuné sur une table en panneau de particules laqué blanc à monter soi-même.

Pays dur malgré ses formes moutonnantes, et personnages complexes ; il y a parfois chez ces gens-là du Mauriac façon *Thérèse Desqueyroux*.

Le Médoc est pourtant un vignoble fascinant auquel je consacre beaucoup de temps, plus qu'à la Bourgogne où je suis enraciné. Mais je vais sans doute aggraver mon cas en ajoutant que ce qui m'attire le plus dans ce vin et ces gens, c'est justement leur complexion.

Le Médoc des châteaux, petits et grands, est peuplé de gens bizarres, contradictoires, rarement heureux, souvent torturés et qui ne laissent pas indifférents. Parfois copies conformes des générations précédentes, même dans la façon de s'habiller. Une sorte de mécanique montée avec des engrenages d'un autre siècle mais capable de réaliser des exploits ultramodernes.

Certains propriétaires vous reçoivent d'année en année avec toujours la même veste. J'en suis encore à me demander s'ils disposent d'un lot d'une dizaine de ces vestes ou si un tailleur, qui n'aurait jamais fait jouer son droit à la retraite, reproduirait le même modèle au fil des ans. Parfois une pochette, évidemment de couleur bordeaux ou jaune sauternes, et, signe distinctif de l'aristocratie médocaine façon sport, le mocassin Tod's en daim, sans doute offert pour tout achat d'un quatre-quatre de luxe.

Le même personnage naphtaliné qui semble sorti de l'armoire ou descendre du grenier est tout à fait capable de vous entretenir une journée durant sur la différence entre la maturité physiologique du raisin, celle des tanins contenus dans la peau et les pépins, et celle des sucres, comme le ferait un professeur d'œnologie de l'université de Talence. Inutile de vouloir le sécher sur la dernière innovation technique en matière de fermentation, de pressurage ou sur l'interprétation du rôle de l'argile, il est déjà au courant. Il est même le premier à adopter pour son vignoble ou son chai la dernière trouvaille que les chercheurs n'ont pas encore brevetée, bien avant que les vignerons d'Australie et de Californie, phénix de la modernité, en aient perçu la rumeur.

Les Bourguignons ne se privent pas de moquer le guindé bordelais et de souligner l'apparente radinerie des châtelains en affirmant que chez eux, c'est l'inverse du Médoc : « Les propriétés sont petites mais on y boit de bons coups ! »

Autant il est difficile en Bourgogne de ne pas passer par la cave, autant les portes des châteaux semblent impénétrables quand on n'y est pas dûment invité.

Mais on boit de bons coups aussi dans le Médoc des grands châteaux si on y est connu et apprécié. Le plus difficile souvent est de refuser ! C'est même un authentique crève-cœur que de devoir lever le camp en ayant à peine entamé un magnum de 1961 ! Plutôt que radin, le Médocain est méfiant. Il n'ouvre pas sa porte trop facilement, hésite devant l'avenir.

Il a de bonnes raisons pour cela.

La route des châteaux est une merveille de par sa succession, presque son empilement, de crus aux noms qui font rêver. A peine est-on passé devant Palmer et sa tour pointue que déjà voilà les arbres qui protègent Château Margaux. Et Branaire-Ducru qui fait face à Beychevelle, un des plus beaux sites du Médoc !

Il faut également imaginer les travaux entrepris et les montants de ceux-ci. On est heureux pour le BTP. Ici, le produit intérieur brut de la France section bâtiments et travaux publics s'est frotté, si l'on peut dire, les mains.

Et encore, on ne voit que ce qui est visible, c'est-à-dire hors sol. Les tours, les murs, les parcs, les chais, les vignobles impeccables. En passant seulement devant et sans être invité à visiter, on ne peut deviner les entrailles : le chai circulaire de Lafite, celui plus récent de Latour, l'ultramoderne de La Lagune ou les aménagements de Château du Tertre…

C'est peut-être là le plus spectaculaire. Du moins le pensent tous ceux qui comme moi se souviennent de l'ancien Du Tertre, avant que le très riche citoyen hollandais Eric Albada, fortune faite dans l'épicerie avec les magasins Spar, ne le rachète en 1997.

Albada venait à peine de s'offrir Giscours, superbe cru de margaux auparavant en déshérence, et de le remettre sur ses rails, quand on lui proposa Du Tertre, une cinquantaine d'hectares, une bricole à côté de Giscours, mais un cru classé tout de même. Avec Giscours, Albada n'avait pu acheter que la société d'exploitation. Les terres, le foncier demeuraient aux mains d'une autre famille. Avec Du Tertre, on lui vendait l'ensemble, bâtiments et vignoble ; il était pleinement chez lui.

Quand je pense à Du Tertre ancienne manière, quand j'évoque mes visites là-bas, je vois d'abord un téléphone gris dans une maison vide.

Pour s'y rendre, on suivait un chemin défoncé au milieu des vignes. Puis on arrivait dans une cour glacée qui séparait la maison de maître des bâtiments agricoles où finissaient de retourner en poussière quelques vieilles charrettes à chevaux. La maison de maître ! Le château ! Une bâtisse carrée sans charme et sans vie. On montait un escalier de pierre en serrant les pans de la veste, à cause du vent qui tourbillonnait dans la cour et du froid. Je crois qu'il faisait toujours froid à Du Tertre, ou peut-être était-ce à cause de ce vent qui semblait être le vrai régisseur de cet espace sans murs et sans arbres. On accédait alors à une pièce pas très grande mais nue, pas chauffée, avec pour seul meuble une table en bois clair, des années 40 ou 50, recouverte d'une plaque de verre. Pas de chaises ni de tableaux aux murs, peut-être un calendrier mais je n'en suis pas certain. Rien sinon un téléphone gris à cadran circulaire, modèle PTT, époque Pompidou, comme celui des premiers films de Belmondo aventurier. Il était posé sur un dessus de cheminée en marbre gris lui aussi, mais un peu plus clair. C'était tout. Du moins c'est comme cela que ma mémoire restitue l'endroit.

Quand j'y suis repassé, deux ans après le rachat par Albada, je n'ai rien reconnu des lieux. Je veux dire qu'il m'est d'abord venu à l'esprit que tout avait été rasé et que l'on avait construit à la place un château fin XVIIIe avec les pierres, les poutres, les pavés, les fenêtres, les portes d'un autre en démolition quelque part. Il y avait un peu de ça tout de même. La demeure a doublé de volume, au moins. Les architectes ont récupéré sans doute pas mal de vieilles choses chez les marchands de matériaux anciens. Mais la première impression devant cette transformation, c'est le sentiment d'être passé de l'autre côté de l'écran. Que les dessins animés existent pour de vrai. Que la citrouille est effectivement devenue carrosse. C'est Lewis Carroll, Merlin et sa baguette magique… Sauf que cela n'avait rien à voir avec Disneyland, malgré ce que murmuraient déjà les bonnes langues du Médoc. C'était et cela demeure de bon goût. Désormais, on déguste sur les pupitres d'une ancienne herboristerie et dans le décor d'une pharmacie XVIIIe qui aurait pu servir d'illustration à l'Encyclopédie de Diderot et d'Alembert. Tapisseries, peintures, fauteuils, tout est magnifique. Même les Médocains ont changé leur qualificatif, ils ne font plus référence à Disney mais au Roi-Soleil. Du Tertre est devenu pour eux « le petit Versailles ».

Est-ce aujourd'hui l'âge d'or du Médoc ? Oui, incontestablement, pour les très grands crus de renommée mondiale, mais ils ne sont qu'une pincée. Ceux qui habitent le haut du classement de 1855, Château Margaux, Haut-Brion, Latour, Lafite, Mouton, rejoints désormais par les deux saint-émilion sis sur l'autre rive de la Gironde : Cheval Blanc et Ausone. Ceux-là semblent échapper au marché viticole traditionnel et s'intégrer à celui des produits de luxe entre Ferrari, haute couture et bijoux de la place Vendôme. Ils sont suivis de près par un cercle satellitaire restreint : Lynch-Bages, Pichon-Comtesse, Pichon-Baron, Léoville Las-Cases, Léoville-Barton, Cos d'Estournel, Palmer, Ducru-Beaucaillou et quelques autres, dix, quinze peut-être… Autrement dit, en termes de volume, pas grand-chose. Le reste de la production médocaine, soit plus de 90 %, retient son souffle, quand il n'est pas contraint de brader ses produits pour assurer la trésorerie de l'exploitation. Mais chez les grands aussi, mis à part quelques inconscients sans souvenirs ou qui n'ont pas vécu là autrefois, on garde en mémoire les soubresauts du passé. Le Médoc a davantage connu les vaches maigres que les veaux gras. Le Médoc est un vignoble récent, sa conquête par les grands propriétaires terriens, que furent les Ségur notamment, date du XVIIe siècle, et encore plutôt côté fin du siècle. Bien sûr, le lieu était tentant, proche du port de Bordeaux, le long d'un estuaire, idéal pour le commerce avec l'Angleterre et l'Europe du Nord. Les sols pauvres, constitués de petits cailloux roulés et d'argile en faible quantité, étaient favorables à la finesse des vins. Mais c'était une terre de landes et de marécages où l'on aurait pu entendre hurler la nuit le chien des Baskerville.

En 1805, Antoine Chabannes est ce qu'on appellerait aujourd'hui un jeune interne. Il exerce la médecine depuis cinq années auprès de son beau-père à Pauillac. Il découvre, apprend, étudie le pays, ses habitants, ses maladies. Sa soutenance de thèse le 27 pluviôse an XIV (1805) a lieu à l'Ecole de médecine de Paris et porte évidemment sur le Médoc, pays « entrecoupé de marais et de landes », écrit-il. Le tableau est apocalyptique. Selon lui, qui pour les besoins de son mémoire en rajoute peut-être un peu, les gens vivent dans la fange, boivent l'eau croupie des fossés où s'écoule le purin des fumiers. Les « affections scorbutiques » sont « à peu près générales » et les gens vivent enfiévrés en permanence. « … ils ont une taille médiocre, des formes mesquines et rabougries, la peau sale, huileuse, tannée et mal unie, les cheveux noirs et peu fournis ; ils sont ignorants, faibles, souffrants et très superstitieux ; nulle part les sorciers, les devins, les délieurs, les miraculeuses dévotes, les loups-garous, n'ont autant de crédit… » A l'en croire, même le chien des Baskerville aurait pris ses pattes à son cou.

Il fallait, pour rendre cultivable la terre du Médoc, dépenser beaucoup d'énergie, défricher et surtout drainer, ce qui est le plus coûteux en temps et en main-d'œuvre. Il est fort probable que le Médoc téléporté dans le Massif central, c'est-à-dire sans port, sans liaison directe avec l'extérieur, serait demeuré une lande marécageuse broutée par les moutons. C'est la perspective commerciale qui a motivé les défricheurs. Comme souvent.

A la base de tout grand baratin sur le génie du terroir, il faut d'abord cherchez l'appât du gain. Certes, on ne peut pas faire de grands vins sans un mélange subtil de sols, de climat et d'exposition favorables, mais encore moins sans la volonté humaine. Et celle-ci ne se met en branle que si elle a la certitude de vendre le produit final. Sinon, c'est une entreprise utopique qui tourne court.

Je n'invente rien en affirmant cela, d'autres bien plus savants l'ont fait avant moi. En 1600,

Olivier de Serres, seigneur du Pradel, premier des agronomes français et reconnu comme tel par Henri IV, écrivait déjà dans son *Théâtre d'agriculture* (réédité par Actes Sud) : « Si n'êtes en lieu pour vendre votre vin, que feriez-vous d'un grand vignoble ? » Autrement dit, le meilleur terroir au monde cultivé par le meilleur des vignerons conseillé par le meilleur des œnologues n'a pas d'avenir si le vin qu'il produit ne trouve pas d'acheteur.

La certitude historique d'avoir accès au marché, c'est le fleuve, la route ou plus tard le chemin de fer. Les vins de l'Yonne ont longtemps été en grâce auprès de la cour des rois à Paris, grâce à la rivière qui elle-même se jette dans la Seine. Quand le train a pu véhiculer les vins du Languedoc jusqu'à la capitale en pleine croissance industrielle, c'en fut fini d'une grande partie de la richesse des vignerons de Cravant et de Vermenton, communes installées sur les rives de l'Yonne. Plus encore que le phylloxera et la guerre de 14, c'est la perte d'un marché presque captif qui a ruiné ce vignoble. A Cravant et Vermenton, la taille des maisons en bordure de rivière et des porches ouvrant sur d'anciens chais qui se prolongent dans l'épaisseur des collines témoigne de l'importance du trafic à l'aube des temps modernes. De Vermenton, situé quelques kilomètres en amont, jusqu'aux quais d'Auxerre, on chargeait le vin qui alimentait la capitale. Au Moyen Age, les tonneaux étaient remplis de vins fins, ceux qui régalaient la cour ou partaient vers les ports normands par la Seine ou vers les villes du Nord.

Ensuite, à l'aube de l'ère industrielle, ce furent petits vins et gros volumes : des boissons de gargotes juste bonnes à faire oublier aux ouvriers parisiens leurs misères quotidiennes. L'écrivain du XVIIIe siècle Rétif de La Bretonne, résidant comme Jacques Lacarrière (disparu depuis peu) au village de Sacy, raconte parfaitement les débuts de cette évolution vers le bas. Son père fut un pionnier en la matière. Il a compris très vite d'où allait venir la nouvelle richesse. Le trésor n'était plus dans les vins fins qu'il fallait soigner jalousement, élever en fût pendant plusieurs années au risque, plus que réel à l'époque, de perdre sa récolte, mais dans le vin grossier vite récolté, vite vendu. Sacy était à six kilomètres du premier port d'embarquement sur l'Yonne. Qu'importe ! Rétif père était laboureur et possédait des chevaux pour le transport. Il inventa ou isola, d'après son fils, un cépage de blanc très productif, de piètre qualité (passé à la postérité sous le nom de plant de Sacy) et multiplia ses gains. Il avait compris, bien avant les grandes surfaces, que ce qui compte pour faire de l'argent, ce n'est pas la qualité mais la réduction des coûts.

Qu'importe si la marge est faible, pourvu qu'on ait la quantité !

Cette dégringolade de la renommée a tout entraîné dans sa chute. Les crus fameux d'Auxerre ont tous ou presque disparu. Irancy a longtemps végété avant de retrouver un peu de sa notoriété dans les années 1970. Sans le caractère fort de ses habitants et les vergers de cerisiers pour compléter les revenus… Chablis aussi a résisté, et pour cause : trop éloignés de l'Yonne, ses vignerons n'ont pas été tentés par la folie du vin médiocre.

On considère que le vignoble médocain aurait pris sa forme actuelle entre 1750 et 1800, donc très récemment. Alignement des vignes, recherche d'un encépagement de qualité, techniques de vinification et d'élevage relativement modernes. C'est l'époque où dans les tavernes anglaises on apprécie le « *new French claret* », un rosé foncé qui n'a pas grand-chose à voir avec nos très noirs médocs d'aujourd'hui.

La plupart des grands châteaux que nous connaissons datent du XIXe siècle et de l'époque prospère où l'on recevait l'étranger, où les expositions et foires internationales mettaient en évidence la puissance de la France et de son imposant empire colonial. *Grosso modo*, cela dura à peine un siècle.

Entre le moment où commercialement les châteaux vendent bien et cher et le début des ennuis, combien de temps s'est-il passé ? Soixante-dix, quatre-vingts ans au plus. Car après, les temps furent gratinés : mildiou, oïdium et surtout phylloxera, qui éteint la vigne et tarit les sources de revenus. Quand on commence à trouver la solution par le greffage de ceps français sur des racines américaines, la Première Guerre mondiale se profile à l'horizon. Et quand la paix revient, c'est la crise de 1929 qui fait sombrer l'espoir de renaissance.

Sans compter l'arrêt du marché américain par la loi sur la prohibition survenue en 1918.

Quand enfin la crise s'estompe, c'est de nouveau la guerre, puis l'après-guerre, où les besoins sont davantage du côté de la reconstruction et du blé que de celui des grands vins. Ensuite, c'est le terrible mois de février 1956. La vigne, profitant d'un mois de janvier doux, avait avancé son réveil. Mal lui en a pris, pendant tout février des températures sibériennes vont geler la sève jusque dans le cœur des ceps. Une grande partie est à replanter, et il faut au minimum attendre trois ans pour qu'un pied donne du raisin.

Il reste encore près de 25 000 hectares de vignes à la fin du XIXe siècle, c'est-à-dire en plein avatar phylloxérique ; après la crise des années 30, la Seconde Guerre mondiale et les gelées de 1956, le vignoble médocain ne dépasse plus 6 000 hectares…

Hugues Lawton, négociant décédé aujourd'hui, fut le représentant d'une famille pépite dont l'Angleterre, le Danemark et l'Allemagne nous ont fait don par un de ces curieux mélanges dont Bordeaux a le secret.

Son nom traduit une origine fortement british, mais il descend également des de Luze et des Bethmann originaires de Francfort, et des Cruse, famille danoise. Emmanuel Cruse, qui dirige Château d'Issan à Margaux, est toujours consul permanent du Danemark. Chaque année d'ailleurs, une partie de la vendange est assurée par un collège d'étudiants danois qui demeurent au château une quinzaine de jours. Cette blonde main-d'œuvre attise la curiosité des courtiers bordelais. Parmi leurs charges, ces derniers doivent s'assurer du bon état sanitaire du raisin afin de garantir la qualité du vin plus tard à leurs clients négociants. Pendant les vendanges, ils sillonnent donc le vignoble, serrant des mains par-ci, goûtant le jus de raisin par-là. Emmanuel Cruse nous affirme que les courtiers mettent un certain zèle à remplir cette tâche à Château d'Issan. Une forte majorité de ces étudiants danois est composée d'étudiantes, mais cela n'a sans doute rien à voir…

Hugues Lawton a signé en 1999 avec Jean Miailhe, figure du Médoc et propriétaire de plusieurs crus bourgeois, un petit livre de souvenirs croisés* où ils évoquent quelques épisodes de

---

* *Conversations et souvenirs autour du vin de Bordeaux*, éd. Confluences.

cette longue traversée médocaine du désert. Hugues Lawton se rappelle les années 1930 : « Je me souviens d'un article écrit par Emmanuel Caussade, un grand courtier en vin, et par mon père, qui s'intitulait "Une terre qui se meurt, le Médoc". Tout était à vendre, il n'y avait pas d'acheteurs. On voyait, quand j'étais enfant, les vignes arrachées, tout le Médoc était en période d'arrachage. »

Le grand-père de Hugues Lawton était alors propriétaire de Léoville-Poyferré, cru classé de saint-julien. Il fut d'abord contraint de vendre le mobilier et l'argenterie pour faire face aux seuls frais de culture. « Mon grand-père n'a pu se sortir d'affaire qu'en vendant la propriété, à une famille qui est toujours propriétaire, une famille du nord de la France, les Cuvelier. »

Jean Miailhe, lui, raconte le rachat par son père et son oncle du cru bourgeois Château Citran dans les années 1944-1945 : « Citran appartenait aux Magne, de Saint-Julien-en-Born, marchands de bois. Ils avaient investi dans ces propriétés-là pour le pin ! Le grand-père Magne se promenait dans la propriété, des graines de pin dans sa poche ; avec sa canne, il faisait des trous pour y mettre une graine. Quand mon père a visité Citran, les moutons se promenaient dans le hall carrelé de marbre du château. »

Les parents Miailhe ont le choix. Il n'y a pas

que Citran à vendre. Château d'Issan et Giscours, deux superbes crus classés, sont également sur le marché et au même prix : 5 millions de francs de l'époque, soit 50 000 de nos francs d'avant l'euro, soit encore, 7 500 euros… Mais ils préfèrent renoncer : « Ils pensèrent qu'il y avait trop de risques à les acheter ; tandis que le bois de Citran, on pouvait le couper, et cela valait les cinq millions à investir. »

En écartant fortement les dents de la fourchette, on peut affirmer sans trop délirer que Giscours vaut aujourd'hui entre 80 et 140 millions d'euros…

A la fin des années 1950, les premiers rapatriés d'Algérie cherchent des exploitations agricoles et viticoles où poser leur valise et leur chagrin. Dans le Médoc tout est à vendre. Les prix du foncier et des bâtiments en ruine n'ont guère augmenté depuis l'époque du rachat de Citran. Volets pendants, fenêtres pourries, toitures percées : les témoignages sur les bassines placées sous les fuites dans les crus classés sont nombreux. C'est précisément en 1956 que les Perrin rachètent Carbonnieux, un vaste cru classé des graves, dont il ne reste que les bâtiments en ruine d'une ancienne forteresse et une vingtaine d'hectares de vignes en très mauvais état. Mais les Perrin ont connu pis. Un des fondateurs de la famille, Philibert Perrin, fut un compagnon de Lamartine.

Originaire du Mâconnais comme le poète militant, il a cru comme lui en la république égalitaire et sociale et l'a accompagné dans son engagement. Après l'échec de la révolution de 1848, le coup d'Etat du futur Napoléon III, Lamartine est en disgrâce, contraint de se réfugier dans ses propriétés viticoles non loin de la roche de Solutré. Mais il n'a pas le talent de gestionnaire d'un Montesquieu et se retrouve bientôt ruiné et contraint de vendre lui aussi quelques-uns de ses biens, dont le château familial de Milly avec le vignoble. « Hier, j'ai été obligé de signer la vente de la moelle de mes os, ma terre et ma maison natale de Milly, et à un prix de détresse, qui ne représente ni la valeur morale, ni la valeur matérielle. J'ai emporté avec larmes, en quittant le seuil, les vestiges de ma mère et les reliques de ma jeunesse… »

Philibert Perrin n'est pas mieux loti. Les nouvelles autorités lui montrent la porte de sortie : celle qui mène en Algérie. En 1956, les Perrin ont conservé de l'histoire la leçon et préfèrent anticiper. Le choc du retour fut rude, mais aujourd'hui la famille au grand complet règne sur un joli domaine viticole dont aucun empereur ou mouvement de libération national ne peut les déloger. Antony Perrin m'a affirmé qu'à cette époque les châteaux médocains se vendaient une bouchée de pain, et qu'un des plus prestigieux crus classés de margaux s'est vendu à l'un de ses amis pour le prix du cheptel, c'est-à-dire du troupeau de bœufs qui paissait dans des prés en appellation contrôlée margaux. Les vignes étaient pour l'essentiel arrachées, et les propriétaires les avaient transformées en pacage pour les bovins. C'est le nombre de têtes de bétail qui a fait le prix de vente du château et des terres… On est bien loin des jets privés qui aujourd'hui transportent les premiers prix d'architecture chargés de la rénovation ou de l'agrandissement des parties techniques des domaines.

Il existe un autre Médoc viticole, celui des crus artisans, petites propriétés encerclées par les grandes. On les appelait artisans car c'étaient, la plupart du temps, les domaines de ceux qui construisaient les châteaux ou contribuaient à les faire vivre : boucher ou charpentier, maçon, couvreur. Demeure chez ces vignerons-là un sens intact de l'amitié, du partage et du travail traditionnel de la vigne. Pour être cru artisan, outre la qualité du vin, une des conditions indispensables est d'habiter sur place, à la propriété. Les clients initiés ne s'y trompent pas : amateurs du nord de la France ou de Belgique qui viennent remplir le coffre de la voiture et partager l'entrecôte grillée sur les sarments. Les crus artisans sont la survivance d'un Médoc paysan et coutumier, même si techniquement on y est parfaitement au point. Evidemment il ne faut pas trop les chatouiller sur la pratique de la chasse aux oiseaux migrateurs.

Dans ce pays, les fortunes, les modes de vie et les caractères sont donc très différents. Mais les vins ont tous un trait commun : une certaine austérité.

Un vin du Médoc ne se livre pas facilement. Fraise, framboise et vanille en tête de gondole, tanins gras comme des oies du Gers en deuxième partie de soirée, ce n'est pas le genre de la maison !

La méfiance ou ce que j'appelle la retenue, cette réserve héritière d'une histoire pour le moins chaotique, n'est pas seulement le fait des châtelains. Elle est aussi dans la bouteille. Un grand vin du Médoc, un pauillac, veille sur ses arômes comme Harpagon sur sa cassette. Il faut se montrer persuasif, beaucoup le solliciter, le déboucher longtemps à l'avance, parfois le brutaliser en le carafant pour qu'il lâche ses trésors. Quelquefois, c'est seulement le lendemain, quand enfin il admet que la partie est fichue, qu'il consent à étaler ses richesses. Je m'amuse souvent, les lendemains de dîner à la maison, à goûter les fonds de bouteille ou de carafe (quand il en reste). C'est le moment de vérité : les faux grands vins, ceux qui impressionnaient surtout par le savoir-faire du tonnelier, sont effondrés. La veille, ils se sont montrés brillants, surtout aux yeux des néophytes. Cela sentait la vanille, le café, le moka même. En bouche, le vin était rond, bien gras, il envahissait le palais comme le font à l'écran les seins généreusement siliconés. Mais tout cet étalage vieillit mal. Le vin trop travaillé, comme les appâts bidon. Au bout de cinq ou dix ans – comment dire ? – cette fausse matière retombe. Ces rouges-là compensent l'absence de bon terroir par la maîtrise technique qui parfois confine au maquillage. L'abus de barriques neuves apporte trop de saveurs exogènes. Elles flattent au départ mais ennuient bien vite et fatiguent le buveur.

Au test du lendemain, les autres, les vrais vins, plus timides au départ, moins marqués par les arômes de chêne, se révèlent alors délicieux. Et l'on se dit une fois de plus : pourquoi ne l'ai-je pas débouchée la veille ? Peur de l'oxydation, et sans doute réflexe de pauvre ! On ne se débarrasse pas comme cela de son éducation, d'un simple coup de tire-bouchon. Celle qui enseignait à ne jamais laisser un morceau de pain et à finir les assiettes… Déboucher une bouteille la veille, c'est pile ou face. On peut tout gagner ou la mettre en péril, parfois la perdre définitivement, alors souvent on renonce.

J'ai cité pauillac comme référence, car je situe cette appellation tout en haut de la pyramide bordelaise. Non pas que je dédaigne margaux ou pomerol, mais pauillac représente à mes yeux le génie des vins de Bordeaux : entre essence et caricature. Un génie aux accents un peu british.

Les vins issus du cépage merlot, que l'on rencontre sur la rive droite de la Gironde et de la Dordogne, ceux de Saint-Emilion et Pomerol, ne me semblent pas très anglais. Ils ont d'autres qualités. On dit de Saint-Emilion que c'est un peu une corne bourguignonne en terre d'Aquitaine. Les exploitations y sont plus petites et le calcaire davantage présent, comme en Côte d'Or. Les vins sont rieurs, exubérants parfois, ils se livrent plus vite et davantage. Pomerol fait dans la rondeur et la suavité. L'argile lui confère de la puissance, mais aussi de la largeur et de la gourmandise. On est bien loin de la raideur janséniste, du dépouillement cistercien des vins issus du cépage cabernet-sauvignon planté sur les sols de graves, ces cailloux secs que l'on rencontre à Pauillac. Le merlot de Pomerol est un cépage précoce, cela veut dire qu'il mûrit plus facilement que le cabernet, il donne des tanins bien souples et de l'alcool qui contribue lui aussi à cette impression de rondeur. Le cabernet-sauvignon en revanche peine à mûrir (moins depuis le réchauffement climatique) et donne des vins aux arômes dissimulés et aux tanins plus anguleux.

De la culture anglaise, pauillac a le côté mince et solide, long, insaisissable, résistant comme un Londonien buvant le thé sous les bombes allemandes. C'est George Orwell en 1936, justifiant son brusque départ pour l'Espagne pour s'engager aux côtés des républicains espagnols par ces simples mots : « Il faut bien l'arrêter ce fascisme ! »

C'est encore – en moins dramatique – Anthony Barton, propriétaire de Léoville-Barton, cru classé de saint-julien, me résumant ainsi l'année caniculaire 2003 : « Quoi de nouveau ? Il y a eu du soleil et on a fait du vin ! » Par la suite, il avait tout de même ajouté : « Il y avait deux sortes de raisins cette année : des petits raisins et des très petits raisins ! »

Léoville-Barton est un saint-julien, un vin un peu plus fruité et, bien que voisin de Pauillac, plus décontracté. On ne va pas vers les vins de Pauillac pour la rigolade mais pour l'émotion contenue, celle que l'on peut ressentir avec certaines suites pour violoncelle de Bach, les plus mélancoliques, ou devant un tableau de Nicolas de Staël. Pas de fruits rouges qui grimpent aux narines, pauillac fait dans le feutré, petites touches discrètes qui composent un ensemble intimement mêlé. Comme si ce vin n'avait pas d'enfance, pas d'exubérance, qu'il soit un vin de l'ombre, qu'il devienne un adulte sérieux et rangé au bout d'un long processus muet et secret. De toute façon, dans sa jeunesse, le pauillac – sauf petite année à évolution rapide – n'est pas comestible. C'est un bloc, aussi hermétique qu'une porte de sous-marin. Inutile de s'acharner, de tourner le verre dans tous les sens ou de le menacer, ce client-là ne dira rien. Plus tard, passé le cap des huit à dix ans, alors on pourra déceler des traces de rose séchée, d'encre (pour ceux qui ont connu les encriers ou les bouteilles Waterman), d'épices très discrètes…

Les Anglais, encore eux, ont inventé une expression imagée pour désigner l'arôme dominant du pauillac : ils affirment qu'il sent la capsule. Celle qui protège le bouchon et le goulot. Les capsules désormais ne sentent plus guère. Il y a quelques années encore, elles étaient lourdes et malléables, composées d'un mélange à base d'étain et de plomb. Pour satisfaire à je ne sais quelle directive internationale de santé publique, on a interdit cet alliage pour les capsules. Une sorte de saturnisme nous guettait par-delà le liège et le verre ! Bref, les anciennes capsules sentaient. Si vous disposez dans votre cave d'une bouteille de plus de dix ans, faites l'expérience ! C'est une odeur bien particulière de métal et de poivre, de champignon parfois, pour ne pas dire de truffe, de vieux bois aussi.

Anthony Barton est un pur produit longue conservation de la culture britannique. Grand, mince, profil d'aigle, yeux bleus d'Irlandais, il n'a jamais perdu l'accent malgré cinquante ans de vie française. Anthony présentait un jour ses vins au cours d'une de ces interminables dégustations où chaque propriétaire planté derrière une table récite huit heures durant les mêmes renseignements aux professionnels qui circulent verre en main.

Vers dix-huit heures, l'un d'eux lui demande :

— Quel est votre assemblage pour ce millésime ?

Tant de fois dans la journée Anthony a dû répondre à cette question qu'à force il s'embrouille :

— 70 % cabernet-sauvignon, 30 % merlot, 10 % cabernet franc…

— Mais cela fait 110 % ! s'étonne le demandeur.

Et Anthony, sans se démonter :

— C'était très concentré cette année.

Une autre fois, je crois que c'était en 2005, au mois d'avril.

C'est le mois où le monde entier (professionnel) vient déguster les vins du dernier millésime, à peine fini de fermenter, encore bébé et en barriques. Nous avions prolongé la conversation au-delà du temps imparti. D'autres attendaient leur tour dans d'autres pièces du château en espérant échanger quelques paroles avec le maître. Dans la salle de dégustation, le téléphone nous rappela à l'ordre.

— Ce n'est rien, dit Anthony, un négociant qui s'impatiente…

Puis, me raccompagnant à pas lents jusqu'à la voiture, il ajouta :

— Mon oncle, quand j'ai commencé à travailler avec lui à la société de négoce dont il s'occupait à Bordeaux, me disait toujours : « Mon petit, il ne faut jamais se montrer trop pressé, il faut savoir faire attendre le client ! »

Encore quelques pas, silence, poignée de main, je m'apprête à monter dans la voiture de location et Anthony conclut :

— Trois semaines après, il faisait faillite !

Rose séchée et rat sans queue

« On vient de me voler… — Que je plains ton malheur !

— Tous mes vers manuscrits. — Que je plains le voleur ! »

LEBRUN

Sur la route, bien avant Kerouac et Ginsberg, il y a eu Alfred et George. Ils allaient moins vite, moins enragés, à peine moins désespérés. Car sans désespérance il ne saurait y avoir de ces chants immortels si chers à Alfred. Ils partaient ailleurs, à Venise. Alfred de Musset et George Sand s'aimaient, se déchiraient, faisaient la fête jusqu'à pas d'heure sur la Saône, à bord de bateaux-guinguettes où l'on pouvait danser et boire. Stendhal fit un bout de chemin avec eux. Il buvait également, sec même d'après les deux autres, un peu en solitaire. L'auteur du *Rouge et le Noir* forçait pas mal sur le blanc. Buveur taciturne qui peut-être aussi se lassait de tenir la chandelle. Sont-ce les frasques de ses deux compagnons qui l'ont mis de méchante humeur ? La Bourgogne, Stendhal n'a pas aimé : « Sans ses vins admirables, je trouverais que rien au monde n'est plus laid que cette fameuse Côte d'Or. »

Les propos élogieux sont si nombreux qu'un peu de fiel stendhalien ne peut nuire à l'image de ce vignoble unique. Mais, tout compte fait, vu de la grande route, la Côte n'a rien d'exceptionnel. Les villages sont certes agréables, mais à condition de s'éloigner de la nationale qui joint Beaune à Dijon.

Si on emprunte la petite route des vins, qui serpente à mi-coteau entre les parcelles, passe devant les clos prestigieux et les enseignes de vignerons qui sont autant de vedettes des cartes de grands restaurants, alors là oui, c'est beau. On n'est pas loin de jurer qu'il n'y a pas de meilleur spectacle.

Si par contre on s'en tient à la grande route, c'est très moche : succession de feux, de chicanes, de ronds-points fleuris et décorés dans ce style fortement impersonnel qu'affectionnent les directions départementales de l'équipement. Villages-rues sans âme, murs gris et marchands bidon de vins venus d'ailleurs succèdent aux hangars de couleurs criardes qui fleurissent à la sortie de Dijon comme de toutes les villes désormais. Epiciers discount, hangars d'articles de sport, concessions d'automobiles, entrepôts de chaussures et vêtements made in mondialisation, vendeurs de pneus et d'autoradios… Tous ont rendez-vous dans les abords des villes. Le constructeur d'un de ces temples du commerce périphérique a fait inscrire sur un panneau : « NOUS AMÉNAGEONS VOTRE CADRE DE VIE. » Et on aurait le toupet de se plaindre ?

La présence de la vigne a bloqué l'extension urbaine. C'est la revanche de la campagne sur la ville. Pour une fois, le prix du mètre carré agricole est bien supérieur à celui du terrain à bâtir. Combien de temps cela durera-t-il ? Il suffit d'emprunter un des chemins qui grimpent à l'ouest de Beaune et serpentent au milieu des premiers crus pour constater que la situation est tendue. Les minijardins des maisons en lotissement butent sur les premiers ceps. Le législateur a été ici d'une grande générosité en classant en premier cru des parcelles de Beaune « du bas », comme on dit en Bourgogne par opposition à celles « du haut » que l'on devine bien meilleures. Personne n'est dupe, les vins en provenance « du bas » se vendent moins cher que ceux venant « du haut ». Il est fort à parier qu'un jour prochain, la place pour construire devenant trop restreinte, le prix du terrain à bâtir dépasse celui des vignes « du bas ». Alors commencera le grignotage… Et la Bourgogne perdra un peu de ce qui fait sa force : son incroyable et étourdissante diversité.

Souvent, on le lui reproche.

Pourquoi tant de crus ? Pourquoi ce morcellement qui semble incohérent ? Pourquoi tant de différences entre deux vins de parcelles voisines ? On veut des réponses ; habitués que nous sommes à toujours disposer d'explications rationnelles, on n'apprécie pas ce flou artistique qui recouvre le vignoble bourguignon.

A Bordeaux, il suffit d'interroger la faculté. L'éminent professeur Gérard Séguin, dans l'exercice de ses fonctions, a passé plus de temps en bottes qu'en chaussures de ville. Une grande partie de son activité a consisté sa vie durant à faire des trous dans les plus grands crus, histoire de voir ce qu'il y avait en dessous. « Quand j'ai commencé, en 1960, on ne comprenait pas trop le rapport entre vin et sol. Personne n'avait eu l'idée de regarder comment pousse un pied de vigne. Les agriculteurs ne connaissaient que les trente premiers centimètres de sol. En regardant dans les carrières et en creusant avec un foreur de puits, avec une grosse tarière, on est allé très loin, jusqu'à dix mètres. On voulait voir jusqu'où descendaient les racines, comment se plaçaient l'argile, les nappes d'eau… »

Gérard Séguin, aujourd'hui retraité, a un brillant successeur. Cornélis Van Leeuwen, émigré hollandais pour cause d'amour du vin, devenu professeur à l'Ecole nationale d'ingénieurs des travaux agricoles (ENITA) de Bordeaux, est lui aussi terrassier pour savoir. Ces deux-là sont sans jeu de mots des puits de science. Séguin comme Leeuwen ne sont pas des savants de laboratoire. Avant eux, on connaissait les types de sols, on n'ignorait pas grand-chose de l'alimentation de la plante. On avait un savoir général. Eux se sont intéressés aux cas particuliers. Le savoir théorique basé sur la géologie, la pédologie, etc., ne suffit pas pour expliquer le comportement de cette plante bien particulière, entre liane et arbre fruitier, quand elle est confrontée aux centaines d'accidents géologiques dont nos sols sont friands. D'où le creusement de fosses innombrables dans toutes les configurations possibles offertes par les sous-sols bordelais. La fable du laboureur, ces deux-là l'ont vérifiée de nombreuses fois.

Attention, ils ne disent pas : je sais pourquoi ce vin sent la violette. Mais ils nous donnent les clefs pour comprendre.

L'eau, les racines, leur comportement du côté de Pétrus sur la montmorillonite, un sol d'argile très fine, ou à Margaux sur graves profondes, ou encore sous Clos Fourtet à Saint-Emilion posé sur un bloc de calcaire à astéries. Ce qui semblerait ennuyeux et hermétique avec ces chercheurs devient une bonne histoire à raconter aux copains pendant les dîners.

Ils prennent une craie ou un crayon et c'est lumineux. D'abord ils nous expliquent que le vin est avant tout une affaire d'eau. Trop de flotte et la vigne favorise sa partie végétale aux dépens du fruit, qui ne mûrit jamais ou dilue ses composants. Pas assez et la plante vit continuellement sur ses réserves. Elle n'apporte pas au fruit les nutriments nécessaires à son développement, à sa pleine et bonne maturité. Pour amuser, Van Leeuwen, grand gars décontracté à lunettes épaisses de chercheur de BD, dit : « L'alimentation de la vigne, c'est un peu comme une perfusion, le débit doit être régulier et en toute petite quantité… » Là où il y a des graves, ces petits cailloux blancs arrondis par la Garonne qui les a véhiculés, les racines plongent et trouvent à s'alimenter au plus profond de la terre en se moquant comme de leurs premiers bourgeons des événements de surface. Ailleurs, en sol d'argile, à Pétrus par exemple, quand il fait sec sur terre, les radicelles s'insinuent dans les « fentes de retrait », ces craquelures que l'on voit se former dans les champs l'été. Elles absorbent l'eau au fur et à mesure en continuant d'avancer : la plante est nourrie en continuité. Quand il pleut fort, en revanche, l'argile gonfle et écrase les radicelles coincées dans les fentes. La racine revient à sa taille normale et capte moins d'eau. C'est de la belle mécanique de régulation. Le calcaire de

Clos Fourtet à Saint Emilion, lui, agit comme le buvard ou le morceau de sucre que l'on trempe lentement dans le café : il absorbe, entraîne l'eau en profondeur, et quand il fait soif en haut, les petites racines n'ont plus qu'à pomper comme des Shadoks, à ventouser ce réservoir naturel.

La qualité de ces sols a une fonction déterminante dans l'obtention du grand vin. Ils assurent une alimentation régulière digne d'un nutritionniste : pas trop ni trop peu. A Bordeaux, donc, on sait comment ça marche.

En Bourgogne, rien d'aussi simple.

Quand on interroge les hommes de science sur le rapport sols et grands vins, la réponse tient du dialogue en cuisine des *Tontons flingueurs* : y a de l'argile mais y a pas que ça ! A leur décharge, la complexité du problème posé. Cette côte si « laide » est constituée de tout ce que le plateau contre lequel elle s'appuie n'a pas voulu. Une sorte de déchetterie du relief. C'est en somme comme si un peu des argiles de Pétrus, un peu des graves de Margaux s'étaient donné rendez-vous là et que l'on ait posé le tout sur le calcaire de Fourtet en variant l'ordre, l'épaisseur des couches, les proportions, en y ajoutant de-ci, de-là une pincée de sable ou de fer…

La côte est hachurée de façon perpendiculaire par des petites vallées, « des cônes de déjection », disent eux-mêmes les géologues, par lesquelles l'érosion a porté tout cet amas minéral. Il faut ajouter, pour couronner le tout, que les hommes ont apporté leur touche personnelle à cette mosaïque. Plus que cela même, ils ont créé le terroir. Sans des siècles de travail, de labour ou de piochage, sans les roches arrachées, les cailloux ôtés des vignes et empilés en murets en bout de parcelles, sans la terre rapportée du plateau et les sources captées… Sans ces travaux d'aménagement, sans les observations patientes des moines et des paysans, il n'y aurait que la côte bien laide et même pas de « vins admirables ».

En Bourgogne, rien n'est simple.

Se souvenir de chaque cru dans chaque village relève de la gageure.

Prenons meursault, un des bourgognes blancs les plus connus au monde, un des plus facilement « lisibles ». En bas de l'échelle se situent les villages, c'est-à-dire les vins d'appellation contrôlée meursault sans autre qualificatif. Ils peuvent s'appeler meursault tout court, c'est le cas des vins qui sont issus de plusieurs parcelles, de « climats » différents, comme on dit en Bourgogne pour désigner les lieux-dits, et que l'on rassemble dans un seul tonneau. Mais si ce vin provient d'un climat unique, alors le propriétaire pourra choisir de l'appeler simplement meursault, ou bien de faire figurer le nom du lieu sur l'étiquette : Meursault Les Luchets ou Les Chevalières, Les Clous, Clos du Cromin, Les Grands Charrons, Les Narvaux, Clos de la Velle, Pré-de-Manche, Les Meix Chavaux, etc.

Attention cependant à ne pas les confondre avec les premiers crus, situés un peu plus haut sur l'échelle hiérarchique. Sur place, on visualise assez vite la différence, même si on est nul en dégustation, juste en demandant les prix ! Les Charmes, Poruzots, Caillerets, Goutte d'Or, Genevrières, Perrières… Tous ceux-là, et la liste n'est pas exhaustive, sont des premiers crus. Santenots aussi, mais bien que premier cru de meursault, donc vin blanc, il est situé sur la commune de Volnay et pourrait figurer donc comme premier cru de volnay rouge. Même eux, là-bas, les vignerons de génération en génération, s'y perdent…

Pas bien loin de là, vous connaissez Pommard, du moins de nom, comme disait Jules Renard à propos de Dieu. Le plus célèbre premier cru de Pommard s'appelle Les Rugiens. Certains vignerons de cette commune pensent même qu'il mériterait d'être classé grand cru plutôt que premier. Cette opinion est surtout partagée par ceux d'entre eux qui sont propriétaires d'une parcelle en Rugiens. Jean-Luc Joillot, excellent vigneron par ailleurs, s'en fiche un peu, car s'il possède une parcelle en Rugiens, celle-ci n'est pas classée premier cru… Il propose donc un pommard rugiens village ! Lumineux, non ?

La Bourgogne pose beaucoup de questions et répond rarement ou chichement. La Bourgogne agace.

Kermit Lynch, le sourcilleux acheteur américain de vins très purs, dit : « Aucun autre vin ne semble autant français. » Il ajoute : « Le caractère individuel du Bourguignon est le plus complexe de France ; un caractère qui finit par faire un sac de nœuds dans ma tête. »

Car le terroir n'influence pas que le vin, il joue aussi sans doute par ricochets sur les mentalités. Des hommes qui au fil des siècles ont été en permanence à la recherche du plus petit dénominateur commun, isolant une parcelle de la taille d'un jardin sous prétexte que de l'autre côté du fossé ce n'était pas pareil, ne se rangent pas en alignement militaire sous la bannière de la simplicité.

« Même quand un Bourguignon arbore un sourire chaleureux pour vous demander : “Comment allez-vous ?” ses antennes sont déployées, son ordinateur cérébral est en fonction, et même si vous répondez : “Je vais bien”, votre moindre inflexion est enregistrée, examinée, mesurée, interprétée », prévient Lynch.

Je me souviens d'une dégustation ancienne à Ladoix-Serrigny.

Le nom ne dit rien. Ce n'est pas de ces villages qui mettent l'eau à la bouche comme Vosne-Romanée ou Gevrey-Chambertin. Longtemps les vins de Ladoix se sont vendus sous l'appellation quelque peu anonyme de côte-de-Beaune. Longtemps également, les producteurs eux-mêmes se sont désintéressés de leur Ladoix. Pour une bonne et compréhensible raison : Ladoix est situé au pied de la colline de Corton et tous sont propriétaires sur ce grand cru Corton, puis sur Aloxe-Corton et pour faire bonne figure sur Pernand-Vergelesses. Au minimum… Alors Ladoix, c'était un peu le vin de tous les jours, celui des pauvres et des touristes qui n'avaient pas les moyens de se payer les autres, les seigneurs.

A cette dégustation, on rigolait bien.

Il faut les voir en spectacle, les producteurs bourguignons, du moins cette ancienne génération aujourd'hui en retraite. La casquette bien enfoncée, le bleu de travail délavé mais nickel, des mains qui ont taillé la vigne au sécateur. Pas le confortable sécateur électrique d'aujourd'hui, le vrai, l'ancien, qui nécessitait de la poigne et de la corne. Des yeux qui saisissent tout – les fameuses « antennes » dont parle Kermit – : la force d'un nuage qui porte la grêle comme la tache minuscule sur une feuille, premier signe d'une maladie qu'il faut traiter sans plus tarder. Des yeux aux aguets qui rient aussi. Ils n'aiment rien tant que la blague glissée comme à regret et qui fait éclater toute la salle. « Dis-y pas que son blanc est meilleur que son rouge, il va être vexé comme un rat sans queue ! » m'avait lancé Georges Chevalier, un des plus redoutables à ce jeu-là.

Tout allait bien, donc, quand pour son grand malheur le représentant d'un négociant connu pointa son costume croisé et ses chaussures à boucle dans notre salle.

C'était un jeune et il ne savait pas. Le malheureux fit à peu près tout ce qu'il ne fallait pas faire avec ces oiseaux-là.

Un ancien serait entré en penchant la tête. Il aurait marqué un temps d'hésitation sur le pas de la porte. Puis il aurait repéré le ou les meneurs de la bande et serait allé leur rendre hommage. C'est-à-dire papoter un bon quart d'heure de la météo, de la fleur qui cette année avait une semaine de retard, des gars des douanes drôlement nerveux en ce moment, de la Saint-Vincent qui se préparait à Savigny, du marché qui ne tient pas à cause des Bordelais qui bradent les vins, du nouvel enjambeur du Paul qu'on dirait un pilote de Ferrari…

Un ancien du négoce aurait calculé sa trajectoire.

C'est sans doute ce que fait aujourd'hui cet ancien jeune homme, s'il a persisté dans le métier du vin et si les gars de Ladoix ne l'ont pas dégoûté.

Pour l'heure, il avait tout faux : coup d'œil à droite, à gauche, coup d'œil au centre et, comme on le lui avait appris à l'école de commerce : en avant ! Les épaules redressées, le torse ouvert, le sourire bien accroché et la démarche ferme, direction la cible, moi en l'occurrence. J'ai senti tout de suite que l'affaire était mal engagée. Quand je l'ai vu sortir d'un attaché-case un dossier de presse avec les chiffres, les prix et la liste des crus que proposait son employeur, je n'ai pas osé regarder les autres. Mais aujourd'hui encore, près de vingt ans après, je les vois plus que je les devine : grands fauves encerclant un pauvre lapin !

D'abord ils ont commencé doucement comme le chat avec la souris. L'un s'est approché comme un ami, patelin, mielleux et protecteur, l'air de s'intéresser passionnément au dossier de presse en couleurs qu'avait déployé la victime.

« Vous avez donc des blancs sur Ladoix ? »

L'autre n'a pas vu le piège !

« Et où donc qu'elles sont, vos vignes de blancs ? »

Là ça sentait vraiment le roussi. Il aurait dû comprendre et battre en retraite. Mais à l'école de commerce, on n'apprend pas la retraite.

« Tiens, viens voir mon gars ! Le Roger, il a fait percer une fenêtre bien large de ce côté-là. Comme ça on voit toute l'appellation. Sauf les vignes à Nudant derrière la combe de Pernand, en bas de Buisson. »

Le garçon, ne connaissant ni Jean-René Nudant, ni la combe de Pernand et encore moins la parcelle appelée Buisson, commençait à rentrer les épaules.

Debout devant la baie, il désigna vaguement un point quelque part du côté du cimetière.

« Ah ben non, le long là, ce sont des rouges et plus haut c'est ben du blanc, mais c'est la vigne de Georges. Hein, Georges, c'est ben ta vigne du bois de Gréchons qu'est le long du Clos Royer à Mallard ? »

L'opération déstabilisation était lancée, chacun y allant de son couplet à propos des Joyeuses à côté du Clou d'Orge entre Les Corvées et Sur-les-Vris.

Efficacité redoutable ! En quelques minutes, c'était plié. Le pauvre commercial, bien incapable de dire où se situaient les vignes de son patron, ficelé et empaqueté par le discours des autres qui connaissaient leur terrain au caillou près, était bon pour le retour à l'expéditeur.

C'était un peu comme si un éléphant s'était assis sur sa voiture neuve : le jeune homme referma son attaché-case, me dit à peine au revoir, salua du bout des lèvres les vignerons et partit sans demander son reste. On aurait pu croire que son départ allait être salué d'un grand éclat de rire. Pas du tout, ce serait mal les connaître, les vignerons de Bourgogne : il ne faut rien laisser paraître. Georges a dû balancer un petit : « Il est ben gentil ce gamin-là ! ». Et ce fut tout. On devrait diffuser la séquence dans les écoles de commerce…

Il a raison, Kermit, ces vignerons-là ne sont pas comme les autres.

Comment le seraient-ils ? Je ne sais plus quel organisme a calculé qu'un Bourguignon avait en moyenne pas moins de quatorze appellations différentes dans sa cave. Chercher en permanence et de génération en génération la petite bête, la nuance, la microdifférence entre la vigne du haut, celle du bas et celle d'à côté marque les caractères.

Roublardise, finesse, générosité, complexité et surtout increvable capacité d'observation : le terroir a incontestablement influencé l'homme et l'homme a influencé le terroir. Qui a commencé ?

Perché sur les murets, à flanc de colline, on a beau écarquiller les yeux, la nature ne fait pas de signes. Dans le long défilé des premiers et grands crus entre Gevrey et Vougeot, la parcelle baptisée Romanée-Conti n'est pas plus extraordinaire qu'une autre. Dans cette quasi-monotonie, une simple borne signale l'existence du paradis des vins, la limite sud-est du plus grand des grands vins de Bourgogne.

La Romanée-Conti couvre 1 hectare, 80 ares et 50 centiares. Son premier rang de vignes commence le long d'une petite route de vignerons, son dernier s'arrête au sentier des Raignots, large d'un mètre cinquante, qui la sépare d'un autre grand cru, Richebourg. Si on a la chance de venir là avec le meilleur des guides, Aubert de Villaine, alors on comprend mieux : la nature envoie quelques signes, et l'Histoire prend le relais. Aubert de Villaine, cogérant du domaine de la Romanée-Conti, est peut-être la réincarnation de Pierre le Vénérable ou de Bernard de Cluny, ces grands abbés du Moyen Age.

A force de les imaginer, de les consulter – par l'esprit –, il leur ressemble. Peut-être même une petite tonsure, vue d'en haut de cette fine et grande silhouette, contribue-t-elle à l'illusion. Aussi cette passion pour leur œuvre, la volonté d'être fidèle à ce qu'avaient deviné les moines, premiers découvreurs des grands terroirs bourguignons.

Je ne suis pas le seul à être impressionné. La dernière fois que je suis passé le voir, nous sommes allés déjeuner ensemble au restaurant Chez Guy à Gevrey-Chambertin. C'est là qu'une bonne partie du vignoble de la Côte d'Or emmène ses clients quand ceux-ci en valent la peine. Aubert avait débouché quelques vieux flacons dans des millésimes pas très faciles : ce sont ceux-là en priorité qu'il aime faire goûter pour montrer la supériorité d'un très grand terroir dans une année où beaucoup de collègues ont fait du médiocre.

Chez Guy, Aubert est chez lui. Il peut apporter les bouteilles qu'il veut, personne ne trouvera à redire, encore moins le patron, Guy Rebsamen, frère du maire de Dijon et passionné de vins. Mais Aubert de Villaine demande toujours la permission. Avec l'accord de Guy, nous avions embarqué pour le déjeuner une ou deux bouteilles recouvertes de cette belle moisissure de cave, noire et mousseuse. Je laissai Aubert passer devant. Dès qu'il franchit le seuil, le silence se fit. Comme pour l'entrée de Doc Holliday dans le saloon, in *My Darling Clementine* (le top de John Ford avec *La Prisonnière du désert*). Était-ce pour Aubert, ce silence ? ou pour les précieux flacons qu'il portait devant lui ? Les deux, j'imagine. Chacun ici savait qui il était. Chacun se demandait quels millésimes, quels crus ? Est-ce la Romanée-Conti ? Est-ce La Tache, autre grand cru, possession exclusive également du domaine de la Romanée-Conti ? Est-ce une Romanée-Saint-Vivant ? un Richebourg ? un Echezeaux ? Laquelle des deux bouteilles est la plus ancienne ? Je voyais aussi de l'envie, celle d'être à ma place. Certains m'auraient presque félicité comme on pourrait le faire d'un gagnant du Loto. Aubert avait l'air de ne s'apercevoir de rien, il conservait son air timide, son allure un peu maladroite de provincial perdu dans la grande ville. Je n'ai jamais rencontré Glenn Gould que sur les photos des couvertures de disques, mais je lui trouve une ressemblance avec Aubert de Villaine, le même visage osseux et cet air de toujours se demander ce qu'il fait ici, dans ce siècle, dans cette modernité qui ne respecte pas l'histoire et l'humain. Sans compter qu'Aubert a de longues mains de pianiste. Glenn Gould aimait-il Bach et la Romanée-Conti ou seulement Bach ? Beaucoup de grands interprètes sont des passionnés de vin.

Mais ce n'est pas au restaurant qu'il faut aller avec Aubert, même si sa conversation de table n'a rien de décevant. Là où il est le plus à son aise, c'est sur le chemin qui domine la croix plantée sur le muret de clôture de la Romanée-Conti, là où les terroirs, les pentes, les dénivellations sont lisibles, du moins quand il nous les fait sentir.

« La Romanée-Conti regarde le sud. Au point de rupture avec le Richebourg, il y a un changement de pente léger vers le nord-est et donc une rupture géologique et microclimatique. »

Une exposition un peu originale, une présence d'argile très fine que l'on ne trouve pas forcément chez les voisins, une profondeur de terres importante, un drainage naturel parfait : voilà ce qui ferait la différence entre ce morceau de prince (elle appartint effectivement à François Louis de

Bourbon, prince de Conti) et les autres. Du moins, voilà ce qu'on peut en dire aujourd'hui. Pas grand-chose donc. Et pourtant, même si la Romanée-Conti a engendré une multitude de légendes et d'histoires falsifiées, une chose est certaine : cette délimitation extrêmement précise d'un hectare et demi et une poignée de centiares existe depuis le XVe siècle, peut-être même le XIIe, sans jamais avoir été modifiée. « Elle a été dessinée avec le vignoble de Vosne par les moines du monastère de Saint-Vivant qui dépendait de Cluny, alors que Richebourg était organisé par les moines de Cîteaux. Et le point de rencontre des influences de ces deux grands ordres religieux, c'est là, à la limite des Echezeaux et des Richebourg. »

Pourquoi les moines ont-ils organisé un partage aussi précis, pour quelle raison ont-ils donné ce contour à la future Romanée-Conti ? Et surtout pourquoi les partages, les ventes, les invasions, les guerres, la Révolution, bref des siècles d'histoire tumultueuse, ont-ils respecté ce choix initial ? Mystère et boule d'argile. « Ces terroirs, que les siècles ont respectés et quels qu'en soient les propriétaires, ont eu parfois des faiblesses. C'est comme la papauté : les papes passent mais le dogme reste. Et le dogme c'est le mariage intime avec un cépage, le pinot noir. C'est tellement vrai que transplanté ailleurs le pinot noir ne donne pas de grande chose. Il faut imaginer qu'il a été sélectionné, je dirai raffiné, par les moines qui sont allés le chercher dans les forêts de Bourgogne, pour devenir ce qu'il est, un cépage neutre qui ne fait de grands vins que sur les grands terroirs. »

Le mystère insondable est sans doute là : une adéquation subtile entre un raisin et un sol, un climat, une exposition, une alimentation en eau régulière – la Romanée-Conti ne souffre jamais de la sécheresse. Tout cela déterminé, repéré par des siècles et des siècles d'observations. « Regardez les nuances sur les grands crus, dit encore Aubert de Villaine : l'exubérance de l'Echezeaux, le côté soyeux du Grand Echezeaux, La Tache spectaculaire qui tape du poing sur la table, surtout quand elle est jeune. La Romanée-Conti beaucoup plus réservée, qui demande à être vraiment connaisseur pour l'apprécier. Elle ne commence à être elle-même qu'à partir de quinze ans. »

Les grands vins ne sont pas puissants, souvent ceux qui les goûtent pour la première fois sont déçus. Ils s'attendent à des monstres et trouvent de la dentelle. C'est le cas pour Pétrus, Lafite, Margaux et la Romanée-Conti. Quand on déguste au domaine, on ne goûte pas que la reine des vins, on commence par les princes du sang ; Echezeaux, Grand Echezeaux, Romanée-Saint-Vivant,

La Tache. Cette dernière, comme Madame Conti, n'a qu'un seul propriétaire, c'est un monopole du domaine. Souvent on les compare ; il y a pis comme objet d'étude.

Devant la barrique, quand ces vins à peine nés expriment le fruit du raisin, souvent La Tache l'emporte, plus spectaculaire comme le dit Aubert. Celui qui s'attend au cran du dessus, au superlatif, au huitième ciel après le septième offert par La Tache, ne peut être que déçu. La Romanée-Conti n'a rien de gigantesque. Elle n'est pas faite d'un bloc ou alors seulement vue de loin. C'est un peu comme quand on voit la mer pour la première fois : de loin c'est un gros trait bleu à l'horizon qui semble même plus haut que l'horizon. Un trait épais et immobile, presque menaçant, une sorte de nuée d'orage. Plus on s'en approche, plus on devine un mouvement. Surtout on saisit la bascule des vagues. On distingue des détails : l'écume, le roulement, les hauteurs, les nuances de couleurs.

La Romanée-Conti est une multitude de détails, des touches, des saveurs à peine perceptibles posées sur une porcelaine très fine.

Je relis mes notes prises en 1995 au cours d'une dégustation de millésimes anciens :

« Romanée-Conti 1966 : grenat encore assez jeune. Nez puissant de rose jaune, framboise, petits fruits rouges et surtout toute la palette d'un jardin de roses et des notes sous-bois et épices. Fin, tendre, élégant, pas du tout usé en bouche, long, vif, structure en dentelle, long, magnifique de finesse… Le nez est presque plus impressionnant que la bouche. Un vin tamisé comme on le dit de la lumière. »

Richard Olney est l'auteur du livre de référence sur la Romanée. Il dit que sa dégustation est auréolée d'une atmosphère de drame. Je le vis exactement comme lui.

Déjà, peu nombreux sont les élus qui ont droit au privilège de s'en approcher, de descendre dans cette cave qui ressemble à toutes les autres, sinon par son âge et les trésors qu'elle recèle. D'où une certaine pression. Puis il y a l'attente. L'angoisse de n'être pas à la hauteur, de ne rien comprendre, comme un lecteur novice qui après Maurice Leblanc aborderait *Ulysse* de Joyce.

Oui, ce vin évoque le drame, la tragédie même, dans le sens où le tragique est pur. La comédie triche avec le réel, l'accapare et le déforme pour faire rire. Molière mélange les sentiments, condense, force les traits. Le tragédien fait l'inverse. Il dépouille l'humain pour révéler le sentiment à l'état pur, brut ou brutal. Dans un verre de romanée-conti il y a cette pureté, ce dépouillement plus quelques siècles d'histoire, et par définition l'histoire retient plus facilement les drames que les moments heureux.

« En fait de souvenirs nationaux, les deuils valent mieux que les triomphes, car ils imposent des devoirs », disait Ernest Renan en 1882 au cours d'un discours sur la nation. Les différents propriétaires ou responsables de la Romanée-Conti, tous ceux qui ont eu à décider de son sort, ont semble-t-il ressenti ce devoir de transmettre sans amputer ce patrimoine national, petit morceau de la nation. On peut trouver cela ringard, ça ne me dérange pas. A vouloir donner du sens à certains mots comme nation ou terroir on se fait facilement traiter de ringard ou ranger parmi les rejetons de Léon Daudet. J'ai plutôt tendance à trouver ringards tous ceux qui n'ont du mot terroir qu'une définition naturaliste, comme si celui-ci était le fruit d'une sorte de génération spontanée. Le terroir béni des dieux, créé de toute pièce par Dame Nature qui en aurait fait don aux hommes, me donne envie d'aller me coucher. C'est de la philosophie de syndicat d'initiative. Ou pour dire vrai, ce terroir-là n'existe pas. Certains lieux sont évidemment plus propices à la culture de la vigne que d'autres, de par la nature du sol, l'exposition, la pente qui permet un bon ruissellement des eaux, une minéralité particulière… La Romanée-Conti fait partie de ces lieux d'exception qui contiennent tout cela et sans doute un peu plus. Mais il n'est pas dit non plus qu'il n'existe pas ailleurs en France d'autres sols et sous-sols comparables ou du moins capables de donner un vin aussi magique. Simplement, la différence, c'est qu'à aucun moment les hommes n'ont pris la peine ou eu besoin de les valoriser. Ce qui fait un grand terroir viticole, ce sont des données naturelles très favorables, et la nécessité économique ou parfois politique. Par exemple, le besoin des abbayes de posséder leur propre vignoble a généré l'implantation de celui-ci dans la partie septentrionale de la France. Sous des cieux a priori peu cléments pour la vigne comme la Touraine, la Bourgogne ou la Champagne. Pour ces mêmes raisons, on trouve au Moyen Age des vignobles autour d'Arras ou de Liège en Belgique. N'oublions tout de même pas qu'au départ (si l'on peut parler de départ) la vigne est une plante méditerranéenne… Sans la nécessité, sans la volonté des hommes d'adapter cette plante à d'autres climats, il n'y aurait pas de Romanée-Conti – ni de côte bourguignonne.

Dans l'introduction à un article sur la formation du vignoble bourguignon écrit en 1952, le géographe et historien Roger Dion, professeur au Collège de France, commence par nous poser une colle. Pourquoi, demande-t-il, connaissons-nous si bien les noms de Gevrey-Chambertin, Chambolle-Musigny, Vougeot, Nuits-Saint-Georges, Meursault, Montrachet, Santenay ?

Pourquoi sur une si petite distance, une quarantaine de kilomètres, autant de merveilles ? Pourquoi, pourrait-on ajouter, le nom de Santenay nous parle-t-il si bien et celui de Maranges si peu, alors que ce sont des appellations si voisines que leurs parcelles sont souvent imbriquées ?

« On ne voit pas cependant que, le long du grand accident de relief qui limite à l'ouest la plaine de la Saône, la côte de Nuits et de Beaune, qui a le privilège de porter la plupart des grands crus, jouisse de quelque exceptionnel avantage de nature. Plus au sud, le long des côtes chalonnaise et mâconnaise, on retrouve, sous un climat qui n'est certainement pas moins chaud que celui de Beaune, des éboulis calcaires de même composition, en des sites aussi bien abrités et aussi heureusement exposés, où la végétation spontanée offre, non moins nettement qu'à Beaune, ce cachet subméditerranéen qui annonce des aptitudes particulières à la viticulture. Le pays de Chalon et celui de Mâcon possèdent sans doute plus d'un vignoble réputé, comme ceux de Givry, Pouilly-Fuissé et quelques autres, mais n'offrent aucun ensemble comparable à l'extraordinaire concentration de crus de haute noblesse qui distingue la côte de Nuits et de Beaune. Rien, dans la façon dont la nature a réparti ses dons sur le terrain, n'appelait cette inégalité, qui du point de vue de la géographie physique est une anomalie »*, constate Roger Dion.

La solution de l'énigme, selon lui, est à rechercher dans les subdivisions ecclésiastiques au temps du Bas-Empire et des Mérovingiens, lesquelles reprenaient *grosso modo* le partage de territoire entre les anciennes tribus gauloises qui vivaient là. Au nord de Gevrey, c'est le diocèse de Langres ; au sud de Santenay commence celui de Chalon. Au milieu, c'est-à-dire là où sont aujourd'hui nos grands crus, il y a une barre rocheuse qui appartient au diocèse d'Autun.

Autun, rivale de Chalon mais éloignée de la voie fluviale, a cherché dans le développement de son vignoble un moyen pour compenser ce déséquilibre. Et c'est en cassant les plus grosses roches, par un travail d'aménagement, de terrassement, de charrois d'amendements, un travail d'humains, que « les côtes », celles de Beaune et de Nuits, devinrent le joyau que l'on sait. A des fins de prestige et de commerce. Mieux même, Roger Dion nous dit que si la qualité des vins a atteint ce niveau, c'est parce que les gens d'Autun, n'ayant pas accès au port de Chalon, devaient transporter leur vin par la route, ce qui coûtait beaucoup plus cher. Et donc, pour justifier les

* *Le Paysage et la Vigne*, Payot, 1990.

prix auxquels ils les vendaient, ils se devaient de produire des vins de haute réputation !

Les gens du diocèse de Chalon, en revanche, ayant d'ores et déjà leur richesse et leur prestige assurés par la maîtrise fluviale, ne ressentirent nullement la nécessité de pousser plus avant le développement de leurs vignobles.

Quand la République traça à son tour des limites, celles des départements, elle n'eut pas besoin de beaucoup d'imagination. On se coula dans les anciennes limites diocésaines : Santenay est en Côte-d'Or tandis que Maranges est dans le département de Saône-et-Loire, comme Givry, Mercurey ou Pouilly-Fuissé… Autant de communes qui donnent de grands vins mais qui souffrent d'un léger retard de notoriété.

Sans la volonté des hommes, sans leur travail, pas de grand terroir, en Bourgogne comme ailleurs : « Il n'y a pas moins d'excès à définir les grands crus bordelais comme une "conséquence" de la présence de la terre de graves qu'il n'y en aurait à représenter l'art ogival comme un don du calcaire lutétien », dit encore Dion.

Ce qui me plaît dans cette définition du terroir de Dion, comme dans celle de la nation par Renan, c'est l'approche dynamique. Roger Dion, en 1953, craint que le système d'appellation contrôlée accordée à certains vignobles ne les étouffe. Il redoute – et la suite lui donna raison – que, forts de ce label accordé à perpétuité, les vignerons ne s'endorment sur leurs lauriers. Il leur rappelle avec sa sortie sur l'art ogival que les cathédrales ne doivent au calcaire que la matière première et que le reste, l'architecture comme l'esthétique, est dû à ceux qui ont façonné, assemblé, pensé. Selon lui, le terroir est quelque chose de vivant qui se construit, s'analyse, s'entretient, se travaille, se respecte. Rien de statique ! Il écrit à une époque où le tout chimique commence à sérieusement concurrencer le travail mécanique dans les vignes, avec les conséquences que depuis on a démontrées : érosion facilitée, fin de la vie microbiologique des sols, enracinement des vignes plus superficiel…

Ernest Renan, à propos de nation, dit quelque chose de similaire. Il procède par élimination. Qu'est-ce que la nation ? Ce n'est pas la race : « La vérité est qu'il n'y a pas de race pure et que faire reposer la politique sur l'analyse ethnographique, c'est la faire porter sur une chimère. Les plus nobles pays, l'Angleterre, la France, l'Italie, sont ceux où le sang est le plus mêlé. » Ce n'est pas la langue non plus, voyez la Suisse, ajoute Renan. Pas plus que la religion ou les frontières naturelles : « Les rivières ont conduit les races ; les montagnes les ont arrêtées. » Non, conclut Renan, la nation n'est pas quelque chose de mesurable, de naturel et de définitivement inscrit : « Elle suppose un passé ; elle se résume pourtant dans le présent par un fait tangible : le consentement, le désir clairement exprimé de continuer la vie commune. L'existence d'une nation est (pardonnez-moi cette métaphore) un plébiscite de tous les jours. » Pas si ringard que cela, Ernest, qui envisage dès lors la construction européenne et le droit des peuples à disposer d'eux-mêmes…

Le plébiscite permanent, ce pourrait être une définition très moderne du terroir ! Un lieu viticole ne le demeure que parce qu'il est vivant, travaillé, enrichi. En témoigne cette note dénichée aux archives de Dijon par le Dr Lavalle, un des premiers à s'être penché sur le cas des sols bourguignons : « En 1785 et 1786, Grimelin, régisseur du prince de Conti, fit creuser près du bas de cette vigne et fit enlever environ huit cents tombereaux de terre, qu'il fit répandre dans les endroits dénués de terrain et dans les parties faibles et stériles de cette pièce de vigne. Il fit remplir le creux de pierrailles, remettre dessus du terrain neuf de bonne qualité, et repeupler cet endroit. Cette amélioration lui causa une dépense de 1 000 livres pour le moins. » Cela ne veut pas dire que l'on peut tout faire, qu'il suffit d'un bull et de quelques camions pour fabriquer un terroir. Certains s'y sont essayés sans grand succès. Mais le travail réalisé par Grimelin à la demande du prince n'avait d'autre but que de permettre à la vigne de vivre, de se développer et de mettre en relation, dans les meilleures conditions possibles, sols, sous-sols et plantes. D'avoir oublié ce travail nécessaire, une partie des vignerons, soulagés de leurs travaux par l'arrivée des traitements chimiques, des désherbants notamment, ont bien failli perdre leur terroir ces cinquante dernières années. Le retour de la charrue dans les vignes ne figure pas les conséquences d'une révélation. Il ne doit rien à quelque divinité du soc ou dieu des laboureurs. Il est une nécessité.

Un événement considérable faillit bien tout remettre en cause et détruire cet accord longuement négocié entre la nature et l'homme : le phylloxera.

1860. Le vin est partout. C'est l'âge d'or pour ceux qui ont misé sur la quantité plus que sur la qualité. Le développement des moyens de communication, l'industrialisation, l'urbanisation créent des conditions idéales pour les marchands. Produire toujours plus semble la règle notamment dans le Midi. Alors, on expérimente. Des pépiniéristes tentent d'implanter des ceps américains, réputés productifs et résistants aux maladies. Ce faisant, ils facilitent le débarquement sur le Vieux Continent d'un puceron ailé ravageur, une sorte d'*alien* qui mue quatre fois avant d'être adulte, passe des feuilles aux racines où là encore il mue de nouveau quatre fois, prolifère par air et sous terre. D'où la difficulté pour les scientifiques d'alors de comprendre le phénomène et de lutter contre. Le phylloxera est un ennemi redoutable, le pire que la vigne ait jamais rencontré. En piquant les racines, il provoque des excroissances qui bloquent la circulation de la sève. La plante s'asphyxie et meurt. « Debout ! Que chacun s'arme ! Catilina n'est plus seulement aux portes de Rome ; il les a toutes forcées et il menace d'être bientôt le maître absolu de la cité entière », proclame la Société départementale d'agriculture, de commerce et d'industrie du Var. Des processions sont organisées. Des mages, des escrocs, des illuminés proposent toutes sortes de remèdes miracles à une société paysanne asphyxiée. L'Etat offre 300 000 francs, une fortune, à qui trouvera la parade. On fait sonner le tambour dans les vignes pour effrayer l'insecte… Rien n'y fait, en vingt ans, une grande partie du vignoble français est détruite. Le département de l'Hérault, qui comptait 220 000 hectares de vignes en 1872, est réduit à 90 000 en 1881. Pourtant, à cette date, on a trouvé la solution pour vaincre le mal.

Tout est parti de l'observation. Lors du débarquement des premiers colons en Amérique du Nord au XVIIe siècle, on avait déjà remarqué que les plants de vigne emportés dans leurs bagages ne prenaient pas sur ces nouvelles terres. Au fur et à mesure qu'on les plantait, les ceps dépérissaient et séchaient, alors que les vignes autochtones résistaient mais ne produisaient pas de raisin susceptible de donner des vins de qualité.

Sur le Vieux Continent, en 1880, constat identique : alors que les vieux pieds français crèvent les uns après les autres, les ceps importés d'Amérique se portent comme un charme.

Le phylloxera existe depuis toujours là-bas et la vigne s'est adaptée. Elle développe des cellules ligneuses qui protègent les racines nouvelles des piqûres de l'insecte. D'où une première idée : il faut créer une nouvelle vigne forte comme l'américaine, racée comme la française. On va donc tenter d'hybrider des ceps américains avec des français. Cela donnera une belle collection de noms poétiques et de numéros : l'oberlin 595, le gaillard 157, le castel 1832 ou le seibel 128. On aura aussi le rayon d'or et le fameux noah, un mélange de plusieurs américains dont le directeur des services agricoles d'Indre-et-Loire en 1920 écrit, dans *La Dépêche de Tours* : « Le plant résiste au phylloxera et aux maladies cryptogamiques. Il est vigoureux, très productif et donne un vin riche en alcool. On lui reproche un goût foxé. » Foxé de *fox*, le renard en anglais. Certains trouvent en effet que le noah sent l'urine de renard. Pour qui en a goûté, c'est un peu exagéré.

On l'interdira plus tard parce qu'on le suspecte de posséder un fort taux de méthanol qui rend les consommateurs zinzins… En Bourgogne, où un temps il est fort répandu, on dit plus simplement qu'« il rend la tête folle » !

En règle générale, ces hybrides ne donnèrent jamais de vins fins. N'empêche, les hybrides, par-delà les années 1920, perdureront dans les productions de vins de table et dans les petites vignes familiales jusqu'à nos jours. (Le baco utilisé pour l'armagnac est un hybride.)

Le professeur Emile Planchon à Montpellier, qui a procédé aux premières observations et identifié « la bête », a trouvé la solution dès 1873 : greffer sur des racines américaines (ou des hybrides franco-américains) des plants français. Ainsi, on dispose d'un « porte-greffe » résistant mais doté de la qualité des cépages traditionnels. Cela paraît simple et ne l'est pas du tout.

Ne va-t-on pas changer le goût des vins ?

Ainsi témoigne en 1908 un certain Dr Chanut, propriétaire à Vosne : « Les vins des vignes greffées sont bons à boire au bout de 15 mois de bouteille, ont acquis leur qualité maximale à 25 ou 30 mois et déclinent ensuite très rapidement. Au contraire, les vins de vignes franches de pied n'étaient autrefois bons à boire qu'après environ 15 ans de bouteille, ils n'avaient acquis toutes leurs qualités qu'à 25 ans et se conservaient ensuite pendant longtemps. » Dans les revues de viticulture de l'époque, plusieurs vignerons racontent que leurs vignes greffées « s'affolent », développent des tiges énormes qui nécessitent des tailles très longues pour obtenir du fruit. Climatologue et universitaire,

Rolande Gadille, qui a consacré l'essentiel de ses recherches à la Bourgogne, constate en 1967 : « Il est donc malaisé de conclure fermement à un maintien ou à une régression de la qualité. Mais il est impossible de ne pas admettre, à tout le moins, un certain bouleversement dans les conditions de nutrition minérale, d'assimilation et de maturation, et ces modifications ne peuvent avoir été sans effet sur l'élaboration terminale des vins. »

Depuis, après de nombreux essais, quelques succès et tant de ratés, le système des pieds greffés est devenu incontournable. Mais plus d'un siècle après les premières tentatives, la polémique dure encore. Plusieurs vignerons se sont essayés à replanter en « plant direct », c'est-à-dire sans porte-greffe américain. Dans la plupart des cas, la vigne au bout de quelques années a rendu l'âme. Car le phylloxera est toujours là, paré à l'abordage des racines. Personne n'a encore trouvé le moyen de nous en débarrasser. Parmi ces vignes récemment plantées et qui ont survécu, celles de gamay d'Henry Marionnet en Touraine. Ses sols sont fortement sableux et il semble que le tueur en série déteste le sable. Toujours est-il que chaque année, nous pouvons ainsi comparer les vins en provenance de vignes greffées et ceux, comme autrefois, produits par des ceps directement plantés dans le sol. Résultat : les deux vins n'ont pas grand-chose en commun. Le premier est plus fruité, plus simple. Le second paraît plus minéral et plus austère…

Prudemment, les propriétaires de la Romanée-Conti ont choisi de conserver leurs vieilles vignes françaises le plus longtemps possible. Au prix de soins très coûteux, pénibles à réaliser. Il s'agissait d'injecter pied par pied du sulfure de carbone profondément dans la terre en direction des racines afin de zigouiller le monstre. On se servait d'un « pal », une sorte de clystère ou de seringue géante qui fait aujourd'hui le bonheur des musées cantonaux.

Pour remplacer les ceps manquants, on se refusait à planter de ces pieds greffés susceptibles d'américaniser l'âme de la Bourgogne. On pratiquait le « provignage ». Cette opération relevait de la mystique autant que de la pratique culturale. Il s'agissait de sacrifier un bon pied, enterré couché dans une fosse creusée à la pioche, en laissant dépasser du sol juste deux sarments qui en se développant créaient deux ceps nouveaux. Durant la Seconde Guerre mondiale, la pénurie de sulfure de carbone a mis un terme aux espoirs des propriétaires de conserver leurs vieilles vignes. Plus de possibilité de traiter, développement considérable du phylloxera et réduction tout aussi considérable du potentiel de récolte. Il a bien fallu se résoudre à cesser ces pratiques et s'adapter aux nouvelles méthodes. D'autant que ces

« nouvelles méthodes » avaient déjà un bon demi-siècle d'expériences derrière elles. Ceux qui ont procédé à l'arrachage en 1945 des vignes de la Romanée-Conti ont constaté que les ceps poussaient en fait sur un « mulch », c'est-à-dire un enchevêtrement de vieilles racines qui formait un réseau très dense sur une couche de plus d'un mètre de hauteur.

La Romanée-Conti disparut alors pendant sept ans, ignorant ainsi le fantastique millésime 1947, le temps que le terrain soit purifié, planté, et que la vigne s'enracine. « Notre première récolte a eu lieu en 1952. Le vin était extraordinaire. André Noblet, notre ancien chef d'exploitation, était sûr que les nouvelles vignes avaient puisé dans ce mulch le caractère de la Romanée-Conti... », dit Aubert de Villaine.

Comme dans la tragédie, le vin était le « sentiment » purifié de ce nœud racinaire complexe qui formait lien entre le sol et le raisin. Comment s'appelle, au fait, ce tragédien révélateur de sentiments magnifiés et purifiés ?

— Racine.

Sac à pain

> « pour ne pas que tu meures pour pas absenter tes parfums
> je respire tes déplacements tu corriges mes silences
> les mots d'orient ne viennent plus
> la liberté passe ce soir. »
>
> Jean-Paul COCHETEL,
> *Le Bistouri social*

Les visages, les lieux, les routes, ces maisons et ces jardins qui nous semblaient immenses : tout se perd et glisse de la mémoire comme un ticket de caisse tombé d'une poche. Les odeurs sont moins légères et curieusement moins sensibles aux vents qui passent. Elles ne glissent ni ne se perdent. Elles s'incrustent, s'enfouissent comme les tanches dans la vase des rivières. Elles demeurent, prêtes à resurgir quand avec insistance on les sollicite. Il faut agiter, faire danser le ver rouge devant les yeux de la tanche pour qu'elle se décide à mordre à l'hameçon. Je sais de quoi je parle. J'avais douze ans et je l'ai cherchée la tanche, à me lever dès cinq heures quand tout le monde dormait, à manquer de tomber du vélo avec tout ce matériel indispensable au bon pêcheur et qui ne cessait de brinquebaler, surtout la canne qui bloquait le guidon, coincée par ma cuisse droite et la poignée de frein. Les vers rouges qui foutaient le camp de la boîte. Les hameçons qui se prenaient dans les tiges des nénuphars... Les tanches, ça se mérite. Dans l'ombre d'un pilier neuronal l'odeur fait de même. Il faudra chercher, ouvrir les placards de la mémoire, balancer les encombrants, vider les casiers de souvenirs inutiles. Oui, on a déjà senti cela quelque part. Quand ? C'était quand ? Il y a longtemps. Où ? Dans quel village, quelle maison, au bord de quel chemin ? Alors commence le voyage, bien plus passionnant que celui du généalogiste à la recherche des ancêtres, car il ne s'agit pas de faire revivre des personnages dont la trace est seulement horizontale, couchée dans les cimetières et sur des registres. Là, c'est en trois dimensions. Que du vécu garanti olfactif. Veni, vedi et surtout senti.

Moi, mon voyage a commencé un automne en Champagne avec de très anciennes bouteilles. Jusque-là, je me contentais de chercher et de trouver dans le vin des arômes qui me permettaient une description appétissante – du moins c'était fait pour – à destination des lecteurs. Peut-être que je ne m'étais pas encore assez frotté aux vieux. Les vins jeunes développent des arômes de jeunes : fruits, fleurs, herbes, vanille. Des senteurs finalement assez familières et qu'un nez habitué à renifler la nature au printemps (et en été) peut facilement débusquer. Dès que l'on s'attaque aux plus anciens, le registre change. Les fruits ne sont plus éclatants de fraîcheur. Finie la pêche blanche juteuse ou la fraise des bois écrasée entre le pouce et l'index. Il faut un peu plus cravacher la mémoire. Car tout se complique, se dissimule, s'estompe derrière des trompe-nez. Les arômes des vins jeunes, printaniers, exposés en pleine lumière, ont laissé la place à des senteurs de l'ombre, automnales. On avance à tâtons en devinant, en suggérant des possibilités aromatiques. C'est une fin d'après-midi de novembre avec les silhouettes des arbres en sépia, les lignes d'horizon qui flottent entre chien et loup. On n'affirme plus, on cherche, on devine. « Dites à l'éclairagiste qu'il revienne », demande Louis Chédid.

Les voilà cuits en confiture, vos abricots et vos cerises belles-de-juillet. Le coing ! Oui, le coing, mais sous quelle forme ? Sur l'arbre, encore tout duveteux, rôti, en pâte, en gelée ?

Dire le miel d'un vin blanc senior, c'est bien gentil, mais à la reniflette de près, le miel de châtaignier n'a pas grand-chose en commun avec celui de lavande, de sapin ou encore d'acacia…

Avec les bourgognes rouges, le changement est spectaculaire. Leur cépage, le pinot noir, accouche d'un concentré de fruits rouges en salade auquel s'ajoutent, suivant les terroirs d'où il provient, des notes florales ou de mûre écrabouillée. (Attention, ça tache terriblement !) L'âge aidant, ils libèrent des touches fumées, comme certaines charcuteries, des senteurs de fourrure, parfois même de gibier à poil.

Cela n'exclut pas les fruits du départ, mais ils ont changé de nature. Le temps les a déposés dans un sous-bois à l'heure de la cueillette des champignons et de l'ouverture de la chasse au bois. Bien que la pratique concomitante de ces deux loisirs ne soit pas recommandée, surtout pour le ramasseur de champignons.

Quand je compare vins jeunes et vins vieux, je pense au Booz endormi de *La Légende des siècles* écrite par un Victor Hugo carte vermeille et qui, semble-t-il, ne se contente pas de regretter sa verdeur mais règle des comptes avec la jeunesse :

> Quand on est jeune, on a des matins
> [triomphants,

dit d'abord le poète. Puis d'ajouter, vachard :

Et l'on voit de la flamme aux yeux des
[jeunes gens,
Mais dans l'œil du vieillard, on voit de
[la lumière.

Le vin vieillard n'a plus de flamme. Il s'éclaire d'une lumière douce, indirecte, qui donne du doux et du flou aux senteurs et aux saveurs. Le grand œnologue bordelais Emile Peynaud, à qui les grands crus doivent leur régularité et leur plus grande précision, a tenté une grammaire des senteurs.

Il a qualifié, identifié nombre d'arômes, autour de deux cent cinquante, que l'on peut distinguer dans le vin à ses différents âges. C'est le premier, à ma connaissance, à avoir fait ce boulot. Jusque-là, on était un peu dans le flou, les anciens bouquins ou les notes retrouvées dans les registres des négociants parlaient en quantité : « il a un franc parfum, ou un fort bouquet ». Parfum et bouquet de quoi ? Débrouillez-vous. Peynaud a voulu mettre des noms sur les pratiques de la dégustation, tenter de la rendre un peu scientifique. Il a été le premier à faire du nez un instrument efficace de mesure. Les vins jeunes, selon lui, sont simplement aromatiques tandis que les vins vieux ont du bouquet. Et quand ils sont entre deux âges, il faut ma foi naviguer d'une rive à l'autre. C'est un peu le problème quand on veut statufier le sensible : les frontières n'y sont guère naturelles et visibles. J'aime bien la définition que donnait du bouquet – par opposition à l'aromatique – Jean-Luc Hennig (*Erotique du vin*). Ecrivain, journaliste à *Libération* du temps où ce journal ressemblait à une foire à la brocante des idées, du temps où on l'achetait en colère. « Des odeurs qui s'élargissent peu à peu en éventail, jusqu'à se révéler dans toute leur plénitude charnelle. Il y a du narcotique là-dedans. De la fumerie d'opium. Du chanvre indien. On ne peut pas se faire une idée. Le vin est une âme si pleine de coquetterie. Jusqu'à dissimuler en lui, comme au fond d'un vestibule, d'un coffre de nuit, d'un réceptacle intime, quelque chose de plus subtil encore, qui est le fumet. Oui, après trente ans d'âge et plus encore, le bouquet s'épaissit, se confit, il devient essence, quintessence de vin, vire à l'odeur fine de la truffe, de la girolle ou du cèpe. Qu'a-t-on besoin, me direz-vous, d'aller chercher des girolles au fond du vin ? Je n'en sais rien, mais le fait est là : votre vin a bientôt la timidité du sous-bois ou l'humidité du vieux chai. »

J'ai découvert ce texte après avoir écrit ce qui le précède. J'avoue que mes connaissances en matière de fumerie d'opium sont davantage inspirées par *Tintin et le Lotus bleu* que d'un vécu à la Loti, Baudelaire ou Malraux. Mais pour le reste, on est sur la même vibration automnale, mycologique et forestière. J'ajouterai que pour Denis Dubourdieu, autre grand œnologue bordelais dans la succession de Peynaud, l'arôme suprême qui définit le très grand vin rouge vieux c'est la truffe !

Cet automne-là (on déguste souvent les vins vieux en automne, ce n'est peut-être pas un hasard) en Champagne, des maisons prestigieuses avaient ouvert quelques-uns de leurs trésors pour un public restreint de professionnels. 1959, 1955, 1937… Nous avions lentement remonté le temps jusqu'en 1914. Le chef de cave qui présentait ce millésime s'inspirait directement du livre de bord d'un de ses prédécesseurs, celui qui tenait ce rôle au moment du déclenchement de la Grande Guerre. On écrit beaucoup dans le monde du vin. On note les saisons, les pluies, les orages, les journées de chaleur et de bonheur pour la vigne, celles de malheur aussi, quand la grêle détruit la récolte et parfois compromet les suivantes.

Le chef de cave en septembre 1914 avait écrit, je cite de mémoire : « La vendange a commencé très tôt entre l'offensive allemande et la contre-offensive française. Beaucoup de femmes, en l'absence des hommes, participent à la récolte et aux travaux des chais ! »

Les hommes commençaient la tuerie ; les femmes donnaient la vie à un des plus grands millésimes champenois. Le vin c'est aussi cela, un permanent chassé-croisé avec l'histoire. Si ce n'était que par la rencontre entre millésimes et grands événements, on en aurait assez vite (tout est relatif) fait le tour. En un livre bien illustré, on évoquerait la merveilleuse année 1959 pour le vin, qui fut aussi celle de l'arrivée du libérateur (à l'époque) Fidel Castro au pouvoir. Ou que 1956 fut marquée par un terrible gel qui dura tout le mois de février, détruisit une grande partie du vignoble français et beaucoup d'oliviers. A Budapest aussi, cette année-là, on connut un terrible gel… La liaison intime entre le vin et l'histoire se lit sur les chapiteaux sculptés de Vézelay, dans les *Riches Heures du duc de Berry* ou les récits des dîners de Talleyrand. Plus près de nous, palpables pour peu qu'on y regarde, les caves, les murets, les terrasses, les sols, les limites des vignobles nous parlent du passé au travers des choix opérés par les hommes.

Pour la construction de leur maison : caves profondes quand le sol le permettait, chais étendus en surface quand la nappe phréatique trop proche l'interdisait…

Pour l'agencement de leur village ou du paysage découpé par les nombreux chemins qui menaient aux vignes, aux champs, aux pâtures ou encore à la rivière, le moyen de communication le plus valorisé au Moyen Age. Encore aujourd'hui, malgré les autoroutes, le TGV, les lotissements, si on survole la France en avion en partant de Lille pour aller à Marseille, les grandes lignes du paysage et de l'habitat dessinées par nos ancêtres les Gallo-Romains et leurs envahisseurs barbares venus du nord et de l'est sont encore bien visibles. Gros villages de Picardie d'où partent des chemins en étoile ; fermes isolées construites sur les emplacements des anciennes *villae* romaines dans le Sud… Même dans les vignobles abandonnés depuis le phylloxera ou la Première Guerre mondiale, en étant un peu attentif, on peut lire les traces laissées par le travail des hommes. Dans les bois du sud de l'Yonne, entre Auxerre et Vézelay, il n'est pas rare de tomber sur les ruines d'une ancienne cabane de vigneron circulaire montée sans mortier, avec les pierres ramassées dans les parcelles. La plupart du temps, elles ont perdu leur faîtage. On dit que les Allemands, pendant la guerre, les décapitaient ainsi pour que les Résistants ou les réfractaires au STO n'y puissent trouver refuge. Les remembrements commencés dans les années 1960 ont sans doute fait plus de tort à ces cabanes que les Allemands, quand elles se trouvaient sur le passage d'un futur chemin pour moissonneuse-batteuse ou à l'angle de parcelles nouvellement réunies. On trouve aussi des talus de pierres, parfois larges de plusieurs mètres, comme de vastes murs effondrés. En Côte-d'Or on les appelle des « meurgers », dans l'Yonne on parle plutôt de « mergers », des empilements réalisés au fil des siècles en limite des parcelles afin de « dépierrer les vignes », mais aussi, dit-on, pour les préserver du gel. Certains anciens m'ont assuré que les mergers fonctionnaient comme des accumulateurs, conservant la chaleur du jour pour la restituer au petit matin, à l'heure où le gel de printemps menace les bourgeons. Je crois surtout qu'ils faisaient office de remparts contre les courants d'air, de barrages au froid. Un matin d'avril 1991, le vignoble un peu partout en France a gelé, réduisant la récolte considérablement. Quand on a examiné de plus près le phénomène, on s'est aperçu qu'il s'agissait d'une sorte de vague de froid, une couche de plusieurs mètres d'air glacé qui a descendu les coteaux et grillé les bourgeons là où elle ne rencontrait pas d'obstacle. L'idée des mergers, basée sur l'observation dans des pays où le gel faisait beaucoup de dégâts, n'était pas stupide. Reste devant ces tonnes de cailloux à imaginer le temps, des siècles, et la peine pour à la hotte construire de tels ensembles. Dans ces friches d'aujourd'hui, on peut aussi s'étonner de la présence de plantes qu'on ne s'attend guère à trouver là. De l'osier, qui permettait de faire des liens permettant d'attacher la vigne, mais aussi certaines autres qui infusées produisaient des traitements fabriqués sur place et censés détruire certains parasites. Les viticulteurs partisans de la culture biodynamique – sans chimie et dans le respect des cycles des planètes – ont remis ces pratiques au goût du jour.

Même le terroir est bien plus qu'on ne le dit une construction humaine. Un exemple plaisant : celui du fameux Château d'Yquem. De quoi est-il né ? De la rencontre d'une baguette magique avec les brumes du ruisseau Ciron, porteur des ferments de la pourriture noble ? Oui, sans doute, comme les enfants dans les choux. Plus prosaïquement, Yquem est une des heureuses conséquences du traité d'alliance franco-hollandais de 1635.

L'arrivée à Bordeaux de marchands flamands en recherche de vins blancs a dopé la demande et donné des idées à quelques propriétaires. Les familles riches, comme les Sauvage, sieurs d'Yquem, imposent les vendanges de raisins « pourris » pour obtenir le maximum de sucre, et plus tard disposent des moyens de drainer les sols. Sans ces travaux considérables, la colline d'Yquem serait demeurée une pâture pour bêtes à viande ou accueillerait aujourd'hui un charmant lotissement.

Sans les hommes, sans leur intervention, pas d'histoire, rien à raconter, et sans récit la vie serait mortelle. Oui, je sais, elle l'est à coup sûr, mais on n'est pas non plus obligé de profiter du répit qu'elle nous offre pour s'ennuyer.

Avec le vin, on ne peut y échapper : tout est histoire et les odeurs sont les passerelles.

La dégustation des vieux champagnes avait commencé dans le silence, par respect pour ces très vieux flacons. Mais devant l'incroyable mélange de fraîcheur et d'arc-en-ciel aromatique de ces merveilles, il était impossible de ne pas échanger nos impressions. De toute façon les dégustations à plusieurs, même les plus sérieuses, sont au bout d'un moment bavardes. Ça commence dans le silence et finit dans le brouhaha. Heureusement d'ailleurs, le vin est là pour faire parler, c'est comme on dit aujourd'hui un facteur de convivialité. Plus simplement, il est difficile de ne pas partager, de se taire devant une très grande bouteille et quand on la ferme (la bouche), c'est que ce n'est pas très bon. Le champagne est un des vins les plus riches en parfums quand on a la patience et la possibilité de l'attendre longtemps. Evidemment, avec les plus anciens millésimes, il peut y avoir de la perte. Un bouchon pas assez souple, insuffisamment hermétique, et le gaz fiche le camp avec notre plaisir. Sur des bouteilles conservées une dizaine d'années, le risque est mineur. Alors commencent à se développer des senteurs de beurre chaud, de pâtisserie, entre crème brûlée, pâte à tarte sortie du four, amande grillée et des choses plus bizarres encore, comme l'angélique confite. Une plante dont Niort fut la capitale (avant d'être celle des mutuelles d'assurances), qui ressemble à la tige de céleri-branche (d'ailleurs celle-ci, aromatisée, remplace bien souvent l'originale). Découpée en petits morceaux, confite et sucrée, elle décore babas au rhum et autres gâteaux…

De l'angélique, on en a trouvé à foison ce jour-là. Mais un arôme revenait souvent dans le discours de plusieurs sommeliers participants : celui du pain. Les uns disaient pain grillé, d'autres évoquaient les bonnes flaveurs qui flottent autour du four du boulanger à l'heure des premiers croissants et des baguettes brûlantes.

Je ne me retrouvais pas complètement dans ces évocations. Sans contester la présence forte d'arômes inspirés du pain, je n'adhérais cependant pas à la piste toastée ou à celle de l'arrière-boutique de Pompon et Pomponnette… Il me fallut quelques dégustations de vieux champagnes en plus – ce qui n'était pas le plus pénible de l'affaire – et plusieurs mois de recherches dans la malle aux souvenirs pour identifier le coupable : le sac à pain ! Celui que ma grand-mère utilisait, comme toutes les personnes vivant dans une campagne un peu isolée. La camionnette du boulanger passait deux fois par semaine et, pour éviter que le pain ne sèche et durcisse de trop, on le conservait dans un sac de toile épaisse. Ce sac ne sentait ni le pain frais ni le rassis, encore moins le croissant. C'était une odeur moins vivante, plus feutrée, plus ténue, plus retenue également. Faites l'expérience un jour de sentir le pain et, à côté, un linge qui l'a enveloppé une nuit, et vous saisirez comme moi la nuance. Cette découverte me fit un effet brutal. Comme si d'un seul coup, sur l'écran de l'intérieur, dans la salle très privée du cerveau, on me projetait une tranche de mon enfance. Mieux même, je n'étais pas spectateur mais acteur : j'étais dans la scène, je la vivais. La cuisine minuscule, la main de mon grand-père sur l'angle de la table pour protéger mon front de gamin agité. La fascination pour le moulin à café en bois qu'il serrait entre ses cuisses. L'ouverture du sac à hauteur de mon nez, le gros pain et la confiture de quetsches... Les soirs d'orage, le compteur coupé, les couteaux rangés car ma grand-mère craignait que les lames n'attirent la foudre, les grands bols de lait tiède de la ferme voisine et les trempées de pain, celui, un peu ramollo, du fond du sac. Une séquence provoquée par une fragrance, une odeur discrète, isolée parmi des dizaines d'autres que je n'arrivais pas forcément à distinguer.

On peut sourire de cet acharnement à vouloir mettre un nom précis sur un phénomène aussi subtil. Mais c'est un jeu intellectuel qui fascine très vite. Cette mémoire olfactive est semblable à l'ordinateur domestique : nous ne l'utilisons qu'à un millionième de ses capacités. Cependant son mode d'emploi n'a rien de l'hermétisme assommant de ceux des produits informatiques. Dès lors que l'on commence à la faire fonctionner, on progresse rapidement. Pour peu que l'on mette le nez dans l'engrenage, la palette s'élargit très vite. L'identification des odeurs devient une espèce de drogue douce dont on n'a plus envie de se passer.

Jean-Didier Vincent, le grand professeur de neurobiologie que l'on écouterait des heures nous expliquer comment ça fonctionne là-haut, dit que l'olfaction est plus qu'un sens, un sentiment. Il m'a expliqué l'origine de mon sac à pain et de ce voyage flash vers l'enfance. En résumé, le professeur nous dit que tous autant que nous sommes, nous voyons la même chose, nous entendons le même bruit, nous distinguons facilement au toucher le rugueux du doux, mais nous ne sentons pas la même odeur. Celle-ci, pour que l'on mette des mots dessus, doit absolument être liée à un souvenir, à une émotion. L'olfaction ne dispose pas des filtres identifiants dont disposent la vue ou l'ouïe. Elle est en prise directe avec la mémoire et réfère toujours à elle. L'ennui, c'est que chacun a sa propre interprétation de l'odeur de la rose ou du jasmin. L'avantage, c'est que sentir fait fonctionner la mémoire. En incitant les gens à humer le vin, dit encore Jean-Didier Vincent, et distinguer des arômes, je fais œuvre utile car je favorise le travail de la mémoire. Merci, professeur !

Le vin ou plutôt les vins sont un inépuisable réservoir d'arômes mutants qui nous promènent dans le présent et surtout dans le passé intime. Pas celui des grands événements de la vie mais celui du quotidien, des petits faits, des petits gestes qui nous ont construits. N'y voyez pas je ne sais quelle nostalgie des temps anciens… On peut avoir des souvenirs et vivre dans le présent. Ça aide même ! Quel utilisateur de carte à puces et d'Internet renoncerait à posséder une machine qui le baladerait dans le temps ? Portative, en plus !

Très récemment, grâce à mon médecin généraliste, j'ai réussi à mettre un nom sur quelque chose qui me passait sous le nez de temps à autre : Balsofulmine… Le docteur pense qu'une bonne inhalation « par fumigation » est encore ce qu'il y a de mieux quand on a l'ensemble du bazar respiratoire sérieusement bétonné. Baume du Pérou, teinture de benjoin, teinture d'eucalyptus, huile essentielle de lavande et de thym… Qui l'emporte dans cette odoriférante tambouille ? Je ne saurais le dire. D'autant que, et pour cause, mon appendice nasal n'est pas au mieux de ses performances quand j'ai recours à la Balsofulmine. L'eucalyptus est drôlement dominateur en principe, mais il me semble que le benjoin, que je fréquente plus rarement, ajoute un côté lourd et épicé qui densifie l'ensemble.

En résumé, un eucalyptus fatigué et barbouillé par tous ces mélanges ! Pile ce que je sens sur certains verres de vins blancs du sud de la France atteints par la limite d'âge. Autrefois, les gens, quelques-uns du moins, adoraient ça. Au point d'ailleurs que l'on recherchait par des procédés bizarres d'oxydation musclée ces arômes lourdingues. Les goûts ont changé, mais deux ou trois générations de Français se sont régalés avec les vermouths et les apéritifs fabriqués à partir de ce genre de produit. Les parfums de dame d'alors, ce qu'on appelle logiquement aujourd'hui les parfums de grand-mères – certains existent encore –, ont aussi un côté capiteux, envahissant, de fleurs altérées et de musc.

Cela m'évoque toujours d'épaisses tentures, des doubles rideaux bordeaux à glands dorés... Difficile, quand on les sent, de désigner quel arôme prend le dessus et de le faire entrer dans une des cases modernes : floral, aérien, citronné, etc.

Il n'y a rien de plus simple que d'apprendre à jouer avec son nez et sa mémoire. Par exemple, il y a dans les vieux champagnes quelque chose d'émouvant et que je note dans mes carnets sans trop oser l'écrire dans un journal : l'odeur de chaud !

Pour la décrire, la plus ancienne encoche dans ma mémoire est, je crois, imaginaire. Mon père m'a très souvent raconté les lits de plume de son enfance ; la bassinoire en cuivre rempli de braises que l'on passait entre les draps pour enlever l'humidité qui envahissait les chambres non chauffées des maisons campagnardes. Sans l'avoir jamais vécu, du moins je ne m'en souviens pas, j'ai profondément en moi cette atmosphère. Je sens cette fumée, le métal brûlant et l'odeur du drap soudainement tiède portée par une fine vapeur, identique à celle des pattemouilles des anciennes repasseuses.

Il n'est pas utile de remonter jusqu'à l'entre-deux-guerres pour identifier quelques différentes odeurs de chaud. Il suffit de passer les portes des maisons. Les convecteurs électriques, surtout les premiers modèles, dégagent dans l'air comme une trace sèche et métallique : l'acier chaud, la tôle peinte, comme une carrosserie de voiture abandonnée en plein soleil de juillet.

En revanche, dans une salle de restaurant de province, en franchissant le seuil, on repère une petite trace de fumée, de bûche qui se consume, comme une pointe de lard fumé dans l'air, un chaud de braise, vivant, en action, qui rassure et rapproche. Avant même que le maître d'hôtel propose une table près de la cheminée, on a deviné sa présence.

Mon chaud préféré est encore un tout petit peu différent. Il vibre dans toute la pièce. A l'inverse de la cheminée qui chauffe de près et sent de loin, le poêle à bois rayonne... Ce chaud-là est gâteau, vanillé, beurré. Un peu comme les grands champagnes blancs de blancs quand ils atteignent l'âge mûr.

Je suis devenu un inconditionnel des vieux champagnes. Dès que l'occasion se présente, j'en achète. Des 1988 ou 1982 : deux millésimes de grande garde. Il m'arrive de trouver encore des 1976, année de la sécheresse qui nous valut un impôt supplémentaire. J'ai soigneusement empilé et caché une assez belle panoplie de 1996, merveilleux millésime mais que trop souvent on a bu dans son immaturité.

Tous les trois ou quatre ans, on se réunit à une quinzaine dans le vendangeoir des Goutorbe à Aÿ. Un village connu des cruciverbistes et des historiens du vin. C'est le village fondateur du vin de Champagne. Non pas qu'on y ait inventé quelque cuvée pour la première fois, mais parce qu'il est le plus cité dans les vieux écrits depuis le Moyen Age. Il y a là René Goutorbe bien sûr, puisque nous sommes chez lui. Il a trois métiers, René, vigneron mais aussi pépiniériste. Dans le langage viticole, cela ne désigne pas un marchand de rosiers ou de thuyas. Les Goutorbe, de père en fils, cultivent les plants de vigne. Ils sélectionnent les meilleurs, greffent, élèvent et fournissent maisons et vignerons. Ils ont une très grande réputation autant comme pépiniéristes que comme producteurs de vins. Ils sont depuis peu devenus hôteliers. Ils trouvaient dommage que Aÿ, capitale historique des vins de Champagne bien avant que ceux-ci soient effervescents, soit si démunie en hôtellerie. « Si je n'étais roi de France, je voudrais être prince d'Aÿ », aurait dit Henri IV. Quelques restaurants agréables, à l'ancienne, bois verni, nappe bien blanche et service impeccable, mais pour les chambres, c'était pour le moins insuffisant. René et Nicole, son épouse, ont racheté une grande demeure 1900, presque en face de chez eux rue Jeanson, et, à grands frais, l'ont transformée en hôtel de luxe qui ne désemplit pas.

Dans le vendangeoir, autour du grand pressoir traditionnel, les Goutorbe dressent une grande table en U pour nous recevoir. C'est une réunion au sommet avec une dizaine d'autres producteurs, que des maîtres de la profession. Le but de la rencontre est de déguster de vieux millésimes que les uns et les autres ont retrouvés au fond des caves creusées dans la craie, boyaux tortueux où se perdent derrière une barrique ou dans un recoin mal éclairé quelques flacons d'avant guerre. Quatre ou cinq amis cuisiniers, comme Alain Dutournier du Carré des Feuillants, Jacques Thorel de l'Auberge Bretonne, ou sommeliers comme Philippe Bourguignon, directeur du Laurent, tous grands amateurs de ce genre de manifestations intimes, y participent et assurent la partie solide qui suit la dégustation. Une fois nous sommes allés visiter vingt-huit millésimes différents de 1983 à 1949. Une autre fois, nous sommes remontés jusqu'en 1910. Pas un de le bande ne manquerait ces épisodiques retrouvailles. Un ministre peut bien avoir ce jour-là réservé chez Dutournier, les équipes bien rodées assureront… Les ministres passent, on en reverra d'autres ; tandis que les vieux millésimes ! Encore une autre fois, à l'invitation de Pol Roger, nous avons franchi le mur du siècle avec des bouteilles de 1893.

Longtemps, la Champagne a nié la capacité de ses bouteilles à vieillir. La communication des « grandes marques » intégrait une saine rotation des stocks. Le consommateur devait acheter, déboucher, boire et racheter. Surtout pas conserver. Or ce qui fait la différence entre un grand vin et une boisson, c'est l'origine, le côté magique du terroir et le défi au temps.

L'acidité propre aux vins de Champagne, la présence du gaz carbonique, les bulles, ont un effet « antiâge ». Les arômes évoluent et se développent

– cacao, pain grillé ou sac à pain, truffe blanche, miel, angélique confite, moka, brioche, mandarine… Un vrai festival. En revanche, la structure même du vin, si le bouchon a bien joué son rôle, reste beaucoup plus fraîche et joyeuse que dans un rouge. Nous avons ainsi dégusté trois 1976 de villages différents que l'on aurait crus vinifiés l'année dernière. J'exagère un peu, car ils avaient en commun un arôme bien identifiable, celui de la moisson, de la paille chaude, du blé. Ces senteurs qui envahissent les autos quand en juillet on longe, vitres ouvertes, un champ dont une moissonneuse-batteuse dévore le tapis. Après, les différences étaient nettes, saisissables. Le vin d'Avize proposé par la famille Bonville avait ce côté gras, l'épaisseur des parfums de la boîte de fruits confits, une puissance intacte. Souvent les vieux champagnes d'Avize nous donnent l'impression que, si on en prend un peu entre le pouce et l'index, il en restera une pellicule protectrice comme avec l'huile d'olive. C'est un peu l'inverse qui se produit avec les vins du Mesnil, un village pourtant voisin, lui aussi grand cru de cette fameuse côte des blancs qui s'étire d'Epernay à Vertus. Comme à Avize, Cramant, Chouilly, Oger, Cuis, la vigne est entièrement constituée de chardonnay, le raisin blanc unique, celui que l'on retrouve dans les grands crus de Bourgogne. Chardonnay à Avize et chardonnay au Mesnil, fine couche de terre au-dessus et craie en dessous pour tout le monde, un savoir-faire et des pratiques identiques de la part des vignerons. Cependant des vins presque opposés.

Je ne dis pas qu'à froid, pris au dépourvu, si on me présentait un verre d'Avize et un autre de Mesnil, j'identifierais à coup sûr les deux origines. Mais au cours d'une dégustation, quand le palais a pris ses marques et trouvé ses repères, je pense qu'on ne peut se tromper. L'Avize est profondément terrien, le Mesnil est coupant, aérien. L'un c'est l'argile ; l'autre, c'est le tranchant d'un éclat de calcaire dur.

Le sac à pain a été présent dans tous les 1914 que j'ai goûtés, car il y en a eu plusieurs. Curieusement, ou devrait-on dire furieusement, ce fut un bon millésime pour le vin de Champagne et de nombreux propriétaires ou maisons en ont gardé, même si aujourd'hui ces stocks ont tendance à s'épuiser. Les années immédiatement suivantes sont plus rares. Pénurie de verre, de bouchons, d'hommes et même de raisin : les bombes n'épargnent pas les vignes. La Champagne, qui commençait de reconstruire son vignoble après la crise du phylloxera, a repris le chantier dès la fin des hostilités, avec les risques mortels que font encourir aux hommes les obus enfouis et intacts. C'est seulement dans la toute dernière décennie du XXe siècle que les tonneliers ont fabriqué de nouveau des fûts avec les chênes des forêts d'Argonne. Les arbres survivants étaient truffés d'éclats et de balles, nul ne pouvait les fendre pour les travailler.

Une des « réserves » les plus fournies en vieux millésimes est la cave de René Collard, qui fut un pionnier en la matière. De nombreuses personnalités clientes des Collard sont descendues au fond de cet immense puits creusé à Rueil dans la craie, sans toujours savoir qu'il s'agissait d'une ancienne poudrière de la Première Guerre mondiale. Mais quand on relève les yeux, qu'on regarde de plus près les parois et les voûtes, les nombreux impacts qu'on peut y déceler témoignent de la violence des combats qui ont dû opposer, dans le noir, combattants français et allemands.

D'autres caves, comme celle de Moët et Chandon à Epernay, ont servi de refuge quarante ans plus tard à ceux qui en avaient besoin. Familles juives en errance, aviateurs alliés désailés, Résistants cachés pouvaient se dissimuler dans ces immenses galeries où, parfois, ils ont signé leur passage, gravé dans la craie.

Ah, l'odeur de ces caves ! Rien à voir avec les senteurs de champignon ou de bois moisi que l'on rencontre ailleurs. En Champagne, c'est la pierre, le calcaire humide mais net, franc de coupe, qui envahit l'atmosphère sans partage.

Mon sac à pain, on le devine sur nombre de vieux champagnes, qu'ils soient composés de chardonnay, de pinot meunier ou de pinot noir. Peut-être un peu plus présent sur ceux qui comportent du pinot noir dans leur assemblage. L'odeur de la craie est l'apanage des vins issus du chardonnay ou dans lesquels ce raisin est fortement présent... Je voudrais vérifier cette hypothèse en dégustant les plus vieux champagnes que l'on puisse imaginer. Ils existent ! Je sais même où ils se cachent. Mais pour le moment, ni moi ni aucun autre, pas même les propriétaires, n'y ont accès.

« Dans la nuit de jeudi à vendredi, vers deux heures du matin, un sourd roulement semblable à celui de la foudre réveilla M. Roger et M. Leclerc, le chef de caves, sans pour cela leur donner d'inquiétude. Deux heures plus tard un bruit plus caractérisé leur donna l'éveil. Ils se levèrent à la hâte et quelle ne fut pas leur stupéfaction de découvrir qu'il venait de se produire une catastrophe. » Le 28 février 1900 est effectivement un jour noir pour la maison Pol Roger. Ou plutôt une nuit et c'est une chance car aucun des ouvriers qui travaillent à l'agrandissement des caves n'est présent sur le chantier. Comme l'écrit *Le Vigneron champenois*, il n'y eut « aucun accident de personnes ». En revanche, l'affaissement des sous-sols a provoqué l'effondrement des celliers.

Les tonneaux ont répandu dans les rues avoisinantes le vin en cours d'élevage. Tandis qu'en surface le terrain est « descendu de plus de quatre mètres », en dessous c'est la presque totalité des caves et « caverons » qui ont été recouverts de terres et de roches. Depuis, on a reconstruit, réaménagé, ouvert de nouvelles caves, mais ce sont environ un million et demi de bouteilles qui ont été ensevelies. Combien ont été brisées ? Combien ont été protégées par les murs et les voûtes des caveaux, ces alvéoles qui compartimentent les galeries ? Combien, en situation d'anaérobie, sont encore dégustables ? Mille, dix mille, ou juste une centaine ?... Ces questions et surtout la réponse trottent depuis longtemps dans la tête de ceux qui connaissent cette histoire. « Je ne dis pas qu'un jour ou l'autre nous n'irons pas voir ce qu'il reste là-dessous... », dit Patrice Noyelle qui dirige Pol Roger. Ce jour-là, nous sommes quelques-uns à poser notre candidature pour surveiller la progression des travaux.

Sac à vin

> « L'ingéniosité que déploient les humains, depuis l'origine des temps, pour inventer ou réhabiliter des arguments en faveur d'erreurs l'emporte de beaucoup sur celle qu'ils ont mise à rechercher et démontrer des vérités. »
>
> Jean-François Revel,
> *Le Voleur dans la maison vide*

On a du chaud ce soir sur le plateau. Un journaliste, un vrai, un bon d'ailleurs, un dont on a vu souvent la tête autrefois. Il a même présenté des journaux ou des magazines de reportage. Il raconte sa très longue plongée dans l'alcoolisme. Il en a fait un bouquin et comme il dirige une importante agence, qu'il connaît du monde, que l'attachée de presse de l'éditeur n'est pas une béjaune, il a déjà fait la tournée de tous les shows. Même les plateaux où d'habitude on rigole. C'est juste une question d'adaptation, de métier. Les rigolos chroniqueurs arrêtent cinq minutes de se fendre la poire, retiennent les jeux de mots, prennent l'air grave de celui qui a connu, tout près tout proche, dans sa famille de préférence, une victime de cette terrifiante descente aux enfers. Le livre s'est bien vendu. Du coup, le ministre, harcelé par une ou deux associations qui voudraient nous faire vivre dans « un monde qui ressemble à un jardin d'enfants, un grand centre aéré, régi par les sectateurs de la vertu, de la décence, du bonheur obligatoire et de la santé », comme le dit Gérard Oberlé (*Itinéraire spiritueux*), a vu la lumière.

Lui ou un conseiller… Faire écrire un rapport sur l'alcoolisme par ce journaliste : voilà une bonne façon de montrer que bien sûr on est très sensibilisé au problème ! Et nous voilà maquillés, posés bien sages, brochette en rond autour de l'animateur, pour tenter de dire quelque chose d'intelligent en moins d'une minute trente. Au-delà, le téléspectateur décroche, prend sa télécommande à son cou et s'enfuit admirer les prouesses d'une mémé d'emprunt faisant ranger sa chambre à un futur Mesrine.

Lui, mon confrère, est accompagné d'un médecin large comme un troisième ligne, la tête de l'ancien boxeur recyclé garde du corps dans les films noirs des années 50. S'il me cause entre quatre yeux dans une chambre capitonnée, insonorisée, et qu'il m'ordonne d'arrêter de boire, je vous jure, j'arrête. Ou du moins, je promets. Ce toubib est spécialisé dans l'addiction. Il soigne et tente de guérir les victimes de l'alcoolisme. Il officie au cœur du malheur et vit sa lutte contre l'alcool comme une croisade. Je l'ai entendu un matin sur RTL, interrogé par un journaliste à propos des éventuels effets bénéfiques du vin sur la santé. Il n'était peut-être pas l'interlocuteur idéal sur ce sujet ! Au final, disait-il, on ne peut pas prétendre que l'alcool puisse faire du bien. Car celui qui boit un verre ou deux par jour n'en restera jamais là, ne saura s'en contenter. Forcément, celui-là deviendra alcoolique.

Il ne dit jamais le vin, il dit l'alcool.

Il ne me viendrait surtout pas à l'esprit de lui citer le premier commandement des Médecins amis des vins de France :

« Tout d'abord tu distingueras
Le vin de l'alcool sagement… »

Extrait d'une conférence donnée à Vichy (ça ne s'invente pas) le 23 septembre 1949 par le docteur… Eylaud !

A eux deux, ils ont tout. Tout ce qui compte pour triompher sur les plateaux de télé. Les chiffres d'abord. Même s'ils ne sont guère vérifiables ou s'ils ne signifient pas grand-chose ; ce qui compte c'est le nombre de zéro, la densité qui façonne l'impression. Eux sont venus avec 40 000 morts par an dus à l'alcoolisme. On ne peut rien contre un chiffre. Le contester, c'est déjà prendre le parti des méchants, des empoisonneurs.

On est pour ou on est contre : pas de place pour la nuance.

La nuance, c'est gris, c'est ennuyeux. La ménagère aime la castagne. Allez donc essayer d'expliquer que ces 40 000 ne sont pas tous victimes des familles Rothschild (Mouton et Lafite), que tous ces malheureux n'ont peut-être pas grand-chose à voir avec le goût et la culture du vin ! Que l'addiction ou la misère sociale, que le désespoir, la solitude ou que sais-je encore qui poussent les gens vers des solutions autodestructrices ne condamnent pas forcément le savoir et la recherche du plaisir. Qu'il vaudrait peut-être mieux s'attaquer aux causes du mal de vivre plutôt que de mettre dans la même ambulance l'ivrogne et le jouisseur.

Ils dérapent un peu fort les duettistes, ce soir-là, en ironisant à propos d'un des participants, viticulteur et médecin, spécialiste du foie ou de l'estomac, bref des entrailles, un champion dans son domaine, parlementaire et défenseur sans doute pas très nuancé de l'art de vivre à la française. Ils lui assènent tout de même qu'il est gagnant sur les deux tableaux : il vend du vin aux gens. Forcément cela les détruit… Ensuite, il les soigne. Ils deviennent les clients de son second métier… Des arguments que n'auraient pas reniés les instructeurs des procès de sorcières. Ils dénoncent le « lobby du vin » très puissant et dont ce parlementaire est un représentant. Ils ne signalent pas à propos de lobby que l'association au sein de laquelle ils militent compte « 1 300 collaborateurs pour 60 millions d'euros de financement public » (*Sud-Ouest* du 11 janvier 2008).

Ils sont venus avec les chiffres, la parole scientifique, celle du médecin spécialisé, et la Force par-dessus tout ; celle qui écrase les meilleurs arguments et terrasse les plus fins débatteurs : l'émotion. Sans la petite larme, on baigne dans la conviction molle. Un peu de lacrymal, une belle tranche de vécu exprimée avec ce qu'il faut de retenue pour laisser la place à l'imagination, et c'est gagné.

L'émotion, le témoignage en vrai, et pas de n'importe qui mais d'un acteur du show cathodique, voilà le suprême atout des traqueurs du vice. Même un scientifique de bonne qualité n'arrive pas à la cheville du témoin qui sait faire pleurer. Sur le petit écran, un crétin dégoulinant est bien préférable à un savant frais. Là, en l'occurrence, le témoin n'était ni crétin ni dégoulinant, juste sincère. Sa tranche de vécu, il sait la faire vibrer, question de métier, mais aussi de ressenti très douloureux. C'est un emporté, un sincère. Dans sa colère intransigeante, on peut lire que cet homme en a bavé.

Je n'ai rien à lui reprocher sinon ce parti pris sans nuance, sa possession de bonne foi, cette morale à la serpe, sa volonté catéchisante. Il a probablement vécu l'enfer, et l'a fait vivre aux autres. Qu'il en ait fait un livre, soit ! Le sachant journaliste aguerri, j'ai un peu de mal à croire que, l'écrivant, il ait eu la naïveté d'imaginer sauver d'un futur désastre quelques apprentis alcooliques qui se précipiteraient chez le libraire du coin, dévoreraient son bouquin et tourneraient définitivement le dos à leur mal-être. Qu'il ait ressenti la nécessité de se débarrasser d'une culpabilité d'enclume, on peut l'admettre, mais de grâce, pas en culpabilisant les autres. Qu'il ait eu besoin d'écrire une sorte de confession publique, pourquoi pas ? L'époque veut ça, les fonds de librairie d'aujourd'hui tirent des larmes même aux étagères. Mais qu'ensuite il se transforme en expert gouvernemental et en prosélyte de l'abstinence totale, c'est plus difficile à avaler, si je puis dire. A moins d'admettre que, comme beaucoup de mâles de la race humaine, il soit équipé d'un ego légèrement surdimensionné, qui lui donne à penser que sa propre expérience a valeur universelle.

Il était assez amusant de l'entendre proposer, comme moyen de lutte, l'interdiction de l'alcool dans les pots d'entreprise, lui qui, d'après ses dires, était venu à la sienne tous les jours en état d'ébriété ! Je me suis bien gardé d'en faire la remarque. Ce soir-là, l'ambiance n'était ni à la blague, ni à la tolérance. Nous étions bien loin de la douce sagesse d'un Sénèque (dans *L'Homme apaisé*) : « Souvenons-nous de notre jeunesse : comme elle fut peu enthousiaste pour ses devoirs, peu mesurée dans ses propos, peu tempérante dans le vin ! »

Le pire, c'est que bien loin d'être efficace, la méthode nuit au discours. Je pense aux jeunes surtout. A la sortie des collèges et des lycées, on a depuis quelques années transformé l'universel message « t'as pas une clope ? » en « t'as pas une nuigrave ? ». Détournement significatif du message « NUIT GRAVEMENT À LA SANTÉ » apposé sur les paquets de cigarettes depuis la mise en application de la loi Evin. Je ne veux pas faire du Dolto de comptoir, mais chez les ados, l'attrait de l'interdit est beaucoup plus fort que l'écoute de la prévention. Si en plus ce discours-là prend des formes sans nuance ou sectaires…

La transmission du goût, vin ou gastronomie, se fait plus difficilement d'une génération à l'autre. Le mode de vie moderne, les repas de moins en moins familiaux sont autant de freins, et l'école ne prend guère le relais. Je crois volontiers que cette absence d'éducation favorise l'alcoolisme et la « malbouffe ». Jamais dans les rayons de grande surface on n'a vendu autant de mauvais alcool, provenant de distillations incontrôlées, déguisé en boissons sucrées ou exotiques, à une clientèle de vingt ans et souvent moins. J'ai le sentiment que chaque fois que j'ai organisé une dégustation de grands vins pour des jeunes, je les ai éloignés de la tentation d'une consommation immodérée, bien plus que les messages, les procès, les anathèmes des militants déclarés de la lutte antialcoolique. Sans doute un peu naïf, je continue de penser que dans notre pays, faire grandir quelqu'un par la connaissance est plus performant que le « un point c'est tout ! ».

Si, chez les combattants du fléau alcoolique, on se montre intolérant et sans nuance, dans la famille « boire un petit coup c'est agréable » on ne fait pas toujours dans la finesse non plus.

Certaines campagnes publicitaires montrant de jolies femmes sortant des verres comme des bulles d'arômes n'ont que peu à voir avec l'éducation du (bon) goût ! Même si cela peut paraître bien léger par rapport à ce que l'on a produit autrefois. Comme cette publicité des années 30 je crois, qui recommandait, après un bon repas, de ne jamais reprendre la route sans avoir bu un verre de Cointreau. Certes les voitures, du moins celle de l'affiche façon roadster, étaient sans toit ni chauffage…

Plus redoutable encore est la recherche de l'efficacité maximale quand elle s'exprime dans le style pur et direct de l'économiste.

« Mais existe-t-il une meilleure façon de pousser à la consommation du vin que de permettre à ceux qui n'en font pas habituellement usage de le goûter dans des conditions qui leur fassent désirer d'en boire plus souvent ? C'est donc par la distribution gratuite ou à prix très réduits d'échantillons de vin dans nos colonies d'Extrême-Orient par exemple, que nous pouvons augmenter la vente de nos vins dans ces régions et y faire adopter l'habitude d'en boire. Cette publicité, dans un pays aussi peuplé, ne peut se faire sans une dépense très élevée, et aucune maison de commerce ne pourrait et ne consentirait à en faire les frais. Une organisation puissante, un trust, par exemple, qui contrôlerait la majeure partie de notre production, pourrait seul se permettre d'y consacrer les sommes nécessaires. [...] Du reste, la consommation du vin par les indigènes de nos colonies contribuerait puissamment à la lutte contre les maladies microbiennes et on peut dire qu'il y a même une question d'hygiène qui prime la question commerciale*. »

* Georges Krippleber, « Moyen de développer la consommation du vin parmi les indigènes », intervention, congrès des Anciennes Colonies, 11 au 16 octobre 1909.

Dire qu'il y en a parfois pour douter des bienfaits de la mission colonisatrice de la France.

« Si les colonies nous intoxiquent par quelques-unes de leurs productions, l'opium en particulier, par une sorte d'échange de mauvais procédés, nous tuons les coloniaux par l'alcool. La suppression de l'alcool serait, certes, le meilleur moyen de prévenir nombre de désordres mentaux. Les cris d'alarme s'élèvent de toutes parts contre ce fléau », répondait le docteur Lucien-Joseph Naudin en 1913 dans une thèse soutenue à Bordeaux et intitulée « La Psychiatrie coloniale ».

Aujourd'hui encore, le terrain de la santé, des bienfaits du vin est largement utilisé par certaines associations qui le défendent. Ils disposent d'arguments beaucoup plus sérieux que les médecins de Louis XIV lui conseillant pour se guérir l'usage du bourgogne aux dépens du vin de Champagne. Cela prouve au moins un chose : si les Champenois sont devenus les rois de la communication, les Bourguignons de l'époque se débrouillaient pas mal en matière de lobbying.

Le médicament, le vrai, est une invention récente.

Longtemps, le vin a fait partie de la pharmacopée. Il suffit d'ouvrir un ouvrage un peu ancien, du XVIIIe ou même du XIXe siècle, pour trouver toutes sortes de remèdes à base de vin ou plus simplement des recommandations pour choisir tels ou tels provenance ou vignoble afin de soigner nombre de maux graves. Saint Luc, lui-même patron des médecins, recommandait un mélange à part égale de vin et d'huile pour entre autres laver les plaies. Comme il s'agissait certainement d'huile d'olive, nous ne sommes pas très loin de l'énoncé du fameux régime méditerranéen qui fabrique des centenaires quasi à la chaîne.

Dans les années 1990, on a mis en évidence la présence de molécules qui agissent favorablement sur notre système cardio-vasculaire. Il en est une plus souvent citée malgré son nom imprononçable, surtout en mangeant de la purée, le resvératrol. Des études américaines sont à la source de cette découverte : le resvératrol serait un ami de nos artères.

Devant le grand nombre de maladies cardiaques aux USA, savants, médecins spécialisés, chercheurs ont essayé de comprendre les causes et de comparer le régime alimentaire américain avec celui d'un pays ou d'une région de l'Occident qui serait le (ou la) moins atteint(e) : une recherche gigantesque avec des milliards de données bidouillées par les ordinateurs.

J'imagine que ça s'est passé comme dans les films avec Sean Connery. Un écran géant et des ordinateurs partout, les gobelets XXL de café ou de soda, un sous-patron de la CIA, quelques militaires, plein de types en blouses blanches et tout à coup, vers trois heures du matin… la vérité qui éclate à la face du monde. L'image est d'abord floue sur l'écran géant. Dans la salle du QG, un type à lunettes rondes tape des codes sur un clavier, cela devient plus coloré. Le type tapote encore et cette fois l'image devient nette. C'est un visage marqué par la vie au grand air. Derrière on peut voir une maison basse avec un toit pointu mais dont la pente s'adoucit en rejoignant les murs, comme les moustaches des mousquetaires. Devant, il y a une cour embouteillée de vieux matériel agricole, un tracteur rouge de 1962 de marque Massey Harris modèle Pony, un C15 Citroën bleu délavé ayant appartenu autrefois aux services de dépannage de France Télécom. En retrait sur l'image, un buisson d'orties et de ronces d'où émerge le siège rouillé d'une rotofaneuse. Plus loin, un grillage avachi encercle une trentaine de canards et d'oies qui pataugent en roulant des hanches dans la boue. Quelques pneus coupés par le milieu leur servent de mangeoires.

Un des militaires interroge le gars à lunettes :

— Qu'est-ce que c'est que ce merdier ? Où sommes-nous, Mike ?

— En France, plus précisément dans le département du Gers, papa !

— Ne m'appelle pas papa ! Nous ne sommes

pas à la maison à manger des *apple pies*. Nous sommes en mission pour sauver le monde !

— Oui, mon général !

— Beau travail, fiston.

Car c'est le Gers qui a été désigné par les savants US comme étant la région du monde occidental où il y a le moins d'accidents cardiaques… Quelle découverte extravagante pour ces chercheurs qui vivent dans un pays où le foie gras est par endroits interdit, où les livres de cuisine recommandent de laver le poulet dans de l'eau bouillante avant de le cuire et de décongeler les fraises avant de faire une salade de fruits !

Dans le Gers, on fait assez peu de cas des livres de cuisine américains. Les recettes du pays tourneraient plutôt autour du confit, des pâtés, des foies gras, des pommes de terre sarladaises, des cèpes en fricassée ou avec l'omelette. J'en passe et des rarement moins généreuses en gras et en saveurs. Le tout est arrosé de madiran ou de côtes-de-saint-mont, parfois de cahors… Des vins rouges solides, tanniques et, paraît-il, riches en resvératrol.

Tout cela est amusant. La nation moderne par définition, cherchant son salut dans l'imitation du mode de vie d'un de nos départements ruraux les plus solidement attachés aux traditions, est en soi distrayant. D'autant que la publication de ces études et la publicité faite autour ont en effet dopé la consommation du vin rouge et du vin en général dans des cercles qui dépassent la fameuse définition WASP (white, anglo-saxon, protestant). D'après ce qu'on peut lire dans les journaux américains, le vin n'est plus l'apanage d'une certaine société new-yorkaise et intello, bourgeoisie branchée des villes. Il conquiert désormais les couches moyennes et marque des points chez les inconditionnels du Coca, quatre-vingt-dix ans après le vote en faveur du fameux amendement à la Constitution qui devait déboucher sur la prohibition…

« Dans l'espace immense où vit et s'agite un peuple de 110 millions d'habitants, il n'y a plus un seul cabaret. Toutes les causes de paresse, de démoralisation et de débauche, d'excitations malsaines, de dissentiments familiaux, de misère et de ruine, que le débit de boissons fait naître et entretient dans les masses populaires, ont donc disparu en Amérique. »

J'ai trouvé cette proclamation enthousiaste dans une brochure favorable à la prohibition aux Etats-Unis, publiée en France vraisemblablement aux alentours de 1925. Son auteur, professeur à la faculté de droit de Lyon, pour étayer son propos cite un certain nombre de cas repérés, dit-il, dans la presse locale… « En 1902, désespérant de maintenir son foyer, Mme Z… avait pris la fuite, emportant son bébé à la mamelle, et laissant les deux jeunes garçons au père. Celui-ci la rechercha et la ramena au logis avec l'aide de la police. Depuis cette époque, leur histoire n'est plus qu'une lamentable succession de plaintes, d'arrestations, de condamnations du père et de perpétuelles récidives. En 1916, Mme Z… folle de douleur, se jeta dans la rivière, fut secourue à temps et dut être internée, ses longues souffrances lui ayant en partie enlevé son équilibre mental. Cette famille fut recherchée et retrouvée après la prohibition de l'alcool : elle avait quitté sa demeure sordide, et habitait une maison propre dans un joli quartier. Le père travaillait ; les deux garçons et la fille apportaient aussi leur contribution. La maison a des meubles neufs, des fauteuils en cuir, un phonographe et le téléphone. La mère de famille a rajeuni de dix ans. Sa seule crainte, c'est que son mari réussisse à se procurer de l'alcool en fraude. » Espérons qu'il n'y est pas parvenu, sinon adieu fauteuils en cuir et phono, retour à la case rivière.

Un peu plus loin on apprend que la criminalité a beaucoup baissé, notamment à Chicago ! Et que l'épargne ne s'est jamais aussi bien portée : « A Minneapolis, le total des dépôts a à peu près doublé. »

En voilà quelques-uns qui regretteront de ne pas avoir bu leur paye quand arrivera le 24 octobre 1929, le jour du grand krach boursier, le fameux « vendredi noir » de Wall Street…

Le tableau idyllique dressé par ce professeur lyonnais est un tant soit peu rectifié par Paul Hazard, professeur au Collège de France, de retour d'Amérique et qui écrit dans *L'Illustration* du 3 janvier 1931 : « Sans entrer dans le vif du débat et quelles que soient les excellentes raisons qu'on peut apporter pour soutenir le bien-fondé de la prohibition, il est certain que nombre d'Américains achètent de l'alcool : quiconque en veut avoir en trouve ; seulement, il est cher et il risque d'être du poison. Acheter de l'alcool, c'est favoriser le bootlegger. Le bootlegger devient riche et influent ; il a recours à la corruption. Des bandes rivales se forment et troublent l'ordre des plus paisibles cités. [...] D'où un problème qui n'est pas nouveau, mais qui prend un caractère obsédant. Faut-il croire qu'on s'est trompé, qu'avec les meilleures intentions du monde on a abouti à des résultats inverses de ceux qu'on attendait ? Il y a donc, expérience faite, des commandements qu'on ne peut imposer quand le consentement intime, quand l'adhésion intérieure font défaut. La loi et la force qui est à son service sont impuissantes à agir du dehors. Une contrainte même estimée bienfaisante aboutit, en tant que contrainte, d'abord à l'hypocrisie, ensuite à la corruption. »

Tant mieux si nos Gersois vivent toujours bien et longtemps. Mais la découverte médicale en elle-même et son application en termes de communication ne déclenchent pas chez moi un irrépressible enthousiasme.

Je renifle au travers de tous ces discours, qu'ils proviennent des prohibitionnistes ou des prosélytes du vin bon pour la santé, comme un petit fumet de condescendance pour ne pas dire de mépris social. La petite brochure de l'éminent prof de droit vantant les mérites de la prohibition ne prend des exemples que chez les prolos. Ça a au moins le mérite d'être clair. Les salauds de pauvres que le moindre prétexte conduit au cabaret et à la débauche sont clairement désignés.

Les discours d'aujourd'hui sont simplement plus insidieux, plus policés, plus politiquement corrects. Mais, entre nous, à qui s'adressent tous ces messages ? Tous ces « warnings » ? Est-ce pour la « bonne » société ?

Le journaliste témoin et rapporteur a obtenu que dorénavant figure sur toutes les bouteilles un avertissement pour les femmes enceintes. Quelles femmes enceintes sont concernées ? De quelles catégories sociales ? Si sur ces mêmes bouteilles on avait apposé une vignette disant « ATTENTION, LE VIN SAOULE SI ON EN BOIT TROP », en aurait-il moins bu, lui ?

Ceux qui nous disent qu'il faut consommer du vin car c'est bon pour la santé me fatiguent tout autant. Quand je prends un médicament, je me soigne. Quand je bois du vin, je me fais plaisir, et je ne confonds pas les deux.

Les gens qui en rentrant chez eux se disent « Tiens, je vais me faire un bon petit Doliprane pour l'apéro ! » sont, du moins c'est à souhaiter, peu nombreux. De même, les amateurs qui débouchent un pomerol ou un chinon en affirmant « Je ne bois pas, je me soigne ! » sont dans la plupart des cas que nous ayons approchés de fichus hypocrites.

Quelle est cette société molle qui tend à substituer à la Déclaration des droits de l'homme une police d'assurance multirisque, qui refuse le plaisir s'il n'est pas garanti inodore, inoffensif. On chante toujours *La Marseillaise* et ses sillons sanglants, mais c'est d'eau tiède et d'ouate qu'on nous abreuve.

Tous les jours des chauffeurs de taxi cinquantenaires, qui ont au compteur quelques millions de kilomètres sans jamais avoir renversé un vélo ou un piéton, se font gronder par des flics de vingt ans parce qu'ils roulaient à 55 kilomètres-heure au lieu de 50. En plus, on leur pique des points comme à l'école communale en 1950 !

Tous les jours et même plusieurs fois par jour, on reçoit des e-mails qui dénoncent la chasse, la pêche, la tauromachie, le gavage des oies, le martyre des gardons… J'ai dû assister une fois, j'avais dix ans, à une corrida, je n'en garde qu'un souvenir imprécis. La chasse, surtout sous la forme qu'elle revêt aujourd'hui, gens à l'affût et tir au gros calibre, ne m'enthousiasme guère... Mais devant le déferlement de mièvreries qu'Internet nous balance, il m'arrive de penser que je vais prendre un permis de chasse, me précipiter à la prochaine feria de Nîmes sur une moto de grosse cylindrée, à fond la caisse, et sans plaque minéralogique.

Par moments, Allais, Coluche et Desproges me manquent beaucoup.

« La juste horreur de l'alcoolisme a poussé un peu loin l'intransigeance des sociétés de tempérance. Que les malades atteints de dyspepsie, de gastralgie, d'entérite et autres affections du tube digestif s'interdisent le vin, c'est fort bien ; mais que des gens bien-portants, cédant à je ne sais quel snobisme de mauvais goût, exilent de gaîté de cœur le vin de leur repas, voilà ce qui n'est pas admissible. » Il avait bien raison, le rédacteur du *Petit Journal*, ce 9 juin 1907 en pleine fièvre viticole méridionale. Il rejoignait ainsi Montaigne qui avait défini un boire à la française : « à deux repas et modérément ». Dans le registre citations, j'aime beaucoup ce que disait, en conclusion de son livre, Kermit Lynch. Il est américain, caviste et distributeur, c'est un des meilleurs connaisseurs de nos terroirs viticoles. Kermit a consacré sa vie au vin, pas à n'importe lequel, mais au vin pur, sans artifice, sans bricolage. Il a parcouru tous nos vignobles dans tous les sens et beaucoup de vignerons considèrent qu'être son fournisseur constitue la plus belle des récompenses. De ses pérégrinations il a fait un recueil de souvenirs, *Mes aventures sur les routes du vin*, préfacé par Jim Harrison. « Je redoute le jour prochain où les superbes étiquettes de Mouton-Rothschild et toutes les autres seront défigurées par des avertissements sans fondement et mal dirigés à propos de la santé. J'aimerais que le vin constitue une forme d'expression protégée par la Constitution, afin de le préserver des groupes de pression, des hommes politiques, des moralisateurs hystériques, des ennemis de la joie. » Trop tard, Kermit ! Ce que tu redoutais pour ton pays, c'est la France qui l'a fait. Désormais, les superbes bouteilles de Mouton-Rothschild porteront un petit logo signifiant « Dangereux pour les femmes enceintes »... Moi, je suis comme toi, j'ai tendance à penser que si toutes les femmes enceintes avaient droit à quelques gouttes de mouton une fois pendant leur grossesse, c'est que le monde se porterait mieux. De même que si tous les hystériques, tous ceux qui ont « de l'amertume dans l'âme » comme disait l'abbé Krau, apprenaient l'art de déguster le vin, déjà cela les occuperait un bout de temps pendant lequel ils nous ficheraient la paix.

L'abbé Krau était curé à Vosne-Romanée, célèbre village vigneron qui a le privilège de posséder en son finage la Romanée-Conti. En 1939, les vignerons, à l'occasion de la Saint-Vincent, lui demandent de prononcer le sermon initiateur des festivités. Il en résulte un texte où la spiritualité le dispute à l'érudition, avec quelques pointes d'humour que les esprits chagrins pourraient croire inspirées par le Malin : « Comme ils [les Apôtres] sortaient du Cénacle afin d'annoncer, toute fraîche, la bonne nouvelle de l'Evangile, leurs compatriotes qui les savaient illettrés, étonnés de leur faconde, se moquaient, disant : "*Musto pleni sunt isti.*" La Bible n'a jamais peur du mot propre, même s'il semble malpropre à notre préciosité et à notre pruderie ! "*Pleni sunt* !" Ces gens-là sont pleins ! Pardon, proteste Pierre, nous ne sommes pas ivres, puisqu'il n'est que neuf heures du matin. Et incontinent, de son premier coup de filet, sur les rivages à peine émergents de l'Eglise, le Pêcheur apostolique vous ramène trois mille âmes, cependant que la foule s'écoulait dans l'illusion tenace que l'éloquence spontanée, fût-elle sacrée, est un don du vin. »

Nous sommes en 1939, le 28 janvier. Deux jours auparavant, Barcelone est tombée. L'abbé et sans doute une bonne partie de ceux qui l'écoutent ne se font guère d'illusions sur la paix de Munich et sa pérennité. « De quelque côté que l'on regarde, en notre âge de fer, ou plutôt de ferraille, se dresse le spectre de la folie », dit-il. Comme une prophétie, il ajoute : « Jadis, il se rencontra des hommes qui firent reculer la barbarie des dictateurs devant la civilisation de notre Rédempteur. Tel saint Vincent ! De saint Vincent l'histoire ne sait qu'une chose, mais qui suffit à notre instruction comme à sa gloire, c'est qu'il fut martyr – martyr, quand il y allait d'affirmer la liberté, la dignité de la personne humaine et de revendiquer les droits de la conscience, martyr, c'est-à-dire un brave que rien n'arrêtera, ni le fer, ni le feu, ni les supplices, ni les affres de la mort, et qui sut crier, à pleins poumons, face à l'univers : “Moi, je crois, et rien ni personne ne m'empêchera de croire.” » Fut-elle joyeuse, cette Saint-Vincent, là ? J'en doute, ou alors à la façon dont on rit parfois aux enterrements, pour cacher sa peine ou son embarras de ne savoir que dire à celui qui n'est plus.

Le vin qu'il est idiot de rabaisser à l'alcool car il est un fondement de notre civilisation. Nous n'allons pas ici refaire les classiques inventaires : littérature, musique, cathédrale et *Fleurs du mal*, Colette et Renoir… Juste pour le mot juste, et la douceur de la liberté, un peu de Kaufmann revenu, retrouvé :

« Chaque jour, j'entretenais ma mémoire en me récitant le classement de 1855. Je le reconstituais sur des enveloppes de paquets de Cedar, ces infâmes cigarettes libanaises qu'on nous donnait à fumer à raison de deux ou trois par jour quand on ne nous les supprimait pas. Je perdais ma liste à chaque déménagement – nous avons été transférés dix-huit fois. Ma mémoire avait fini par me jouer des tours. Et puis, avouons-le, croyant qu'on nous avait oubliés, j'en étais arrivé à mépriser le monde extérieur. Tout ce qui rappelait les jours heureux, la vie civilisée, avait été chassé de ma pensée. Pour survivre au milieu du cauchemar, il fallait déraciner tout ce qui rappelait les temps heureux.

« A la fin de l'année 1986, je calais sur certains quatrièmes crus, oubliant presque toujours Pouget et Marquis-de-Terme, châteaux pourtant très estimables. Mais seule ma mémoire est ici en cause. Quelques semaines plus tard, je ne parvenais plus à réciter entièrement les cinquièmes. Entre-temps, on m'avait enlevé mon crayon. Ne plus connaître par cœur le fameux classement m'attristait : étais-je devenu un homme sans civilisation, devenais-je un barbare ? »

Le Bordeaux retrouvé, Jean-Paul Kaufmann.

Dérobé

« Alors si le temps n'existe pas je veux déjeuner avec Voltaire. »

Jean-Michel RIBES,
Sursauts, brindilles et pétards

Les gens qui ne captent pas les autres, dont le regard aimant est surtout tourné vers eux-mêmes, font avec le vin comme avec les personnes. Semblant. Quand ils disent l'adorer, parce que socialement c'est indispensable, ils pratiquent un amour monogame. Un seul vin trouve grâce à leurs yeux, une seule région – le plus souvent Bordeaux, question de chic ! –, parfois même une seule marque (de champagne) ou un seul château. Ils n'ont aucune curiosité pour d'autres régions ou d'autres crus, surtout si ceux-ci sont issus d'un vignoble peu à la mode. Ils parlent de « petits vins » quand par nécessité ils ont acheté sur leur lieu de vacances un lubéron ou un languedoc. « *Timeo hominem unius libris* », disait Thomas d'Aquin. S'il faut se méfier de l'homme d'un seul livre, il faut également se garder de l'homme ou de la femme d'un seul vin.

La bonne question que doivent se poser ceux qui s'initient, ceux qui sont en phase d'approche, n'est pas : Suis-je connaisseur ou pas ? mais : suis-je ouvert, curieux, disponible ? Avec le vin, le ressenti est mille fois plus important que le savoir. Celui-ci vient après, il est dans tous les livres, il suffit d'avoir de la mémoire et du temps. On dira de quelqu'un qu'il est bon dégustateur non pas parce qu'il connaît par cœur ses tables de multiplication des appellations d'origine, mais parce que son palais et son nez fonctionnent bien.

Surjouer, se pâmer, faire entendre « les sensations et non les sentiments », comme disait Joseph Joubert, ne sert à rien sinon à être ridicule.

Joubert, un peu dans l'ombre aujourd'hui, moraliste, philosophe, auteur de maximes bien calibrées (« Savoir, c'est voir en soi »), aimait le vin et se régalait des rouges clairs issus du pinot que l'on produisait du côté de Villeneuve-sur-Yonne où il vécut au temps de la Terreur : « Les révolutions sont des temps où le pauvre n'est pas sûr de sa probité, le riche de sa fortune et l'innocent de sa vie. »

Dans l'univers de ceux qui pensent tout savoir du vin, on croise aussi quelques techniciens ou sommeliers légistes qui en parlent avec la passion des croque-morts et le décortiquent comme on pratique une autopsie. Ils connaissent tous les procédés de vinification, sont incollables sur la façon dont les moines cultivent la vigne à Samos. Ils discourent d'origine, de technique, de terroir, jamais de plaisir. Ils en ont fait leur métier par nécessité et non par passion ou encore pour satisfaire quelque névrose d'origine familiale. Ils sont avec le vin comme l'étaient avec la campagne les paysans de Jules Renard qui « ne l'aiment pas et ne la regardent jamais ».

Ils sont finalement assez rares.

Le vin est un point central, tel que le définissent les mathématiciens, la rencontre entre deux lignes d'émotions.

L'une est horizontale, elle représente le pays, la région, le climat, le terroir, les gens. C'est une émotion des lieux, une émotion géographique. Je ne veux pas tomber dans le cliché des Bretons têtus et des Normands indécis, mais le vin est toujours le reflet d'un environnement.

Des exemples :

— la joie de vivre des vins faciles de la Loire, friands, simples d'accès, parlant un fruité sans accent, comme on parle le français à Chinon ;

— la diversité de ceux du Rhône qui ont un point commun, le soleil, mais s'expriment fort différemment selon qu'ils sont produits sur une rive ou sur l'autre, au nord ou au sud. Pays au relief changeant, aux sols très variés bousculés par le fleuve, les vents et les glaciers, pays sans cesse traversé, à la culture sous influence ;

— ou encore, le grand écart bordelais, vignoble qui réussit la gageure de réconcilier l'humour et la tendresse, le protestant et le catholique, l'Anglais et le Français. Bernard Pivot dit justement que Bordeaux est un exemple de décolonisation (anglaise) réussie...

L'autre émotion est verticale. C'est celle que nous procure l'histoire. Celle que l'on touche, celle des pierres et des moisissures, qui fait courber le dos et devenir muet quand on entre dans la basilique de Vézelay ou dans un vieux lavoir cédé au lierre et aux têtards. Le vin est le seul produit alimentaire à traverser aussi longtemps le temps, vivant. Il naît dans le tumulte de la fermentation, connaît son premier chagrin au moment de la mise en bouteilles, fait sa crise d'adolescence en boudant plus qu'en se révoltant, puis grandit, devient un adulte aux bonnes manières et comme tout le monde vieillit, perd de sa force. Cela peut durer l'espace de quelques années ou de plusieurs siècles. Le plus vieux vin authentique – car j'ai dégusté, si l'on peut dire, aussi quelques faux – qu'il me fut offert de goûter était un millésime 1774, un vin jaune du Jura absolument fabuleux. Il avait été mis en bouteilles par le vigneron qui peut-être fut l'inventeur du vin jaune. Une découverte, comme souvent, située entre le hasard et l'expérimentation. Le vin jaune s'obtient en laissant très longtemps du vin blanc dans une barrique sans ouiller, c'est-à-dire sans rajouter du vin pour remplacer celui qui s'est évaporé au travers du bois. La réglementation actuelle exige six ans de conservation sur ce mode, ce qui fait disparaître un tiers du volume, la « part des anges ». Si un vigneron d'une autre région s'amuse à faire subir le même sort à son vin, il a toutes les chances d'obtenir un excellent vinaigre. Dans le Jura, pas du tout. Il se forme une couche, un voile, composé de levures en surface, qui laisse passer de l'air et favorise une très lente oxydation du vin. Parfois, cela ne fonctionne pas et la barrique est bonne pour la distillerie mais en règle générale ça marche. Est-ce dû au climat ? à l'air ? à la qualité des levures ? Beaucoup pensent que c'est aussi largement un effet du cépage, le savagnin, que l'on ne trouve qu'ici. Tout jeune déjà, surtout si on a pris la précaution de planter la vigne sur les argiles bleu-vert qu'il affectionne, ce vin développe des arômes de noix fraîche, verte. Mais au bout de six ans, c'est un bouquet extraordinaire, de noix toujours, mais aussi de miel, d'épices. Un bonheur avec un comté un peu vieilli.

Comment ce vigneron du XVIIIe siècle avait-il

découvert ce mystère ? Sans doute en ayant oublié, volontairement ou pas, une barrique de vin au fond d'une cave. Le plus extraordinaire, c'est que ses descendants aient su à chaque génération la valeur morale du trésor qui dormait dans les rayonnages de la même cave et qu'ils en aient pris soin.

Je partage sans doute le privilège d'avoir goûté ce vin avec Louis Pasteur (mais pas en même temps !), qui vécut à Arbois, et peut-être Edgar Faure, autre enfant célèbre du pays et ami du grand négociant Henri Maire, qui lui le dégusta le même jour que moi.

Mais, en dehors de quelques grands crus classés de Bordeaux et de certaines caves champenoises profondes, c'est dans la Loire que l'on trouve encore beaucoup de très vieux millésimes. La présence d'anciennes carrières creusées dans le calcaire tendre et blanc, le tuffeau, favorise la conservation. Dans ces dédales sombres et humides pas de problème de température, pratiquement toujours constante, ni de place. On peut stocker et même cacher. La famille Demont, à Bourgueil, est d'une très ancienne tradition vigneronne. Depuis toujours, chez elle, on garde un lot des meilleurs millésimes. Les bouteilles sont empilées et recouvertes de sable, me semble-t-il. Mais je n'en suis pas certain, car les Demont restent très discrets sur le lieu de stockage, la quantité, les années et les méthodes. D'autant qu'au fil des générations il a fallu apprendre à gérer l'indivision, le partage entre branches. Toutes opérations qui ne peuvent se faire sans discrétion. J'ai eu l'occasion une fois de faire le voyage avec eux, voyage au centre de la terre, tout au bout de galeries souterraines, au bout du temps aussi. Nous avons goûté ce soir-là, autour d'une entrecôte grillée, un 1865 qui semblait n'avoir pas plus de vingt ans, tout en fruit, d'une grande délicatesse, et un 1848 un peu plus fatigué mais qui tenait encore son rang. Un vin qu'aurait pu connaître Lamartine, héros désabusé des événements de cette année-là. Un vin qui a vu passer un empereur, quelques républiques, trois guerres avec l'Allemagne, l'invention de l'automobile, de l'avion et des ordinateurs. Un vin vinifié en sabots et dégusté au début d'Internet…

Je me souviens également d'un coteaux-du-layon 1870… Récolté dans quelles conditions ? Quel moral avaient ces vendangeurs alors que les troupes étrangères n'étaient pas si loin ? Disaient-ils déjà en vidant leur verre, comme je l'ai si souvent entendu dans la bouche des anciens : « Encore un que les Prussiens n'auront pas » ?

A l'heure de l'Europe, trinquer de la sorte n'est pas des plus délicats, mais à l'époque ce n'était ni anachronique ni complètement sot. Car les « Prussiens » avaient pris goût à l'ambiance des caves françaises et acquis la fâcheuse habitude de revenir les visiter à intervalles presque réguliers.

« On ne peut pas toujours se passer de l'étranger ; les bonnes choses sont souvent loin. Un Allemand ne peut souffrir les Français mais pourtant il boit leurs vins très volontiers », constatait Goethe. Aujourd'hui, ils débarquent en BMW ou Mercedes, carte de crédit en main. A l'époque où mon toast sur les Prussiens fut inventé et devint pérenne, les visites étaient moins amicales.

Tant et si bien que vignerons et négociants ont eux aussi appris à réagir, le plus souvent truelle en main. De temps en temps, au hasard de travaux, on redécouvre un de ces caveaux soigneusement murés et cachés. Certain escroc allemand vers la fin des années 1980 s'en était d'ailleurs fait une spécialité. De temps à autre, il « trouvait » derrière quelques moellons des bouteilles rares. Certaines faisaient partie de la collection de Thomas Jefferson, voyageur curieux, ambassadeur puis président des Etats-Unis, qui a traversé la France, l'Italie, goûté et classé les vins. On lui doit la première ébauche de ce qui devait devenir le fameux classement de 1855 entre les crus du Médoc. Jefferson, en grand amateur aisé, repérait, commandait, stockait, se faisait expédier vins de Bordeaux, de Bourgogne ou de Frontignan. Certains, demeurés en France, égarés, furent prétendument retrouvés par l'aigrefin dont je parlais plus haut. Le scandale a éclaté quand un milliardaire de ses amis à qui il avait cédé une bouteille de château-lafite 1787, pris de doute, la fit expertiser. Je faisais partie de ceux qui eurent à goûter ce vin, dont il n'était pas difficile de deviner qu'il était surtout composé de porto bien postérieur à la Révolution française. Des analyses réalisées ensuite par un labo spécialisé, le même qui avait été sollicité par le gouvernement allemand pour déceler les retombées du nuage de Tchernobyl sur le sol fédéral, confirmèrent ce diagnostic. En France, où quelques somptueux et très onéreux dîners avaient été organisés autour de bouteilles « retrouvées » par le même personnage, tantôt chez les tsars, tantôt pour réconcilier Est et Ouest chez Jefferson, on se garda bien de commenter cette affaire. Surtout chez les propriétaires de grands crus qui avaient par crédulité cautionné ces « découvertes ». Depuis, et quelques affaires douteuses plus tard, on se montre extrêmement prudent dans les châteaux à l'égard des très vieilles bouteilles que des amateurs réels ou des filous tentent de faire reboucher à la propriété. Le rebouchage est une pratique tout à fait normale et même indispensable. Il s'agit, pour quelqu'un qui possède plusieurs bouteilles d'un même cru et d'une même année, de faire déboucher au château ces bouteilles et de sacrifier l'une d'elles pour compléter les niveaux des autres.

Le maître de chai du château goûte chacune d'elles, élimine celles qui ne sont plus bonnes et rebouche celles qui lui semblent correspondre à la qualité du millésime donné. Le bouchon neuf, estampillé aux armes du cru, garantit l'authenticité du vin et de son contenant.

Le premier propriétaire connu à avoir planqué une grande quantité de bouteilles pour qu'elles ne tombent pas entre les mains des armées d'occupation fut… une propriétaire.

6 juin 1814 : l'Empire est mort. Les armées coalisées ont traversé Reims, vidant au passage quelques caves. Celles de la jeune veuve Clicquot ont été épargnées. Et pour cause ! Elle a pris la précaution de faire murer et camoufler les entrées. Dix ans déjà que son mari est décédé de « fièvre maligne ». Dix années à tirer le diable par la queue, car le commerce du champagne s'accommode mal du bruit des canons. Mais elle tient sa revanche. L'important stock qu'elle a ainsi dissimulé va lui permettre de partir à la conquête de ce qui s'annonce comme le très grand marché européen : la Russie. Seul problème, celle-ci a fermé ses frontières à tout commerce avec la France de Napoléon. Il s'agit donc d'acheminer du vin aux frontières en attendant que celles-ci s'ouvrent avec le changement de régime en France. Un pari audacieux mais qui va s'avérer payant. En toute discrétion ou plutôt clandesti-

nité, elle a fait embarquer à Paris 10 000 bouteilles sur un voilier. Destination Le Havre puis la Russie des tsars, où il s'agit d'être le premier arrivé, le premier à vendre, le premier à imposer sa marque… Le responsable commercial de Clicquot, un Rhénan du nom de Bohne, accompagne le chargement. Le 3 juillet, après que « des punaises comme des 10 centimes » lui ont « bu la moitié de son sang », il arrive à Königsberg et s'embarque sur « une pirogue à quatre planches » pour Liebau. Enfin, le 15 octobre, il est à Saint-Pétersbourg : « Dieu m'a aidé, et nous voyons clairement par là que quiconque est destiné à vivre pour le vin, ne trouve pas de bière dans l'eau », écrit-il à sa patronne qui, entre-temps, lui a fait parvenir une seconde cargaison. Il en repart en décembre « le gousset » plein, ayant vendu 30 000 bouteilles et enfoncé la concurrence…

Je pourrais faire un épais recueil de toutes les histoires de caves murées que l'on m'a racontées. Don et Petie Kladstrup, un couple de journalistes américains, s'y sont essayés avec talent. Ils ont publié il y a quelques années *La Guerre et le vin*, qui raconte les rapports compliqués, parfois ahurissants, entre les occupants, les producteurs et le vin pendant la Seconde Guerre mondiale. Un livre un peu tendre sans doute, car j'ai entendu parfois des versions un peu moins roses sur le rôle de certains personnages cités…

L'histoire des Terrail par contre est bien connue autant que vérifiée.

Le 14 juin 1940, à peine les Allemands dans Paris, une délégation fortement armée vient au nom de Goering faire main basse sur les plus belles bouteilles de la cave du restaurant La Tour d'Argent. André Terrail, le propriétaire, est connu autant pour son canard au sang que pour sa collection de vieux flacons : le meilleur des millésimes du XIXe siècle que le maréchal nazi voudrait bien rafler. Mais Claude Terrail, fils d'André, et Gaston Masson, son associé, aidés de quelques membres du personnel, avaient eu juste le temps de cacher les 20 000 plus précieux flacons derrière un mur construit en six heures, durée précise de la permission obtenue par Claude Terrail, mobilisé dans l'armée de l'air. Les sbires de Goering se vengèrent en emportant une bonne partie des 80 000 bouteilles que les conspirateurs n'avaient pas eu le temps de planquer.

Ce fut une chance car elles donnèrent le change aux Allemands.

Plus étonnant encore, et raconté cette fois par l'ancien acheteur de vins du groupe Nicolas, Pierre Boisset (*Millésimes et campagnes*, chez Robert Laffont), embauché au lendemain de la guerre. La maison Nicolas, inventeur des deux personnages publicitaires Nectar et Glouglou – le premier livrait les grands vins, le second les ordinaires –

avait dans ses caves, situées en banlieue parisienne, quelques centaines de milliers de très grandes bouteilles. Les prestigieux catalogues des années 30, illustrés par Hansi, Erickson, Galanis, Edy Legrand, proposaient des léoville-las-cases, lafite et margaux 1868, des latour 1858 ou romanée-conti 1875, des jerez 1805 cuvée Nelson…

« La cave Nicolas, aménagée dans les méandres des carrières de Charenton-le-Pont, près de Paris, avait été scellée durant la guerre pour déjouer la curiosité de l'occupant. Les issues en avaient été camouflées sous des amas de vieilles caisses. Je fus donc parmi les premiers à rouvrir le saint des saints, et à contrôler que rien de fâcheux n'avait affecté le stock durant ces années d'abandon. Mon seul regret est de ne pas avoir compris alors que je participais à un événement qui laisserait aujourd'hui pantois les amateurs les plus éclairés : j'avais à peine plus de vingt ans. »

A la remise en route, vers les années 1948, 1949 et même beaucoup plus tard, la maison Nicolas put ainsi afficher dans ses catalogues des bouteilles doublement exceptionnelles, par leur âge et par leur histoire. Le plus incroyable, alors que l'on ironise souvent sur le grand nombre de lettres de dénonciation parvenues dans les kommandanturs, c'est que pendant ces quatre années d'occupation aucun des salariés de Nicolas connaissant la cachette n'ait vendu la mèche…

Paul Avril, un des grands vignerons de Châteauneuf-du-Pape, n'a que sept ans quand les troupes allemandes franchissent la ligne de démarcation et envahissent le sud de la France. Son père et son grand-père ont anticipé l'événement. « Ils avaient muré la cave où nous sommes là, avec dedans toutes les bouteilles des anciens millésimes. Puis ils avaient sali le mur et transporté devant lui un foudre imposant qui masquait la construction récente. » Un foudre, c'est un très gros tonneau qui peut contenir 20 000, 30 000 litres ou beaucoup plus. Pour l'Exposition universelle de 1889, la maison de Champagne Mercier en avait promené un gigantesque entre Paris et Epernay. Il pesait vingt tonnes à vide. Il avait été transporté sur un char genre convoi exceptionnel propulsé par un attelage de douze paires de bœufs et dix-huit chevaux.

Celui de la famille Avril était certes moins colossal, mais suffisamment imposant pour décourager toute tentative de déplacement. Paul se souvient parfaitement du départ des Allemands et de l'arrivée des Jeeps poussiéreuses et vrombissantes des troupes américaines dans la cour du domaine. Il se souvient également de son père invitant les soldats US à venir l'aider pour déplacer le foudre et défoncer le mur à coups de pioche. Comment oublier cet après-midi-là, soldats et vignerons, toutes les familles voisines trinquant à la liberté retrouvée et sans doute à la future victoire, avec des bouteilles anciennes et somme toute dérobées à l'occupant ? Ou à la barbe de l'occupant pourrait-on dire, bien que les barbus fussent rares dans la Wehrmacht ! Car la maison Avril avait été réquisitionnée pour y loger des officiers. J'ai demandé à Paul si ses parents n'avaient pas peur qu'un jour un des officiers, un peu plus curieux que les autres, se faufile derrière le foudre et découvre le subterfuge. « Oh ! vous savez, me répondit-il, ce n'était pas le pire. Il y avait le vin, bien sûr, mais il y avait aussi des aviateurs anglais cachés au grenier, juste au-dessus du logement des Allemands ! »

D'autres ont eu moins de chance. A Beaune, la maison Chanson est installée depuis toujours dans un bastion. Une tour râblée, plate, peu élevée, une arme de défense redoutable dont les murs épais de huit mètres protégeaient soldats et poudres qui pouvaient alimenter les canons placés sur la plate-forme. Du pur Louis XI : pas de chichis, de l'efficacité. L'avantage pour les fondateurs de la maison Chanson d'avoir récupéré ce lieu est évident. Débarrassé depuis longtemps de son fourbi guerrier, le bastion constitue une cave idéale pour la conservation des bouteilles. C'est immense et la température ne varie guère. Sauf qu'une fois en possession de la clef, et à condition d'être du bon côté de la mitraillette, il est assez facile de disposer d'un trésor en liquide amassé par plusieurs générations de négociants vignerons. Et les Allemands ne se privèrent pas. Leurs soirées, paraît-il, n'avaient que peu à voir avec les dîners du Club des Cent. Ils vidaient les plus prestigieux crus des meilleures années sans trop de discernement, comme à la fête de la Bière à Munich. Ensuite, ils s'amusaient à faire des cartons sur le mobilier. La famille Marion, qui a dirigé Chanson après guerre, a toujours conservé un témoignage de leur passage, un impact de balle de revolver dans un des vitraux du salon de la maison d'habitation. Un trou, bien rond, d'une douzaine de millimètres de diamètre. Les Champenois de Bollinger, qui ont racheté Chanson en 1999, ne se sont pas résolus à remplacer le vitrail. Ce que personne n'est en mesure de remplacer aussi, ce sont tous ces fantastiques millésimes d'une des plus anciennes maisons bourguignonnes, où Voltaire achetait son vin.

Chanson a été créé en 1750 et a conservé ses archives depuis cette date. Par chance les soudards n'ont maltraité que le liquide, ils ont épargné l'écrit. Dans un énorme facturier, à la date du 29 octobre 1776, entre un M. Couder fils à Basle (Bâle aujourd'hui) et un Soalbat à Séez, on découvre ces lignes : « Doit Monsieur de Voltaire à Fernay 849,10 pour vins à luy envoyé[s le] 9 septembre 1776. »

Voltaire aimait le vin et en commandait un peu partout : en Bourgogne dans le Beaujolais et même à Bordeaux :

> J'aime mieux la simple nature
> du vin qu'on recueille à Bordeaux,
> car je préfère la lecture
> d'un écrivain sage en propos,
> à ce frelaté de Voiture
> et, plus encore, à Marivaux.

Il adorait le muscat de Frontignan, seul efficace « pour lui conserver la vie ». Chaque commande était accompagnée d'un charmant autographe, un texte de quelques lignes suppliant le destinataire de bien vouloir lui céder un peu de son nectar : « Ne le dites pas à ceux qui me paient des rentes viagères. Ce sera une petite extrême-onction que vous aurez la bonté de me donner. »

Voltaire était né à Châtenay-Malabry, au 70 de la rue des Vignes…

Je suis peut-être trop sensible. Je pleure pour pas grand-chose au cinéma. Même avec Woody Allen il faut que je prévoie le paquet de Kleenex. La tête déconfite d'un joueur de foot milliardaire qui rate son penalty ou celle d'un coureur cycliste déguisé en mobilier urbain par ses sponsors et largué sur un faux plat me font facilement un effet lacrymogène.

Mais cela ne dure pas.

Par contre, je n'ai jamais dégusté un millésime de « ces années-là », celles des drames, sans éprouver un peu de ce que nos parents ressentaient en regardant les vieilles images Pathé du général de Gaulle descendant les Champs-Elysées, le 25 août 1944.

J'ai ressenti le même serrement de gorge en découvrant la page que Leonardo Simoni a consacrée à Paris occupé. Leonardo Simoni est un diplomate italien en poste à Berlin de 1939 à 1943. Dans son Journal, tenu au jour le jour et publié au lendemain de la guerre, il ne se montre guère favorable à Mussolini, et encore moins au régime nazi qu'il redoute et méprise. C'est un humaniste mais aussi un patriote, un Européen convaincu, un fin connaisseur de la culture française qu'il apprécie dans sa globalité. Il aime Voltaire et Rousseau autant que le chambertin et Péguy chantant Chartres. Il a vécu en France, mais il est italien et fidèle à son pays. Le 18 juin 1940, alors que de Gaulle s'apprête à parler sur les ondes de Radio Londres, il est en mission. Il traverse le nord de la France et gagne Paris où il ne reste qu'une nuit. Il note : « Place de la Concorde, un bataillon allemand défile au pas de parade. Sur l'hôtel Crillon flotte le drapeau du Reich. Nous éprouvons un indicible serrement de cœur [...]. Le soir, la ville est obscure mais un halo lumineux semble toutefois jaillir de cette obscurité. Peut-être est-ce le reflet du passé ou l'impalpable lueur d'une lointaine espérance. »

Le lendemain 19 juin à l'aube, il quitte la ville. Sans doute sa voiture emprunte les quais, longe la Seine, passant ainsi à quelques dizaines de mètres de la Tour d'Argent et de ses vieilles bouteilles fraîchement murées. Le soir, il est à Bruxelles. Il écrit dans son Journal : « Je confesse que maintes fois, au cours de mon existence, je me suis trouvé en opposition avec certains Français, qui réussissent souvent à se rendre insupportables ; et plus souvent encore, j'ai refusé de m'associer à l'immense admiration, à l'affection presque filiale qu'éprouvaient certains Italiens pour la France et que je considérais comme une simple exagération intellectuelle. Pourtant, hier, à Paris, et aujourd'hui, devant le spectacle de ces champs où ploie le blé qui n'a pas été moissonné, où errent des troupeaux perdus, où les usines sont en flammes et les villes désertes, j'ai souffert comme si ces maisons, ces champs, ces troupeaux m'appartenaient. J'ai souffert comme si je me trouvais au chevet de ma mère qu'on eût injustement persécutée, couverte d'insultes, trahie et mortellement blessée… Et le devoir nous impose de rester aux côtés de ceux qui l'ont frappée ! »

Voilà, selon moi, ce qu'est une bouteille d'un millésime 1940, 41, 42, 43 ou 44 : un moment passé avec Leonardo, Terrail, les ouvriers silencieux de chez Nicolas, la famille Avril ou encore Gaston Huet, vigneron de Vouvray parlant le vieux françois aussi bien que Rabelais. Il avait organisé dans son camp de prisonniers en haute Silésie une vaste dégustation de vins, plus de 600 bouteilles envoyées une par une par les familles à la place des vivres dont les prisonniers avaient pourtant grand besoin. Manifestation à peine déguisée d'un patriotisme qui avait trouvé comme moyen d'expression la célébration des vignobles de France.

Une des bouteilles les plus recherchées dans les ventes aux enchères, des plus cotées également, est Mouton-Rothschild 1945. Pour célébrer la victoire des Alliés et aussi parce qu'il savait tenir là un des plus grands millésimes que le château ait vinifiés, le baron Philippe eut l'idée de faire réaliser l'étiquette de Mouton par le peintre Philippe Jullian. Ce fut un tel succès qu'il adopta le principe et que depuis, chaque année un artiste différent est sollicité. Les plus grands noms, Picasso, Chagall et bien d'autres, ont apporté leur talent à Mouton.

Jean-François Moueix, négociant à Bordeaux, m'a raconté trois histoires à propos de Mouton 1945. La première lui a été rapportée par maître Trajan, le célèbre commissaire-priseur. C'est à lui que le couturier Pierre Cardin demanda de disperser la cave du restaurant Maxim's, rue Royale à Paris, dont il avait fait l'acquisition.

Lors de la visite avant la vente, le jour où les éventuels acheteurs viennent inspecter les lots, Pierre Cardin désigne un homme à l'expert : « C'est un de mes amis, il est milliardaire mais il ne vous achètera rien car le vin ne l'intéresse pas. Il n'aime pas et je crois qu'il n'en boit jamais. C'est un Allemand, le meilleur et le plus important fabricant de tissus. » Cardin cependant les présente, et l'homme demande au commissaire un peu surpris de lui réserver deux fauteuils pour son épouse et lui-même. La vente se passe bien, la cave du restaurant de toutes les célébrités mondiales a attiré beaucoup de monde. Le marchand de tissus allemand et son épouse, installés dans les premiers rangs, sont restés à leur place, impassibles, mais pas insensibles au spectacle de ces passionnés du vin s'affrontant à main levée pour quelques vieilles étiquettes, pas franchement intéressés non plus.

Arrive enfin le clou de la vente, une caisse intacte de Mouton-Rothschild 1945 : 12 bouteilles dans leur caisse d'origine. Très rare… Certains collectionneurs ont traversé l'Atlantique pour tenter de s'en rendre acquéreurs. Peine perdue ! Dès le départ des enchères, le vieux marchand de tissus, l'ami de Cardin, censé ne jamais s'intéresser au vin, a levé la main et la maintient en l'air.

Le commissaire-priseur a confié à Jean-François qu'il avait aussitôt compris que celui-là, quel que soit le prix, ne s'arrêterait pas ; qu'il ne baisserait jamais la main et que, *in fine*, la caisse serait pour lui. Et il en fut ainsi.

Après la vente, le commissaire-priseur, comme il est d'usage, alla féliciter l'acquéreur et ne put s'empêcher de l'interroger :

— Je croyais savoir que le vin ne vous intéressait pas ?

— Non, en effet, je ne suis pas amateur. En vérité c'est pour faire un cadeau.

— Un cadeau de ce prix-là, c'est un très beau cadeau.

— La vie aussi est un beau cadeau. Vous savez, je suis juif et allemand.

» Pendant la période nazie, nous n'avons pas quitté l'Allemagne. Nous nous sommes cachés. D'abord chez des amis, puis pendant la guerre et quand ils ont décidé de la solution finale, nous avons dû nous enfuir, sortir des villes. Ce n'était plus possible de leur échapper. Nous avons trouvé refuge dans la Forêt-Noire. Nous avons vécu là plusieurs mois, tapis dans une grotte comme des bêtes. Nous avons mangé ce que nous avons trouvé, le plus souvent des racines. Un jour, nous avons entendu des bruits mécaniques, c'étaient les chenilles d'un char. On ne pouvait pas se sauver. Avec ma femme et ma fille, nous nous sommes couchés visage contre terre et blottis les uns contre les autres en espérant qu'ils ne nous verraient pas, mais je savais que c'était peine perdue, qu'ils allaient forcément nous trouver. J'ai entendu des bruits de pas et d'un seul coup, juste devant mon visage, j'ai vu une énorme paire de souliers et quelqu'un me parlait qui me semblait immense… C'était un soldat américain…

» — Je m'appelle Job, dit le soldat américain.

Job était amateur de vin.

Depuis la fin de la guerre et la fin des peurs, chaque année, en signe de reconnaissance, le marchand de tissus cherchait dans les livres, se renseignait auprès de ses amis, courait les vignobles ou les ventes aux enchères, pour acheter et envoyer à Job une caisse de ce qu'il croyait être le mieux… Quelqu'un lui avait dit que Mouton 1945 était exceptionnel et il avait fait le déplacement. D'autant que, sur l'étiquette, le peintre Philippe Jullian avait représenté le V de la victoire…

Jean-François a un lien particulier avec ce millésime 1945. C'est son année de naissance. Son père, Jean-Pierre Moueix, négociant et grand collectionneur d'art, avait acheté vingt-cinq caisses de Mouton-Rothschild 1945 et, quand il était petit garçon, lui avait montré l'empilage assez considérable que cela représentait dans la cave : « Tu vois ce vin, c'est pour toi ; il est remarquable, il vieillira très lentement, il t'accompagnera toute ta vie ! »

Puis, raconte Jean-François, il est devenu un jeune homme très occupé à toutes sortes d'activités et qui négligeait un peu ses parents. « Je venais les voir seulement de temps en temps. »

Un dimanche, après quelques mois d'absence, il déjeune tout de même à la maison familiale de Libourne. Son père l'envoie chercher une bouteille à la cave. Machinalement, il jette un coup d'œil à ses caisses de Mouton et là, il s'aperçoit qu'elles ont disparu. Il ne reste qu'une caisse ouverte et dans celle-ci une seule bouteille. Après être remonté de la cave, il questionne délicatement son père : les aurait-il changées de place ? Pas du tout, répond Jean-Pierre Moueix : « Ce vin est devenu très bon avec le temps. Et, comme tu ne venais plus nous voir, je les ai débouchées pour des amis, pour ceux qui ne nous oubliaient pas. J'en ai gardé une pour la boire avec toi, au cas où tu retrouverais le chemin de la maison... » Jean-François m'a dit qu'effectivement, à cette date, il avait retrouvé le chemin de la maison. Il avait bu cette ultime bouteille avec son père et le vin était merveilleux.

Une autre fois, il fut amené à boire ce magnifique millésime dans une atmosphère plus pesante. Un de ses amis lui avait fait savoir qu'un haut fonctionnaire autrichien voulait faire sa connaissance, qu'il possédait une bouteille de Mouton-Rothschild 1945 et qu'il souhaitait la boire avec lui au cours d'un repas. Les négociants de grands crus à Bordeaux, et lui qui en est un des principaux (sinon le premier), sont habitués à ce genre de demande. Du monde entier affluent les étrangers riches et amateurs qui veulent connaître les acteurs de ce monde un peu mystérieux, presque anachronique, que sont les grands marchands de vins précieux, ceux qu'on désigne ici sous l'appellation générale « la place de Bordeaux ». Certains sont restés sur le quai des Chartrons, d'où on chargeait directement sur les bateaux en partance pour l'Angleterre les barriques de vin. D'autres ont émigré vers la périphérie de la ville, où l'espace est moins cher et surtout où les camions ont plus facilement accès. Ils ont en effet remplacé les navires. Le négoce de vin nécessite de l'espace, de la place, beaucoup. Non pas pour les bureaux mais pour les entrepôts. C'est d'ailleurs dans ce but que l'on vient les visiter, pour voir sur des centaines de mètres ces murs immenses faits de caisses de vins aux noms qui font rêver. Contempler tous ces Latour, ces Pétrus (cru bien représenté chez Jean-François qui en est l'heureux et discret propriétaire), ou ces Margaux empilés sur cinq ou six mètres de haut tout au long d'allées qui semblent interminables ne laisse pas indifférent, même celui qui a la chance d'en avoir quelques bouteilles dans sa cave…

Jean-François reçoit donc l'Autrichien à déjeuner. La bouteille de Mouton-Rothschild 1945 est débouchée, dégustée. Elle est parfaite.

Le repas se déroule comme prévu. Anecdotes à propos d'autres grands millésimes, petites histoires du vignoble, souvenirs de grands repas chez les étoilés… Jusqu'au moment où l'invité confie être un proche de Jorg Haider, partager ses convictions, et peut-être même se propose pour présenter Jean-François à Haider. Vous vous souvenez sans doute de ce leader nationaliste, chef d'un parti d'extrême droite pour ne pas dire néonazi, et qui un temps réussit à devenir le chancelier autrichien, l'équivalent de notre Premier ministre mais avec plus de pouvoir encore, car en Autriche, le président de la République joue un rôle assez mineur. L'expérience a tourné court et l'Autriche a très vite cessé d'être la maladie honteuse de l'Europe. Mais à l'époque où se déroulait ce déjeuner, Haider connaissait son apothéose.

Silence de quelques minutes, peut-être une minute seulement, mais c'est long parfois une minute, surtout quand à table on partage des mets précieux et un tel vin. Les autres attendaient l'orage. Je crois qu'était présent Dominique Renard, l'ami et bras droit de Jean-François, qui sait parfaitement la haine et la tristesse que le nazisme lui inspire.

La première fois que j'ai rencontré Jean-François pour l'interviewer, c'était un soir autour d'une côte de bœuf, au Bistrot du Sommelier à Bordeaux, chez Hervé Valverde. Presque immédiatement la conversation a glissé vers les livres et pas n'importe lesquels. Patrick Modiano venait de publier *Dora Bruder*. Nous en avons parlé. Cette disparition sous l'occupation et l'auteur qui suit sa trace dans Paris quarante années plus tard. Nous avions lu tous deux *Inconnu à cette adresse*, de Kressmann Taylor, une nouvelle sous forme d'échanges de lettres entre un juif américain marchand de tableaux et son associé allemand retourné vivre à Munich en 1932… Nous n'avons plus parlé que de cela… A minuit la page de mon carnet de notes était tout aussi blanche qu'à vingt heures… Depuis j'ai renoncé à l'interroger sur son métier et cela nous convient.

« Vous savez pourquoi vous aimez ce vin ? » demanda Jean-François. Et, sans attendre de réponse, il ajouta : « Parce qu'il est de Bordeaux. Ce qui fait la force des grands crus de Bordeaux, c'est l'assemblage. C'est parce qu'ils savent marier les différents terroirs et les différents cépages, le cabernet-sauvignon, le merlot, le cabernet franc ou le petit verdot, que les producteurs bordelais ont hissé leur vin à ce niveau. Il en est de même pour les vins et pour les hommes, c'est le mélange des origines et des cultures qui fait la richesse de l'humanité. Celui qui pense qu'une seule race doit dominer le monde est condamné à la médiocrité ! »

La suite du déjeuner, on s'en doute, fut assez fraîche. Jean-François, comme il sait le faire quand quelqu'un lui déplaît, se mura comme les caves sous l'occupation. L'Autrichien, blême, regardait sa montre et les autres participants espéraient au plus vite le café…

Une dernière histoire et après je vous fiche la paix avec les guerres.

Très récemment, je suis allé déguster les blancs de Provence. Après plus de vingt ans de négociation, quelques-unes des appellations provençales (pas toutes évidemment, nous sommes en France !) ont décidé de mettre en commun leurs énergies. Côtes de provence, coteaux d'aix, coteaux varois et pour une part seulement (voir parenthèse précédente) Les Baux ont créé une interprofession commune ; ce qui leur permet de dégager des fonds plus importants pour la communication. Je ne suis pas le seul à penser qu'ils pourraient même se rassembler en une seule appellation, quelques-uns le murmurent là-bas aussi, mais il faudra sans doute encore une vingtaine d'années pour s'y résoudre. Parmi les quelque cent quatre-vingts échantillons de vins blancs qui nous furent proposés à la dégustation, j'en ai repéré plusieurs intéressants et comme à mon habitude je suis allé visiter leurs propriétaires. Bien évidemment, je ne retourne pas voir ceux que je connais déjà. Je favorise la rencontre avec le nouvel arrivé, un jeune, ou une jeune car la profession s'est fortement féminisée ces dix dernières années.

Je connaissais le domaine du Jas d'Esclans depuis très longtemps. Les Lorgues faisaient partie de ces viticulteurs qui avaient très tôt souhaité faire de la qualité et ne se contentaient pas d'une situation touristique privilégiée pour écouler des produits moyens de gamme. Mais, âgés et sans enfants motivés pour reprendre, ils avaient vendu la propriété. Le Jas d'Esclans avait une particularité assez exceptionnelle dans le monde agricole, c'est qu'il était en culture biologique depuis plus de soixante ans. Rachetée en 1936 par un chirurgien niçois célèbre sur la Côte d'Azur, le docteur Lapouge, la propriété n'a jamais connu le désherbant. Ce médecin, qui l'avait acquise au départ pour en faire une résidence secondaire, s'était pris au jeu. Il l'avait transformée en une sorte de vaste jardin préservé où tout recours à la chimie était prohibé. Sa fille et son gendre, les Lorgues, avaient persévéré dans la même voie. Si bien que vers 1990, quand ils se sont décidés à demander une certification bio au label Ecocert, ils n'ont, après visite du vignoble, pas eu besoin d'attendre les trois années de conversion en principe nécessaires pour être labellisés.

Matthieu De Wulf, un grand costaud, a racheté ce domaine presque par hasard. Un agent immobilier le lui avait signalé. Mais les vignobles bio qu'il avait déjà visités ne l'avaient guère inspiré. Il avait surtout trouvé des vignes en mauvais état et des chais pas très propres. Et puis, il était déjà sur une autre affaire. Ce jour-là, il avait rendez-vous avec des propriétaires indiens qui souhaitaient céder leur domaine bien géré et dont le prix lui convenait. Mais au moment de signer, ses interlocuteurs lui ont offert le thé et lui ont réclamé une somme beaucoup plus importante que prévu. Furieux, il a dû renoncer. « C'est pour cela que, n'ayant rien d'autre à faire en attendant le train du soir, j'ai rappelé l'agent immobilier et je suis allé visiter le Jas d'Esclans… »

Matthieu est du Nord, de l'Aisne. Ses grands-parents viennent de Belgique. Comme de nombreuses familles belges qui ne trouvaient pas de terre à exploiter au début du XXe siècle, ils sont descendus vers le sud au lendemain de la Première Guerre mondiale. En France, la campagne est exsangue. De nombreux jeunes paysans sont morts dans les tranchées et beaucoup de fermes sont à vendre. Les grands-parents de Matthieu s'installent dans l'Aisne, sur un site dont personne ne veut et pour cause : « Mon grand-père paternel avait racheté un morceau du Chemin des Dames ! Cela a façonné notre vie. On a été traumatisés par ce lieu. Quand j'étais gamin, on voyait tout le temps des anciens poilus qui revenaient là, parlaient avec nous, tentaient de retrouver les lieux, évoquaient leurs souvenirs. Plus tard, j'ai emmené des copains chez mes parents. Je leur disais : là où tu marches, il y a eu 275 000 morts français en quelques semaines. Et quand je les sentais un peu incrédules, mes copains, je leur disais : ne bouge pas d'où tu es, trace sur le sol autour de toi un carré de un mètre de côté et regarde attentivement. Toujours, on trouvait sur ce mètre carré deux éclats d'obus au moins. C'est-à-dire qu'après toutes ces années et tout ce travail de récupération, de déminage par les armées, après le labeur incessant des paysans pour redonner de la fertilité, tant de labours et de récoltes, il suffit de se pencher sur un mètre carré pour trouver encore des morceaux d'acier tombés sur cette terre... »

Les grands-parents de Matthieu avaient l'amour du vin et son grand-père savait le communiquer. A sept ans, après sa période « quand je serai grand je serai boxeur » – il en aurait sans doute fait un redoutable avec ses deux mètres et quelques et son gabarit –, Matthieu avait dit à ses parents : « Plus tard je ferai du vin ! » Et il a tenu parole. Après avoir exercé le métier de gérant d'exploitations agricoles qui consiste à s'occuper de plusieurs fermes dont les propriétaires ont d'autres activités, il s'est installé dans les Landes, sur un domaine bien à lui, ou plutôt bien aux banques chez lesquelles il avait emprunté. « On a fait des tomates de pleins champs, des pousses d'endives, du maïs doux, des bulbes de fleurs... des cultures à hauts risques mais aussi à haute rémunération, du moins quand ça marche... Au bout de neuf ans, on avait remboursé toutes nos dettes. Le prix des terres avait doublé et on a décidé de vendre pour enfin réaliser le vieux rêve de faire du vin... »

C'est donc au Jas d'Esclans que Matthieu et son épouse Gwenaëlle se sont installés. Le Jas d'Esclans se trouve à La Motte, il en est un des hameaux. C'est à La Motte que le 15 août 1944 les premiers soldats alliés ont mis le pied sur terre lors du débarquement en Provence... C'est même sur les terres du Jas d'Esclans, dans ses vignes, que se sont posés les premiers planeurs avec à leur bord les commandos chargés de prendre l'ennemi à revers, de « nettoyer » les nids de mitrailleuses afin de favoriser l'arrivée du gros des troupes. Les Lorgues avaient gardé les photos des planeurs et les ont transmises à Matthieu et à son épouse. Il se murmure même que les Américains sont arrivés avec de fortes réserves d'explosifs. Ils avaient vu large. Sans doute un peu trop pour leurs seuls besoins. Mais ce ne fut pas perdu pour tout le monde. La cave souterraine du Jas d'Esclans, creusée au lendemain de la guerre dans la roche, est très reconnaissante aux troupes américaines et à leur surplus... Matthieu ne m'a pas dit si parfois, comme au Chemin des Dames, des vétérans américains de la Seconde Guerre mondiale et de ce débarquement passaient ici en pèlerinage. Nul doute qu'ils seraient bien accueillis avec du blanc, du rosé, et surtout du rouge aux arômes de garrigues dont le domaine depuis toujours s'est fait une spécialité. Mais il était écrit que Matthieu ne se débarrasserait pas facilement de l'atmosphère des guerres et des conflits. Matthieu à visité le Jas D'Esclans et décidé de l'acheter le... 11 septembre 2001.

Framboise

> « Les véritables maîtres dans l'art de penser et d'écrire vivent chez eux, ne travaillent pas dans les cafés. »
>
> Joris-Karl HUYSMANS

> « Sans les cafés, il n'y aurait pas eu Sartre. »
>
> Boris VIAN

La framboise a perdu le monopole de la framboise. Conspiration ? Manipulation ? Contrefaçon ? Personne pour la défendre et un grand nombre pour lui voler son odeur. A commencer par l'été avec tout son barda. La saison des fleurs et du soleil sent la framboise. Plages et stations balnéaires sont inondées de framboise (et de vanille aussi). Grâce aux arômes artificiels : glaces, sirops, bonbons, pour ne citer que les plus présentables… C'est aux rayons cosmétiques et droguerie qu'elle est tombée au plus bas.

Camembert aussi s'est fait piller. Mais, même désinfecté, dénaturé par les biotechnologies et le lait pasteurisé, il demeure un fromage. Le destin de la framboise est mille fois plus tragique. Pire encore que celui de Frigidaire. Au moins lui, bien que généralement passé sous le registre du diminutif frigo, il signifie toujours un meuble qui fait du froid. Il me vient à l'esprit que frigo peut aussi désigner la morgue dans la « Série noire ». Mais si ça se trouve, dans les morgues aussi, on diffuse une légère fragrance de framboise pour faire plus câlin.

Plus proches de la nature, bien qu'elles relèvent de la patience et du travail des hommes, certaines roses aussi sentent la framboise : Abraham Darby, Nahéma, Mamy Blue, et d'autres encore dont j'ignore l'identité et qui, installées dans mon jardin depuis fort longtemps, ont refusé de présenter leurs papiers.

Dans le vin, n'en parlons pas, elle est omniprésente, la framboise. Dans un registre bien défini qui est celui des vins jeunes, de ceux que l'on boit au printemps et en été justement. A commencer par le rosé.

Il y a quelques années, le buveur de rosé était un benêt aux yeux de ceux qui savaient. Au mieux, c'était le mimile à campings revisité Bidochon. Au pire, on lui prédisait une fin d'hôpital avec la tête coincée entre les boules et le cochonnet, l'estomac en cratère de Mars. Je me souviens d'un Relais des Routiers à Pamfou en Seine-et-Marne où de temps à autre mon père aimait bien arrêter la 403 Peugeot. C'était le samedi soir, on roulait vers la Bourgogne après qu'il eut fermé boutique. Il faisait là une pause assiette anglaise : quelques charcuteries et parfois une omelette. Le relais avait un rosé remarquable. Les chauffeurs de camion en buvaient de généreuses rations : il possédait entre autres vertus celle de les maintenir éveillés. Mon père, lui, a dû y renoncer après un rapide bilan statistique. Chaque fois que nous faisions arrêt à Pamfou et que mon père avait bu deux verres de ce nectar, il était réveillé en pleine nuit par d'horribles crampes au mollet...

Pour dire à quel point le rosé était méprisable, c'est qu'on le destinait aux femmes. Plusieurs de nos géniaux stratèges des marchés et dénicheurs de niches se sont rongé les ongles sur le concept · le rose est la couleur féminine par excellence, la légèreté son symbole, le fruit son péché mignon, la fraîcheur son identifiant. A partir de cette base solide, il suffit d'inventer un flaconnage élancé en verre blanc de préférence (la femme aime la transparence), une étiquette pastel et très mode, une capsule rose flashy pour bien repérer le produit dans les rayonnages... Et le tour est joué.

Sauf qu'à ma connaissance cela n'a jamais fonctionné. Le piège marketing était peut-être un peu trop évident. Mais je crois surtout que, ayant une certaine pratique des courses, la ménagère de moins de cinquante ans a tout de suite flairé qu'on lui vendait du vent et pas du vin. Avec les femmes, les rois du marketing se sont souvent plantés en leur proposant des vins « féminins ». C'est-à-dire légers, peu tanniques et bien fruités. Toutes les femmes que j'ai entendues déguster à mes côtés ont toujours plutôt favorisé les vins dits « masculins ». C'est-à-dire tanniques, solides, charpentés.

Les temps changent.

Désormais, le rosé s'est installé confortablement dans le paysage viticole, mais pour ce faire il n'a guère eu recours aux spécialistes du commerce. Simplement, il est passé par la case « vrai vin ».

Le grand bond en avant s'est produit à l'angle des décennies 80 et 90. La brusque remontée du niveau de trésorerie dans les exploitations, due à un engouement pour le vin des générations soixante-huitardes (pré, post, etc.), a favorisé l'investissement. Je vous épargne les pressoirs pneumatiques, l'inox et toute cette tuyauterie bizarre qui ont brutalement transformé nos chais de terre battue en super-laiteries suisses. Sachez cependant que le détonateur, la baguette magique qui a tout bouleversé, n'a rien de techniquement intimidant. La révolution est passée par le réfrigérateur. Le frigo, on y revient. C'est en effet grâce à la maîtrise du chaud et du froid que l'on est parvenu à produire des rosés de bien meilleure qualité. Alors, quand j'écris réfrigérateur, je schématise un tantinet. Evidemment, que l'on n'a pas inventé des frigos géants dans lesquels on range les cuves ! Mais c'est un peu ça quand même puisque le principe consiste à pouvoir refroidir ou réchauffer lesdites cuves. Souvent grâce à des doubles parois dans lesquelles on fait circuler de l'eau chaude ou glacée suivant ce que l'on cherche. Parfois aussi, mais le résultat est moins homogène, on plonge des tuyaux en forme d'antenne de télévision dans les cuves, selon le vieux principe du radiateur de chauffage central. L'intérêt ? Conserver la pureté et la fraîcheur des arômes du raisin.

Pendant la fermentation, c'est-à-dire la transformation du sucre en alcool grâce aux levures qui ne sont ni plus ni moins que des bactéries, la température grimpe. Un peu comme chez les humains quand on a attrapé une bonne « crève ». Si on laisse le thermomètre monter trop haut, d'abord on risque de faire mourir les levures, une sorte de suicide collectif, une affaire qui tournerait vraiment au vinaigre. Pis encore, la disparition des bonnes levures laisse la place à d'autres, beaucoup moins sympathiques mais plus résistantes, qui refilent au jus toutes sortes d'inconvénients majeurs et le rendent définitivement impropre à la consommation. Et même si le vin s'en sort, avec quelques contusions, la montée violente en température dénature les arômes. Adieu, fruits rouges et notes florales, qui laissent la place au pruneau et à toutes sortes de compotes. Le pruneau, les pommes cuites, cela n'a rien de désobligeant quand on les rencontre sur un vieux côte-rôtie ou un antique sauternes, mais sur le rosé bien frais de l'été, cela figure en somme un bromure de la soif.

En se préservant des mauvaises surprises grâce à ces systèmes réfrigérants, on a découvert que plus les températures de fermentation étaient basses, plus les arômes floraux et fruités – la framboise surtout – étaient développés. Du coup, certains y sont allés à fond la cuve dans la vinification très basse température, voire polaire. Cela a entraîné quelques excès, comme d'habitude. Avec des vins qui fleuraient davantage les désodorisants pour lieux d'aisances que les boissons rafraîchissantes. Mais quand on utilise le frigo moderato on obtient ces nouveaux rosés, gentiment parfumés, que l'on boit en été.

Ne pensez pas que ce problème de température ne souciait pas les anciens vignerons. Ils savaient parfaitement et souvent par expérience qu'une trop forte grimpette pouvait réduire à néant le travail d'une année. Ce fut le cas bien des fois. En 1947 notamment, millésime exceptionnel.

Un été très chaud suivi d'un début d'automne bouillant : tout s'annonçait pour le mieux. Sauf que les vendangeurs cueillaient les raisins en plein soleil, que les chais étaient chauds et qu'on ne disposait pas de grand-chose pour refroidir tout cela. Parfois, on plaquait sur les cuves des toiles de jute mouillées qu'on arrosait régulièrement pour tenter de rafraîchir un tant soit peu les raisins en fermentation, afin de gagner ou plutôt de perdre un petit degré. Les plus chanceux, ceux qui n'habitaient pas trop loin d'une ville, se faisaient livrer des pains de glace qu'ils balançaient dans les cuves ; les autres se débrouillaient avec l'eau du puits. Beaucoup de ce fabuleux 1947 a tourné au vinaigre et fini à l'égout. Dans ce qui a pu être sauvé, bien souvent il y a de l'eau ajoutée par le biais de la glace… Le millésime du siècle, du moins c'est ainsi qu'on l'a nommé dans la Loire et à Bordeaux principalement, est un millésime on the rocks.. Enfin, pas partout : dans les caves troglodytes de Chinon ou Bourgueil, dans les sous-sols profonds de la Bourgogne, la fraîcheur des lieux a la plupart du temps calmé les ardeurs de la canicule et les tumultes de la fermentation.

Ces années-là, l'essentiel pour les vignerons était de sauver la récolte. La pureté des arômes, c'était largement secondaire.

Un rosé avait la cote autrefois. Il est encore aujourd'hui le seul à disposer d'un titre de noblesse. En vallée du Rhône, il a rang de cru au même titre que châteauneuf-du-pape ou hermitage. Tavel est un rosé puissant, assez bien équipé côté alcool et plutôt de garde. On le buvait rarement dans l'année. Plus souvent, il était commercialisé et dégusté après quelques hivers. On ne recherchait pas avec ce vin-là les arômes floraux et fruités de la prime jeunesse. Nos anciens l'appréciaient un peu évolué, quand le coing, la mandarine, le clou de girofle commençaient à se profiler au-dessus du verre. Personnellement, dans la famille des rosés âgés, je lui préfère le rosé des Riceys, un vin sans bulles produit en Champagne, celle de l'Aube, celle qui voisine avec la Bourgogne. J'ai dégusté aux Riceys de très vieux vins absolument sublimes, alliant la finesse des pinots noirs bourguignons et l'acidité champenoise. Chaque fois que j'ai fait découvrir ce vin à des amateurs d'abord un peu méfiants – quoi, un rosé qui vieillit ? Comment, un champagne qui ne pétille pas ? –, ils ont été conquis et sont devenus des fidèles.

Le plus mystérieux et, il faut bien le dire, le plus étrange des tavels était produit par une communauté monastique, l'Institut des Pères de la Sainte Famille, au château de Manissy. Frère Roger était un moine très impliqué dans son travail de vigneron. Il n'hésitait pas à vérifier personnellement et régulièrement l'évolution de chacune de ses cuvées. Sa trogne rougeoyante témoignait de ce suivi méticuleux. Nous l'avons accompagné une fois dans son travail de surveillance. La cave aurait pu être celle du monastère du *Nom de la Rose*. De grands foudres noirs, sur lesquels avaient été peintes à la chaux et aux temps jadis des citations bibliques et latines en lettres gothiques, donnaient à ce lieu peu éclairé une atmosphère magique et un peu inquiétante. Mais frère Roger était bien plus sympathique, quoique tout aussi allumé, que les tonsurés d'Umberto Eco.

Quand on lui demanda s'il ne s'inquiétait pas de la vétusté de ses grands fûts, et aussi de la présence insistante de nombreux insectes volants, il nous expliqua que non, bien au contraire. Les uns et les autres vivaient dans une sorte d'entraide et de complémentarité. Le bois cracra des tonneaux légèrement suintants – « le vin transpire », disait-il – nourrissait les insectes qui à leur tour, en saine réciprocité, pondaient leurs œufs entre les douelles, les planches en quelque sorte, et contribuaient ainsi à la bonne étanchéité des tonneaux en bouchant les interstices…

Même Umberto n'aurait pas osé y songer. Avec mon copain Pierre Crisol, qui avait le fou rire facile (Le « Bêtisier » de RTL, où il avait fait ses débuts, peut encore en témoigner), nous évitions soigneusement de nous regarder pour ne pas être emportés par un fou rire de collégiens.

Le plus étrange dans cette histoire, c'est que le vin parvenait à dépasser un tel traitement. Le malicieux frère Roger avait deviné nos efforts pour rester sérieux. Il s'en fichait. Il savait qu'un peu plus tard, à l'étape de la dégustation, il allait nous faire passer l'envie de rigoler. Les vins jeunes, juste prélevés du fût, n'avaient rien d'enthousiasmant. Ils présentaient les défauts que l'on peut imaginer dans une telle ambiance : oxydation, faux (pour ne pas dire mauvais) goûts. Certains même semblaient plus adaptés à la sauce de salade qu'à l'accompagnement d'une grillade d'été, tant leur similitude aromatique avec le vinaigre était évidente.

En revanche, les très vieux vins (avaient-ils été mieux traités ?) nous avaient fait forte impression. Notamment un 1959 de « première pressée ». En vieillissant, ce rosé hors norme avait digéré les défauts des débuts pour laisser la place à une palette d'arômes incroyables, où les agrumes confits le disputaient à la pâtisserie. Pas question de framboise sur d'aussi anciennes bouteilles, mais la mandarine, les raisins secs, le thym, l'olive noire et même la truffe…

On nous a amusés un temps avec la fameuse mémoire de l'eau ; c'est à croire que le vin, lui, a une mémoire drôlement plus vivante et sélective, qui ne retient que les bons côtés de la vie.

Le domaine existe toujours mais, depuis quelques années, la production en a été confiée à un professionnel tout ce qu'il y a de sérieux, et le charme, au sens médiéval et féerique du terme, est rompu. C'est devenu un rosé tout ce qu'il y a de normal. Cette histoire de vins qui sont détestables dans leur jeunesse et qui semblent se refaire une santé au fil du temps n'est pas qu'une légende. On le dit souvent à propos de très grands terroirs maltraités par les propriétaires du moment. Mauvaise vinification, hygiène lamentable, on les jetterait volontiers à l'évier. Puis vingt ou trente ans plus tard, les voilà transformés en petite merveille.

A Bordeaux, mon copain Jean-Christophe Estève raconte souvent la mésaventure qui est arrivée ainsi au négociant Georges Audy. Installé sur la rive droite en pays libournais, Georges Audy était un grand spécialiste de Saint-Emilion et Pomerol, dont il achetait et revendait les plus grands crus. Il était capable d'un simple effort de mémoire de dire si tel millésime dans tel château était réussi ou pas, car il avait tout goûté et plusieurs fois de suite, en suivant leur évolution, les récoltes de tout ce qui comptait sur ce plateau de calcaire et d'argile.

Arrive le fameux été 1947 et cette récolte inouïe mais problématique.

Dans leur journal de bord, les courtiers Taste et Lawton notent à la date du 18 septembre : « Dans les vins rouges 15° ! Les vinifications seront très délicates et de nombreux accidents sont à prévoir. »

Georges Audy n'a pas à ma connaissance laissé de traces écrites sur cette période mais il a, dès septembre 1947 et jusqu'au printemps suivant, dégusté bien des vins fabuleux et aussi quelques-uns gravement accidentés... Le doute sur la qualité du millésime dans certaines propriétés a dû s'insinuer, mettre en alerte le commerçant et faire perdre ses repères au dégustateur... Toujours est-il qu'au moment de faire son choix, de confirmer ses achats dans les différentes propriétés, il a quelques hésitations. Ainsi, il émet une sérieuse réserve quant à la qualité d'un des plus grands de Saint-Emilion : Cheval Blanc. Pour lui, expliquera-t-il plus tard, c'est un vin qui a trop de « volatile » et qui menace de tourner au vinaigre.

La présence d'acidité volatile, due justement à un mauvais passage de relais entre les levures chargées de transformer le sucre en alcool et celles qui modifient les acides après fermentation, est un casse-tête. Il y a toujours un peu d'acidité volatile (cela sent un peu le vinaigre) dans le vin. Et beaucoup dans les sauternes. C'est même utile car elle agit comme un amplificateur pour certains arômes. Mais chez les rouges, passé un certain seuil, elle menace directement l'avenir du vin... Et Georges pense cela du cheval-blanc de 1947. Cette opinion le conduit à renoncer à en acheter. Il refuse ses allocations, comme cela se dit chez les négociants, c'est-à-dire qu'il fait une croix sur les caisses qui lui sont allouées et réservées d'office au château. Vingt ans plus tard, Cheval-Blanc 1947 sera considéré comme le plus magnifique de tous les grands vins de Bordeaux de ce millésime. Encore aujourd'hui, sa cote dans les ventes aux enchères est une des plus élevées qu'un vin puisse atteindre. Georges Audy était loin d'être un nul en dégustation, et avant de prendre une telle décision, sans doute avait-il fait procéder à quelques analyses vérificatrices. Que s'est-il ensuite passé dans la bouteille, dans la vie de ce vin ? Lui ne se posait pas trop la question et résumait ainsi sa position : « Ce jour-là, j'ai fait une belle connerie ! »

Georges aurait dû se renseigner auprès d'une toute jeune fille, la petite Claude Fourcaud-Laussac, arrière-petite-fille du fondateur du cru, « gamine aux tresses brunes » en 1947, mais qui a conservé un souvenir précis de ses sensations au moment de la récolte : « Je n'oublierai jamais les vendanges de cette année-là. Elles ont lieu sous un soleil torride, entre le 15 septembre et le 4 octobre. Nous avons chaud, et c'est la fête, avec de grands éclats de rire que j'entends encore.

Tout le monde pressent que nous allons assister à la naissance d'un grand parmi les grands. Je suis une petite fille fatiguée par tout ce tumulte, mais heureuse, qui emmagasine pour toujours des souvenirs. Odeurs mêlées de résine et de sueur, cailloux brûlants, joie partagée et, le soir, dîners dans la salle à manger Henri II que mon père trouvait si laide*. »

Claude Fourcaud-Laussac note que les premières années, on trouvait au vin « un goût de banane si prononcé que certains étrangers en visite demandaient si nous n'avions pas fait macérer quelques-uns de ces fruits pendant la fermentation » ! Sont-ce ces senteurs de banane qui ont trompé le nez de Georges Audy ?

A cette époque où la fraîcheur ne venait pas des senteurs, on compensait en servant les vins dits d'été, blancs ou rosés, à une température proche de la congélation. On a conservé chez le personnel de restauration cette fâcheuse habitude. C'est dommage car le grand froid lui aussi tue les arômes.

Faites une expérience. Servez en carafe un bon muscadet à 4 ou 5° comme on aime vous le faire boire dans les brasseries. Il devient dur, acide, sans odeur ni saveur. Vos invités vont immédiatement l'identifier. C'est le réflexe selon Pavlov :

* *Au Cheval Blanc*, éd. Mollat, 1998.

blanc glacé signifie muscadet. Servez le même vin à 12° et tout le monde vous dira bourgogne. Je l'ai pratiqué cet exercice, et pas avec n'importe qui… Il y avait ce jour-là autour de la table quelques pointures de la sommellerie française. Tous sont tombés dans le panneau. Cela explique pour partie le mépris avec lequel souvent ce vin est traité. Le muscadet est aujourd'hui souvent une des victimes du grand froid. Mais il y a une raison à cela. Le froid, nous l'avons dit, tue les arômes. Même les mauvais… Quand rosé et muscadet abusaient du soufre, quand il étaient récoltés avant maturité, mal vinifiés et qu'ils trimbalaient avec eux des arômes plus proches de l'écurie que du paradis (tout sent la framboise là-haut, selon des témoignages convergents), l'usage intempestif du seau à glaçons se justifiait sans doute. Aujourd'hui cela ne se justifie plus, malgré tous les déclinologues qui voudraient nous faire croire que le vin d'aujourd'hui est bien moins bon que celui de nos ancêtres.

C'est un peu comparable aux sauces compliquées que l'on infligeait autrefois aux poissons qui manquaient de fraîcheur. Le froid agit comme un anesthésiant des papilles et, comme les sauces, c'est une bonne tenue de camouflage. On ne retient que le côté très frais et donc désaltérant : certains consommateurs ajoutent même des glaçons à leur rosé et j'ai vu voilà peu des producteurs le faire. Après tout pourquoi pas ? Mais c'est le considérer comme une boisson et pas vraiment comme du vin…

Conclusion : l'été sent la framboise dans nos verres, à condition toutefois de ne pas faire subir à la bouteille un bain de siège trop violemment glacé.

Que boire en été si on est allergique à la framboise et au rosé ?

La question aurait éberlué nos aïeux. Pour ceux-là dont la zone de chalandise dépassait rarement le canton, la réponse était simple : la même chose qu'en hiver : du vin de la vigne – la leur – ou du cidre, ou de l'eau, ou du vin mélangé à l'eau bien fraîche du puits.

Le dilemme du choix est une invention récente. Il date de la mise en bouteilles généralisée, du développement des appellations contrôlées, de la maîtrise par les propriétaires et les syndicats viticoles de la finalité de leur production. Et c'est très récent. Il faut imaginer que, dans les années 1960, il était encore possible d'acheter en barriques et de mettre soi-même en bouteilles un fût de cru classé du Médoc. Eric de Rothschild m'a conté un jour sa vision, sans aucun doute très réaliste, de la commercialisation avant guerre de Château Lafite, premier grand cru classé de Pauillac : « Avant la mise [en bouteilles] au château, ce n'était pas deux ou trois vins que l'on faisait, mais je dirais presque un vin selon le client. J'imagine aisément le régisseur et le maître de chai de Lafite choisir avec soin la ou les barriques venant des meilleures parcelles ou des cuves particulièrement belles, afin de faire la mise spéciale pour "Monsieur le Barongg" ou pour le cousin de "Monsieur le Barongg" en Ecosse, à Glamais, lui préparant des magnums "cuvée unique" ! »

C'est le développement des moyens de déplacement, l'automobile, les vacances, les grandes migrations qui ont changé les habitudes des consommateurs et donné envie aux producteurs de se tourner vers une nouvelle clientèle venue d'ailleurs. La réfrigération des cuves est une innovation technique qui fait suite à l'invasion par les juillettistes et les aoûtiens des plages et des terrasses de la Méditerranée.

Ce sont les crises, aussi, qui ont contraint les viticulteurs à trouver d'autres débouchés que le négoce traditionnel. La vente directe, le tourisme ont créé la curiosité, le goût de l'aventure gastronomique. Elle a commencé avec le rosé de Provence et le barbecue, ou l'apremont au pied des stations de sports d'hiver. Elle connaît un formidable développement aujourd'hui et n'est pas près de se tarir. La formidable effervescence que connaît le monde du vin, l'attirance pour tout ce qui est de qualité ont considérablement multiplié les sollicitations. On est passé de l'ère des Bronzés à celle de l'exigence. Partout dans le monde, on plante (Nouveau Monde, Amérique latine et même Asie) ou on replante. L'Espagne arrache ses mauvais cépages, comme le Languedoc d'il y a vingt ans, pour en installer de nouveaux, plus prometteurs. Autant de découvertes, de nouvelles sensations, de nouvelles pistes pour les alliances mets et vins. Le plus paradoxal, c'est que plus l'offre est fantastique, plus le consommateur, que l'on pourrait imaginer perdu, est désireux d'en savoir plus et différencie ses besoins.

On pourrait croire que sous l'avalanche de sollicitations, bien souvent en trompe-l'œil, le consommateur ne distingue plus le bon grain de l'ivraie et tambouille dans la même gamelle sans âme – une absence assez fréquente chez les gamelles – ses vraies envies et les fruits de cette propagande. Il n'en est rien.

Chaque année, des centaines de produits gadgets lancés à grand renfort de communications coûteuses finissent dans les poubelles des hypermarchés. Sitôt diffusés, sitôt refusés. Certaines « révolutions » gustatives retombent plus vite que des soufflés ratés. Pensez un peu au fameux succès des vins effervescents aromatisés aux fruits dont on nous rebattait les oreilles voilà quelques années ! Une réincarnation en plus coloré du fameux mousseux Midoux de la marque Letiède cher à Fernand Raynaud.

Au travers de ces suggestions en folie, de ce labyrinthe des tentations, de ce coup d'Etat permanent contre nos habitudes alimentaires, on assiste à la montée paisible d'une exigence de gourmandise raisonnable et de plus en plus raisonnée. Parmi les causes, il y a bien sûr les avatars de la sécurité alimentaire, les accrocs sévères qu'une industrialisation sans scrupules a provoqués dans la confiance du consommateur vis-à-vis de ses fournisseurs. Mais plus que de la peur, les sociologues penchés au chevet de la consommation, ainsi que les professionnels du goût, discernent dans ces nouvelles attitudes de la curiosité, une volonté de savoir, de mieux acheter, de mieux manger et de mieux boire. Pour en revenir au vin, l'achat d'aujourd'hui n'est plus de nécessité, il est souvent encore de frime, il est de plus en plus de plaisir.

De moins en moins enrégimenté pour la vie dans le bataillon bourgogne ou la compagnie bordeaux, l'amateur déserte les parcours imposés, butine dans les nouveaux vignobles pour construire sa cave et plus simplement rechercher, le temps d'un repas, l'alliance idéale, le plaisir maximal. La belle étiquette qui en imposait aux convives de naguère n'est plus de mise ; place à la découverte et au bonheur gustatif. Les papilles, plus que le compte en banque sont sollicitées, qui s'en plaindrait ?

Le vin n'est plus ce hallebardier planté dans le décor pour la solennité, il est complice du mets. Ou parfois c'est l'inverse. L'envie de sortir à tel moment un vin crée la quête du plat qui l'accompagnera au mieux.

L'ordre naturel, cher aux philosophes des Lumières, nous guide vers les mets et les vins de saison quelles que soient les sollicitations du marché. Certes, on peut désormais trouver des tomates en janvier à Lyon, Paris ou Lille. Mais, à moins d'un microclimat exceptionnel, d'une envie d'excentricité ou des suites assumées d'un pari subtil, il ne viendra pas à l'esprit de tout un chacun de se lancer dans une partie grillades, tomates, poivrons et rosé de Provence sur le balcon d'un immeuble haussmannien, un soir de janvier vers vingt-deux heures. De même, il est fort à parier que, convié à une cassoulet-partie un 13 juillet à treize heures, sur une plage corse, seule une extrême politesse guidera vos pas. Cette lapalissade attitude, les géants de la distribution, qui sont les premiers à guetter nos envies, à les sonder, sortes de « grandes oreilles » du goût, sont aussi les premiers à l'avoir assimilée. Casser le biorythme, c'est tentant pour le Batman de l'épicerie, fourguer de tout et n'importe quand, c'est Byzance dans la zone commerciale. Mais cela ne marche pas. Il n'est que de voir l'échec plus que relatif des plans sur la comète qu'avaient tracés tous les organisateurs de réveillons exceptionnels pour l'an 2000. Tous, devant le bon sens du consommateur, ont dû en rabattre. Et les tentatives de déviation saisonnière n'ont jamais eu de suite. Le grand distributeur, au contraire, a compris que son intérêt était désormais de surfer sur la vague consommatrice et non pas de la caresser à rebrousse-poil.

Il faut, disait Lénine, qui à cette occasion ne songeait nullement au devenir des centres Leclerc, une avant-garde révolutionnaire devant les masses, mais pas trop éloignée, seulement juste devant. Ainsi voyons-nous apparaître, dans les linéaires et au travers de campagnes suggestives, des « produits adaptés ». Bière de mars, muscat de Noël, mais aussi foires aux vins de printemps, qui s'opposent par leur contenu à celles d'automne. En octobre, grands bordeaux, vins de garde, colorés, puissants et souvent plus chers dominent les catalogues. Les foires de printemps jouent le fruit, la légèreté, la fraîcheur, le désaltérant. Et quand on dit légèreté, il ne s'agit pas seulement de la structure du vin, mais aussi de son prix. Avec le retour des beaux jours et de la chaleur, on boit « à soif », pour un plaisir de « surface ». Ce sont les plaisirs qu'offre un Vivaldi (avec, comme par hasard, *Les Quatre Saisons*) en opposition au

Chant de la terre de Mahler. Il faut ajouter que le prix des places pour le concert n'est pas le même. Vins de Loire, du Beaujolais, jolis rosés, sauvignons vifs de Touraine ou aligotés de Bourgogne se dégustent à la seconde et se boivent à pleins verres. Epaulé, jeté. Pas question de l'œil attentif, du nez patient, farfouilleur d'arômes, de la bouche qui enroule, cherche, conserve, analyse, calcule.

En revanche, qui dit plaisir immédiat peut dire aussi rejet immédiat. Si le fruit n'est pas au rendez-vous, si le naturel ne vient pas au galop, si la fraîcheur (température et sensation) est absente, si l'alcool domine, en un mot si l'équilibre n'y est pas, le refus se dira sans pardon.

L'équilibre est le maître mot du vin de l'été. En hiver, on peut excuser une pointe de sécheresse dans les tanins d'un vieux châteauneuf-du-pape, que le gras d'une daube gommera. On peut oublier, un soir de réveillon, derrière les saveurs d'une oie rôtie, les excès d'alcool d'un grand bordeaux d'année trop ensoleillée. Le manque d'acidité d'un hermitage blanc ne gênera personne quand ses saveurs se mèleront à celles d'une truffe sous la cendre.

Le vin, l'été, est comme le corps humain : moins habillé, il lui est difficile de cacher ses imperfections. D'autant qu'à la spontanéité de la dégustation s'ajoute celle des mets. Les produits de l'été sont moins travaillés, moins apprêtés, moins cuisinés que ceux de l'hiver.

Le mijotage est un mot de saison froide.

En été, on cueille, on épluche, on presse, on tranche, on assaisonne, on grille. On mêle saveurs des herbes à celles des salades du jardin, des tomates encore tièdes. Seule la ratatouille, sorte de sublimation des légumes du soleil, supporte une cuisson un peu longue. Et encore trouve-t-on des amateurs de ratatouille *al dente*. On ne maquille pas en été : vite ramassé, vite avalé, tel est le destin estival du solide. C'est un peu également celui du liquide. Le vin de mai à septembre est souvent issu de la dernière récolte. Du beaujolais de Pâques au muscadet des premières huîtres de septembre, en passant par les rosés des fortes chaleurs de juillet-août, du muscat des premières asperges au chinon de graviers des grillades de porc, le vin de la belle saison ne vit que ce que vivent les roses. Ephémère, il se doit donc de tout donner avant de disparaître. On parlera d'épices, de fruits cuits, de saveurs grillées, de cacao, de fourrure, à propos des arômes des vins de l'hiver. On cherchera les fleurs blanches, les subtils parfums des roses justement, les senteurs des fruits rouges avec les vins de l'été.

Des arômes de saison : la framboise ! On n'y échappe pas.

On cherchera aussi cette petite pointe de nervosité qui calme la soif. C'est l'acidité naturelle dans les vins du Nord ou d'altitude (Loire et Auvergne par exemple). C'est un léger perlant, comme une petite trace de bulles, qui excite la bouche dans les vins du Sud. Un rosé du Rhône, du Languedoc ou de Provence sans ce léger perlant…, c'est mou, flou, dégoût.

Cette persistance gazeuse a un avantage évident. Elle évite le recours au grand froid dont nous parlions plus haut. Le perlant donne une impression de fraîcheur. Ce n'est que du gaz fermentaire, du gaz carbonique (CO_2) tout bêtement, qui a comme particularité de protéger le vin de l'oxygène et donc de l'oxydation. Second avantage, donc, il permet au vigneron de réduire les doses de soufre, d'anhydride sulfureux pour parler comme les chimistes. Autrement dit : finis les lendemains qui déchantent, couleur des cachets d'aspirine ! Les vignerons d'aujourd'hui ont compris que, face à un consommateur de plus en plus exigeant, la qualité importait autant que le prix. La notion de plaisir/coût est en train de dépasser celle de rapport qualité/prix. Nuance subtile, certes, mais petite gradation sensible dans l'échelle de l'exigence.

Ces vins de nouvelle génération, jusqu'à présent, nous ont tenus éloignés de la pharmacopée. Ils ont en plus une seconde vertu jusqu'alors inédite : ils combattent les coups de soleil. Plus ils sont bons, plus on a envie de les fréquenter… à l'ombre.

Vins d'hiver, vins d'été : en vérité, notre calendrier est très pauvre en dates charnières. Les changements officiels de saison ne sont qu'officiels et ne traduisent pas une éclosion spontanée de bourgeons ou une chute inconsidérée des feuilles.

L'automne est une saison insidieuse, ambassadeur de l'hiver qu'il nous distille lentement, sans brusquerie, en raccourcissant les jours et en donnant du rouge aux feuilles. Les vendanges se terminent dans l'euphorie, et, sans que l'on s'en aperçoive, l'heure est déjà aux trompettes des morts, aux jours tristes de Toussaint, à la nuit qui s'installe dès le goûter.

On a remis un pull, quitté le coton, ressorti les manteaux. Tout cela en douce ; un jour froid chassant un jour tiède. Rien ne se cabre, pas de rupture : les ténèbres en pente douce. Même Noël, avec ses sapins, ses guirlandes, ses cadeaux, n'annonce pas de grand changement dans le rythme climatique. S'il fallait dresser le podium des grands chambardements annuels – en excluant bien sûr les manifs de printemps, l'arrivée du beaujolais nouveau, les grèves de trains l'hiver, et les joutes électorales de mai –, nous devrions placer à égalité et côte à côte les deux changements d'heure.

Mais sur la plus haute marche du podium régnerait Pâques. Et ce ne sont pas les milliers d'écoliers (actuels et surtout anciens) qui souvent en conservent leurs meilleurs souvenirs de vacances qui nous contrediront.

A Pâques, il n'y a pas que les cloches qui reviennent. D'un coup d'un seul, tout change. Avec les enfants qui cherchent les œufs dans le jardin, l'envie nous vient de ressortir les tables et les chaises, au milieu des tulipes en pleine forme, pour guetter le retour des premières hirondelles.

On quitte les parkas, on ressort les vélos et, sur le marché, l'endive laisse la place aux radis (les vrais, ceux de pleine terre), aux asperges (les vraies, pas celles qui sont aussi dures que des manches de pioche), aux premières fraises (les vraies, celles qui n'ont pas goût de betterave), aux fromages de chèvre (les vrais, ceux qui n'ont pas la texture d'un trop vieux chewing-gum). Et revoilà aussi les petites carottes tendres en bottes – on lave, on n'épluche pas, on cuit en dix minutes, une pincée de persil haché et c'est le paradis –, les nouveaux navets, les oignons grelots à la croque-au-sel, les petites pommes de terre nouvelles qu'on rôtit à la Cocotte (commencer à l'huile, égoutter, finir au beurre frais avec une pincée d'ail frais, du gros sel et du persil). Ce serait sacrilège là aussi de les éplucher – et un peu bêta, car sans peau, elles attachent ! Et les épinards en pousses, qu'on déguste en salade comme de la mâche.

Arrêtons-nous un moment sur le sort magnifique du navarin, seul plat au monde avec les tajines marocaines à franchir sans dommage la coupure saisonnière. Avant Pâques, c'est un vrai plat d'hiver avec ses vieilles carottes et ses vieux navets longtemps mijotés. A Pâques, on revoit nos recettes, on invite le tendre et le jeune. Construit autour de l'agneau de lait, qui en principe n'a jamais encore goûté l'herbe des prés, entouré de légumes pubères, le navarin renaît plat de printemps, à cuisson courte et saveurs vives. L'agneau pascal, tout le monde connaît, et si l'on peut dire, nous ne passerons pas le réveillon là-dessus. Cumulard en matière de symboles, il est dans presque toutes les régions de France le plat du renouveau, le rôti du printemps.

Cependant, là où la tradition caprine surpasse l'ovine, c'est le chevreau qui est alors sacrifié. Dans le Poitou, on associe le chevreau à l'ail vert. Cuit sur la plaque de four, arrosé régulièrement et recouvert d'ail vert, c'est un délice. On peut déglacer la plaque à la crème fraîche, ou avec une goutte de vin blanc, ou encore, comme nous l'avons vu faire, avec de la crème légèrement additionnée de moutarde : secret aujourd'hui révélé d'un cordon bleu de Neuville-de-Poitou, gros bourg à quelques encablures du Futuroscope.

A Neuville, le dimanche, jour du marché, on achète l'anguille grillée, l'asperge cueillie du matin, on goûte au comptoir le sauvignon bien sec, presque végétal, de la cave coopérative du Haut-Poitou ou le gamay de printemps fraîchement mis en bouteilles. Car à Pâques, le vin aussi fait peau neuve. Le vin, trouble à Noël, s'est clarifié sous l'effet du froid. Les vignerons du Beaujolais font venir chez eux les camions embouteilleurs. On disait autrefois que « le vin a fait ses Pâques ». C'est-à-dire qu'il s'est débarrassé de ses goûts de levures et de ses arômes fermentaires qui nous avaient flatté l'olfactif en novembre. On pense au beaujolais bien évidemment, vin de printemps par excellence. Les vignerons ont vendu en primeur les cuvées les plus tendres. A Pâques, il propose des assemblages plus tanniques, du fruit, moins d'arômes floraux et des bouches plus vives, plus solides, plus aptes à tenir le repas.

Cette coutume existe en Beaujolais, Beaujolais villages mais aussi dans les crus. Là, en revanche, c'est un peu l'inverse. Le producteur de Fleurie, Morgon ou Juliénas sacrifie à Pâques ses cuvées les plus « prêtes », les plus souples, et garde pour une mise en bouteilles tardive – juillet ou septembre – les vins « sérieux », avec de la « mâche », de la matière.

En vallée de Loire aussi, les embouteilleurs à façon ne chôment pas.

Du côté de Bourgueil, Saint-Nicolas-de-

Bourgueil et Chinon, on fignole les sélections. Traditionnellement, les vignerons possèdent des domaines morcelés avec des parcelles qui produisent des vins charnus et de garde et d'autres des rouges légers, « sur le fruit ». Ces derniers ne gagnent rien à être élevés longtemps en cuve ou en fût ; ils risquent même d'y perdre ces goûts de cerise fraîche et de framboise qui en font le charme et les rendent complices du navarin printanier. Cet inventaire du renouveau ne saurait oublier les blancs. Ce sont eux surtout qui président les fêtes pascales. Plus précoces que les rouges, ils sont les premiers ambassadeurs du dernier millésime.

Vin de Loire, anjou blanc, sauvignon de Touraine, muscadet bien sûr, sancerre, menetou-salon, quincy, reuilly. Vins jeunes d'Alsace comme le sylvaner ou les pinots blancs.

Vins de Bourgogne – du moins quelques-uns – comme l'aligoté, le chardonnay de Chitry de chez Morin ou Giraudon, son cousin le petit chablis ou, plus au sud, le mâcon.

Vins de Savoie qu'on boit en bout de piste quand la neige est encore au rendez-vous. Tous nous régalent et nous font oublier les seigneurs qui s'affinent au fond des caves. La nouveauté chasse l'ancien, le classique ; la découverte supplante la valeur sûre.

Au printemps, de quoi rêvais-tu ? Du changement.

Coup de frein

« Le moyen d'avoir raison dans l'avenir est, à certaines heures, de savoir se résigner à être démodé. »

Ernest RENAN

Tout au bout de mes souvenirs en terre languedocienne, il y a Jacques Maris. Je croyais l'avoir perdu. Il m'est revenu un soir d'insomnie, sur le petit écran couleurs affecté aux nuits blanches. A l'heure des grands documentaires humanistes en terres lointaines. L'équipe avait tourné avec peu de moyens : des billets d'avion, une location de voiture et une caméra sautillante. En rentrant, comme ils avaient dû toutefois dépasser le montant autorisé, on leur avait sans doute interdit la fréquentation d'une salle de montage. C'était interminable, comme ces films de vacances d'autrefois, qui nous suppliciaient certains dimanches d'automne.

Le doc en question avait au moins un mérite : rien ne manquait, rien ne nous échappait… L'arrivée et le départ de la voiture devant un hangar en tôle rouillée. Les baskets du passager quand le cameraman est obligé de se baisser pour grimper dans le quatre-quatre Toyota pourri. Le rétroviseur gras quand il se redresse, la boîte à gants pleine de vieux chiffons, la tronche floue du conducteur transpirant. Les paysans sur le bord de la piste qui tressautent au rythme de la caméra. L'arrivée devant un baraquement préfabriqué qui paraissait dater de la Longue Marche, une sorte de salle d'attente ou de vestiaire crasseux au sol en terre battue. Tout… Et ça durait. Et c'était finalement bon car je sentais le sommeil revenir.

Donc nous étions en Chine

Au fond du vestiaire, la porte en planches non rabotées dont on a eu tout le loisir d'admirer les nœuds s'ouvre enfin. Une petite délégation entre. Tout à coup, j'aperçois la tête du bonhomme qui semble être le chef de l'expédition côté visiteur et leader suprême du docu. Mieux, je vois son absence de mains avant même de voir sa tête. Impossible de se tromper. Des hommes mutilés à ce point et capables à plus de soixante-dix ans de crapahuter en terre lointaine et inconnue sur des pistes où la boussole tient lieu de carte routière, il n'en existe que peu de modèles.

C'était évidemment Maris.

Envolée la petite somnolence qui m'engourdissait ! Evaporée la mauvaise humeur qui me faisait dénigrer un reportage pas si mal fichu que ça !

Jacques Maris ! Je l'avais connu dans les années 1980. A l'époque, le Languedoc commençait à émerger d'une de ces violentes crises dont il est coutumier depuis qu'il fréquente la vigne. « La mort rôde au pays du soleil, autour des vergers, des jardins et des vignes », écrit Emmanuel Maffre-Baugé, porte-parole éloquent d'une viticulture révoltée. Quelque temps auparavant, la colère du Midi a trouvé son apocalypse à Montredon près de Narbonne. Vignerons et CRS s'étaient tiré dessus.

Le fusil de chasse a fait un mort, le fusil mitrailleur également.

Un vigneron languedocien est tombé, un commandant breton de CRS aussi. Depuis on a posé une stèle avec ces mots :

> « A cet endroit, le 4 mars 1976, un vigneron a trouvé la mort, une balle en plein front. Il est mort en défendant son travail, sa terre, sa vie, sa famille, son pays d'Oc. A quelques mètres, le même jour, au même endroit, un policier a trouvé la mort, de la même manière, pour un motif qu'il croyait aussi noble : la défense de l'ordre pour protéger la dignité, la justice et la fraternité républicaine. »

Je ne sais pas qui a assemblé ces mots simples et qui les a imposés dans ce pays bouleversé, mais j'admire.

Le Languedoc du vin est peuplé « d'hommes rétifs à toute domination, prompts à rejeter l'autorité hiérarchique », comme l'écrit la grande historienne Geneviève Gavignaud-Fontaine, auteur de pages précises et émouvantes sur le Midi et ses brutales secousses. « Les vignerons avaient armé leurs fusils et tiré sur les représentants de l'ordre qu'ils combattaient. Mais il n'est pas facile de regarder la mort en face, lorsque est commis l'irréparable. La stratégie activiste menée depuis les années 1960 par des comités d'action est désormais jugée, au grand jour, trop violente et inefficace, voire anarchisante. Les événements de Montredon ont précipité l'abandon des positions les plus intransigeantes : il n'est jamais bon de se trouver en état d'infraction dans un pays qui fait de la loi sa référence suprême. »

La production de vin de masse qui avait prédominé jusque-là faisait place ou plus justement un peu de place à la création d'appellations contrôlées.

A côté des caves coopératives où le viticulteur est un anonyme parmi d'autres, quelques domaines et de rares personnalités se faisaient connaître grâce à leurs vins mis en bouteilles à la propriété et signés.

Dans le Minervois, dans une zone très favorable, La Livinière, Jacques Maris faisait figure de pionnier. Son vin n'était pas Pétrus, mais pour une poignée de francs on était assuré de se faire plaisir avec un rouge pulpeux aux saveurs de garrigues.

Les responsables de la jeune appellation minervois avaient eu l'idée de créer un concours culinaire patronné par Joël Robuchon lui-même. De jeunes chefs s'affrontaient aux fourneaux avec comme seul impératif que leur plat s'accorde avec un vin du Minervois. Très souvent, celui de Maris était retenu car il était pensé et travaillé justement pour accompagner un repas. Mais la qualité de son rouge n'était pas ce qu'on retenait en premier de Jacques Maris.

Sa famille, son père et avant lui le grand-père avaient agrandi ce domaine grâce à une autre activité que la vigne. Ils aménageaient la montagne. A coups d'explosifs et de barre à mine, ils construisaient des terrasses qui permettaient de cultiver sur des pentes auxquelles jusque-là seules les chèvres et les chasseurs avaient accès. Un mauvais jour, quand il avait trente-cinq ans, Jacques avait loupé un détonateur. L'explosion l'avait éventré et avait emporté ses deux mains. Il avait survécu et surtout persisté. Devenu le patron du domaine, il l'avait agrandi, développé. Il s'était tourné vers la clientèle particulière et la restauration.

Avec ce qui lui restait des membres supérieurs, des morceaux d'avant-bras qui lui faisaient comme « des pinces de crabe », il allait aussi vite qu'un sommelier aguerri à déboucher les bouteilles.

Nous, devant lui, surtout les premières fois, on dansait d'un pied sur l'autre. Sans trop savoir quelle attitude adopter. Proposer ? Déboucher la bouteille à sa place ? Passer devant pour ouvrir les portes ? Conduire la voiture ? Déjà comment saluer, hocher la tête, tendre la main, serrer les moignons ? Il s'en fichait, Jacques, et pour un peu se serait moqué de notre embarras.

Pour la voiture, il nous a vite décomplexés. Il s'était fait fabriquer des volants spéciaux, un pour chaque véhicule, des disques en aluminium avec de gros trous pour glisser les moignons. Ainsi équipé, il montait assurer les livraisons en camionnette à Paris ou en Bretagne. Ventre à terre, aux commandes de sa GS Citroën, sur les chemins pierreux de La Livinière il nous a fait découvrir les paysages un peu toscans de l'arrière-pays. Une vigne, une haie, un cyprès et des petites maisons cachées derrière les plis du relief, des abris pour les vignerons à l'heure où le soleil plombait les nuques.

J'avais envoyé un photographe lui tirer le portrait, car dans la revue où je travaillais à l'époque, nous avions décidé de le distinguer « vigneron de l'année ».

Comme symbole de ce Languedoc qui dos au mur se battait pour reconstruire son image, on ne pouvait guère trouver mieux. Evidemment, je racontais dans mon article l'histoire bien particulière de ce vigneron bien particulier.

Maris avait un solide sens de l'humour et de l'autodérision à revendre. Il avait exigé de poser devant un mur où un militant de la cause des ceps avait peint ce slogan : « DES VIGNES, PAS DES MINES. » Cette inscription datait d'une ancienne bataille opposant comités d'action viticoles et partisans de l'ouverture d'une mine de fluor ou d'autre chose censée comme d'habitude apporter une myriade d'emplois nouveaux dans cette région en difficulté.

Ce slogan bien lisible à l'arrière-plan de la photo et un texte accolé contant son accident : certains lecteurs pensèrent que nous avions dépassé la mesure. Comment pouvaient-ils imaginer que la rédaction n'était pour rien dans le choix de ce décor à l'humour noir, et que seul le personnage en avait décidé ainsi ? Cela me valut quelques lettres indignées. Maris, lui, fut ravi de sa blague.

Je n'en connais pas les raisons ou je les ai oubliées, mais un jour, sans trop prévenir, Jacques Maris a vendu son domaine. Des Bordelais sont venus voir. A l'époque quelques-uns rêvaient d'acheter un de ces grands domaines viticoles sous le soleil exactement. Le foncier était bien moins cher que du côté de Margaux et ces vins chaleureux devaient conquérir l'Amérique.

Les Bordelais auraient sans doute apporté de la notoriété à cette propriété mais l'affaire ne s'est pas faite. Quelqu'un d'autre a acheté et on n'entend plus guère parler du domaine Maris.

Que faisait Jacques Maris quinze ans plus tard en Chine ? Il occupait sa retraite. Certains choisissent le bricolage, les timbres, les voyages organisés, le jardinage. Jacques, lui, avait opté pour le conseil en viticulture en pays compliqué. C'était un bon choix, surtout de la part des Chinois, car Maris était un grand viticulteur doublé d'un commerçant avisé.

Je sais, ce n'est pas poli de mettre en parallèle commerce et vin. C'est en somme brader l'art chez le mercantile. Tout créateur se doit en France de finir comme l'homme à l'oreille coupée, seul et dans la misère. Celui qui réussit est douteux.

Maris était un enfant du pays. Il avait connu les vaches maigres et savait par tradition familiale les heurs et malheurs d'un Languedoc tantôt très riche, tantôt enfiévré et dans la dèche. C'est souvent dans cette dernière posture qu'on le représente aujourd'hui.

L'image de la révolte de 1907 colle à la peau de la région. Leur leader trop pur : « Midi se meurt. Au nom de tous, ouvriers, commerçants, viticulteurs, maris sans espoir, enfants sans pain, mères prêtes au déshonneur, pitié ! », Marcellin Albert, roulé par un Clemenceau roué, les braves soldats du 17e de ligne tous enfants du pays refusant de tirer sur la foule et mettant crosse en l'air…

Les difficultés à muter aujourd'hui le confirment dans cette continuité miséreuse et révoltée.

Il n'en fut pas toujours ainsi. Après la conquête carolingienne et l'installation de puissantes abbayes bénédictines, les noms de villages languedociens reviennent en permanence dans les écrits citant les meilleurs vins du royaume.

Le père de l'agronomie moderne, Olivier de Serres, cite dans son *Théâtre d'agriculture* les « excellens vins blancs d'Orléans, de Couci, de Loudun [Laudun] en Languedoc… » et aussi les « musquats et blanquetes de Frontignan, Miravaux [Mirval] en Languedoc, dont la valeur les faict transporter par tous les recoins de ce royaume ».

Le creusement du canal « des deux Mers », décidé par Colbert en 1666 et achevé en 1681, fait se multiplier le commerce du vin et des eaux-de-vie. Vite rebaptisé canal du Midi, il leur permet d'accéder à l'Atlantique et de rejoindre Bordeaux, le point de départ obligé pour l'Angleterre et les pays du Nord. La province du Languedoc est alors une des plus riches de France. Son réseau routier est un des plus performants et des mieux entretenus.

Vers 1750, « au palmarès des routes les plus sûres figurent celles du Languedoc, réputées comme les meilleures du royaume », écrit l'historien Thierry Pécout.

Dans le dernier quart du XVIIIe siècle, de Béziers à Sète, le port le plus actif depuis l'Antiquité, les riches marchands et les fonctionnaires royaux se font construire des « folies ». De somptueuses demeures où le fer forgé le dispute à la marqueterie, où les vitraux éclairent les sols en marbre.

Thomas Jefferson, venu visiter la région en 1787, figure parmi les clients du Languedoc. Elu président, il se fait expédier muscat de Frontignan et vins rouges de Saint-Georges-d'Orques. Une loge maçonnique sétoise prend pour dénomination « Les Vrais Amis Fidèles des Treize Etats-Unis ».

En 1845, Montpellier est relié à Paris par le rail. Cette nouvelle donne va encore et profondément modifier les structures agricoles et le paysage languedociens. Les coteaux et les terrasses peu productifs mais d'où proviennent les vins fins sont peu à peu abandonnés au profit des zones plus fertiles. D'importantes propriétés se constituent qui se donnent les moyens de rationaliser et de mécaniser. C'est l'âge d'or, au pied de la lettre. La Banque de France dépêche sur place des enquêteurs pour connaître les raisons d'une demande si forte en or dans le Languedoc qu'il faut faire convoyer le métal précieux par l'armée. Un professeur de collège signale que des enfants de dix ans ont des « louis d'or dans leurs poches mêlés aux billes ».

Sur le plan intellectuel aussi, c'est le grand chambardement.

Voyages, concerts, théâtres mais aussi clubs de discussions, loges maçonniques, conférences maintiennent une animation qui n'est pas près de s'éteindre.

Et si le Languedoc d'aujourd'hui est parfois empêtré dans un embrouillamini de réseaux complexes entre l'économique, le politique, le syndical et les loges, il faut sans doute en chercher les causes dans cette époque bouillonnante. La région ne compte pratiquement pas d'illettrés (3,5 % recensés sur la classe 1892 à Béziers) et les établissements d'enseignement supérieur sont en nombre supérieur à la moyenne générale en France.

Mais on fabrique un seul type de vin, rouge ou blanc de table aux goûts et à la qualité uniformes. Personne ne veut entendre le judicieux conseil d'un sage, ingénieur et vigneron, Paul Coste-Fleuret, qui écrit en 1898, au moment de la replantation postphylloxérique : « Dans les nouvelles plantations, on prendra soin de chercher à produire des vins de qualité dans les terrains maigres, en laissant la production des vins ordinaires aux terrains riches. [...] D'un côté, les coteaux donneront des vins bourgeois ou des vins blancs de prix, et les riches soubergues comme les plaines produiront des vins rouges ou blancs pour la consommation ouvrière qui réclame des vins à meilleur marché. »

Non, personne ne l'écoute, pas plus que les quelques autres qui voyaient un peu plus loin que le bout de leur rang de vignes.

La suite nous est connue. La consommation de vin n'a cessé de baisser en France, où le travailleur de force est en voie de disparition. La classe ouvrière ne va plus au paradis sur un nuage de gros rouge. Elle laisse peu à peu la place à des emplois de service qui nécessitent plus de tempérance. De 133 litres par habitant adulte et par an en 1960, le vin est passé à 73 litres en 1990. Ce chiffre n'a cessé de baisser depuis.

Le Languedoc produit trop, et les Français boivent moins.

En 1976, alors que les fusils ont tiré à Montredon, les premières commissions de l'INAO visitent la région pour envisager des classements en appellation contrôlée. C'est parfois parodique. Après un entretien très sérieux sur les terroirs de Faugères, un responsable de cave coopérative propose le pastis aux officiels venus goûter les productions locales. Les représentants de l'INAO, des vignerons eux aussi venus d'autres régions, sont abasourdis. Une autre fois, on leur apporte des échantillons à déguster dans des bouteilles d'un litre dont l'étiquette pas totalement arrachée vante les mérites d'un apéritif anisé marseillais, sinon rien.

Les appellations contrôlées sont mises en place avec plus ou moins de bonheur. Il faut imaginer qu'au départ le litre d'appellation contrôlée rapportait moins au vigneron que celui de vin de table. Il coûtait en effet plus cher à produire, compte tenu des rendements limités, du réencépagement nécessaire, et du manque de notoriété (pour ne pas dire notoriété négative) dont pâtissaient les vins du Midi.

Il n'empêche, la région attire tous ceux qui rêvent de terre et de vin et qui n'ont pas les moyens de s'établir dans les vignobles reconnus.

Nombre de nouveaux vignerons, les « néo », imaginaient naïvement qu'il suffisait de faire un grand vin pour le vendre. Cela fonctionnait à Bordeaux (à l'époque) et en Bourgogne, pourquoi en aurait-il été différemment en Languedoc ? Le pire, c'est que cela a marché, du moins au début. Il y avait les paysages, le soleil, l'aventure, l'attrait de la nouveauté qui fascinaient cavistes, sommeliers et importateurs étrangers. Il y avait aussi ces hommes passionnés, inventifs, en guerre contre le passé, contre une nature qui avait repris ses droits. La production de « gros rouge » à fort rendement avait nécessité l'abandon des coteaux arides au profit des plaines fertiles. Les aventuriers du Languedoc faisaient le choix inverse : sortir des vallées, retrouver les anciens terroirs, réinvestir les bons coteaux. En 1990, on ne disait pas une parcelle dans le langage coutumier vigneron, mais une « défriche »...

Aux côtés de producteurs autochtones, tels Maris ou Olivier Julien, farouche indépendant bien que petit-fils d'un des piliers du mouvement coopératif et qui s'est affirmé très vite comme une référence en matière de qualité, s'installent des gens illuminés mais très actifs. Il y a là Isabelle et Rémi Ducellier, tous deux anciens profs d'histoire et géographie dans la région parisienne et qui las des « hivers du Nord » sont venus reprendre le domaine à l'abandon du grand-père à Puimisson ; Jacques Gauch qui a vendu sa pharmacie pour acquérir le domaine du Nouveau Monde, baptisé ainsi par Henri de Monfreid, l'écrivain voyageur à moitié pirate qui aimait venir se ressourcer ici entre deux périples ; Michel Moreau, un vrai « ingénieur à Grenoble », comme aime à le dire cet ingénieur-agronome venu là d'abord pour organiser des balades à dos d'âne dans les garrigues de Cournonsec à Mende, et capturé peu à peu par la vigne ; Mathieu et Isabelle Champart, lui fils d'agriculteur céréalier de l'Aube, elle Parisienne étudiante, qui se retrouvaient pour les vacances : un jour ils ont refusé septembre, la séparation, et ne se sont plus quittés ; Hervé Leferrer, ancien agent de l'INAO qui a craqué, il s'est d'abord installé à l'école communale de Ferrals, « c'est le seul local que l'on a trouvé » ; Rémi Duchemin, ancien cadreur vidéo, arrière-petit-fils de Jules Monnerat, fondateur d'une petite laiterie appelée Nestlé ; Guilhem Dardé, ancien leader de la « bataille du Larzac ». Ses copains du plateau viennent chaque année faire la fête et l'aider aux vendanges. Et tant d'autres...

Marlène Soria a commencé sa vie professionnelle en vendant des appartements « de rêve » à La Grande-Motte. Elle et son mari, ancien champion de régates, avaient acheté une grange perdue au bout d'un très long chemin caillouteux entre garrigues et mûres sauvages. Sans eau ni gaz, sans électricité, juste le fil du téléphone qui, comme dans les westerns, sert à guider le visiteur.

La première fois que je suis allé la voir, après avoir dégusté son vin fascinant, j'avais été interloqué par la façade de la maison illuminée (en plein jour) par des guirlandes d'ampoules.

Chez quel gourou de secte, quelle tribu de babas fossilisée dans ces collines étais-je tombé ? « C'est à cause du groupe électrogène, il produit trop d'électricité, il nous grillerait le frigo si on ne mettait pas les ampoules ! » Un générateur récupéré dans je ne sais quel surplus militaire, qui apportait le minimum de confort à cette installation sauvage. Marlène avait sympathisé avec Léone, une voisine âgée qui lui avait cédé une parcelle de syrah. Ainsi est née la cuvée Syrah Léone…

Marlène est devenue une vedette du vignoble. Ses vins rouges, poivrés, épicés, au nez de ciste et de romarin, se vendent cher en Grande-Bretagne et aux Etats-Unis, où elle a fait la couverture du prestigieux *Wine Spectator*. La plupart des aspirants aux grands crus avaient dans la tête Bordeaux et dans une moindre mesure la Bourgogne, car on est tout de même un peu loin de l'image du pinot frêle en tanin et du climat septentrional de la côte de Nuits. Mais ces deux régions ont en commun l'usage pour élever les vins des fûts de chêne récents ou neufs, c'est-à-dire changés chaque année. Beaucoup de ces nouveaux Languedociens, qui n'imaginaient pas qu'un grand vin puisse se passer de fûts, se ruaient à l'assaut des marchands de barriques neuves. Marlène, l'ancienne timide vendeuse de résidences en béton, qui n'avait derrière elle aucune tradition familiale viticole, aucune expérience sur laquelle s'appuyer, s'est montrée plus prudente et finaude. Son expérience de la barrique, elle l'a faite discrètement, une seule fois, et pour ne plus jamais recommencer. Je m'en souviens d'autant mieux que j'avais dans cette affaire joué le rôle d'intermédiaire bénévole. Marlène ne souhaitait pas se lancer dans cette aventure et aussi cet investissement – à l'époque, fin des années 1980, ses revenus devaient être à peine inférieurs au RMI – sans un minimum d'apprentissage. J'avais appelé Bernard Pujol qui dirigeait Château Pape Clément, un des fleurons des graves, voisin de Haut-Brion. Bernard avait des barriques très récentes, qui n'avaient abrité qu'une année de récolte. Passionné par ce fourmillement languedocien (lui-même était un enfant du Midi, exilé en terres bordelaises), il avait accepté de recevoir Marlène et de lui donner quelques conseils.

Sans trahir de secret, je crois même qu'elle était repartie avec son vieux fourgon J7 Peugeot rempli de barriques (vides) dont une bonne partie lui avait été offerte par le château.

Finalement, elle avait trouvé que ce type d'élevage ne convenait guère à ses vins. Les tanins grillés n'avaient nul besoin de s'arrondir, d'achever leur maturité sous l'effet de cette « oxydation ménagée » provoquée par la légère porosité du bois. A Bordeaux, avec le cabernet-sauvignon qui peinait à mûrir en Médoc (d'avant réchauffement climatique), le bois se justifiait. A Saint-Pargoire du Languedoc, le soleil s'occupait personnellement de la bonne maturité des tanins. Marlène pensait également que les saveurs apportées par le chêne, vanille, café, caramel, troublaient le message aromatique de ses vins plus qu'elles ne le complétaient !

Les acteurs, l'enjeu, le décor, la qualité des rouges qui n'avait rien à voir avec les bibines de naguère : tout était en place pour attirer les amoureux du vin que sont en règle générale les hommes dont le métier est de l'acheter et de le vendre.

Puis c'était tout de même un peu plus amusant à visiter, un peu plus croustillant à raconter que les discussions sur les pourcentages de hausse possible du nouveau millésime à Bordeaux. Cela changeait les acheteurs anglais ou belges des ambiances chauffage central, bureau verni et costume croisé bleu marine qui figuraient alors les armes du négoce aquitain, souverain du quai des Chartrons. Ce fut donc la ruée. A qui trouverait la cuvée impossible du vigneron le plus dingue tout au bout du chemin impraticable.

A cette époque, je ne faisais pas que déguster ces vins-là, les exceptionnels, ceux qui commençaient à décrocher outre-Atlantique des notes mirobolantes, dépassant parfois les premiers crus classés du Médoc.

Métier oblige, je goûtais tout, à l'aveugle et sans retoucher mes notes une fois les caches tombés, comme je l'ai vu faire quelquefois par quelques dégustateurs qui font autorité.

Je goûtais tout : les célébrités nouvelles comme les vieux de la vieille de la cave coop républicaine et anticléricale. Si on était venu avec des lunettes roses, celles qui agrémentent le présent d'un reflet résolument favorable, ce genre d'exercice rendait davantage lucide.

Peu de vins avaient un niveau acceptable. Surtout, la dégustation de l'ensemble de la production languedocienne donnait le sentiment que chacun allait de son côté. Pour forcer un peu le trait, il semblait que certains visaient le grand cru, tandis que d'autres continuaient à produire du vin de table sans saveur avec des rendements à l'hectare pléthoriques. C'était somme toute normal, dans un pays qui se cherchait et sortait à peine et difficilement d'une période de production de masse. On ne passe pas du prêt-à-porter à la haute couture en une saison.

Parmi les partisans de la qualité, il y avait aussi débat. Certains misaient sur les anciens cépages languedociens, carignan, grenache, cinsaut, etc., qu'ils pensaient capables de donner de très bons vins à condition que l'on réduise drastiquement leur production, en taillant court par exemple. D'autres pensaient que le salut viendrait de cépages importés, comme le merlot et le cabernet bordelais, ou même le pinot noir bourguignon. Daniel Domergue, vigneron, ancien libraire qui voulait bouter « la carignasse » (le carignan) hors du Languedoc, en cultivait presque en cachette dans le Minervois, non loin de chez Maris. Je dois être un des rares à conserver quelques bouteilles du pinot de Domergue.

Daniel a depuis refait sa vie et revu ses jugements. Il a mis au point une cuvée de carignan délicieuse…

Tous en revanche s'accordaient sur l'absolu bénéfice que pouvait conférer aux vins un cépage de la vallée du Rhône : la syrah.

Celle-ci faisait depuis une décennie le bonheur retrouvé des producteurs d'abricots entre Vienne et Valence…

Côte-Rôtie, Hermitage, Cornas, Saint-Joseph : ces noms font saliver aujourd'hui. Ce n'était pas le cas à la fin des années 1960. Ces appellations avaient sinon disparu du moins rétréci fortement. Les crises à répétition et le phylloxera, les secousses mondiales, guerre de 1914, krach de 1929, second conflit mondial, avaient détruit le marché. Les familles avaient abandonné les coteaux pénibles et coûteux à travailler pour les terres de bord du Rhône, le maraîchage et l'arboriculture. Edmond Duclaux, vigneron en Côte-Rôtie, se souvient du grand-père qui « faisait surtout de la pêche et même des pommes de terre dans les coteaux ».

Jean-Michel Gérin, représentant la cinquième génération de vignerons sur l'exploitation, témoigne des « débuts » du renouveau de la Côte-Rôtie et du débroussaillage des parcelles les « plus faciles à travailler, les terroirs les moins prestigieux sur les plateaux. On n'avait pas les moyens de s'attaquer aux coteaux. Puis on trouvé la trace des anciens chemins dans les friches. Albert Dervieux, alors président du syndicat, et une dizaine de vignerons ont construit des marches et restauré les sentiers pour grimper dans les coteaux. »

Même la célèbre Mouline de Marcel Guigal était à l'abandon avant qu'Etienne, son père, la rachète. Ce cru, dont les bouteilles se négocient au prix des pétrus et des plus grands millésimes de porto dans les ventes aux enchères, n'avait plus connu de vignes depuis 1889, date de leur destruction par le phylloxera.

Pourquoi l'ombre si longtemps et subitement un tel succès ?

Sans rabaisser le mérite des vignerons qui ont cru en leur terroir ou celui de Marcel Guigal, entrepreneur et communicateur de talent, c'est sans doute d'abord du côté du cépage qu'il faut regarder. Incontestablement, les années 80 ont été celles de la syrah. La vallée du Rhône a connu un regain de popularité chez les amateurs éclairés grâce au vin issu de ce raisin. Un très vieux cépage, sans doute autochtone et dont d'un coup les saveurs s'accordent avec l'air du temps. La gloire de la syrah coïncide avec le début de la perte de faveur du gamay du Beaujolais. L'époque a voulu ça. Un glissement s'est opéré du fruité léger vers des robes plus sombres et des saveurs plus épicées, étouffées, sanguines. Le roman à l'eau de rose qui affronte la collection « Rivages/Noir ». Faut-il y lire symboliquement la fin des Trente Glorieuses et le début d'une période moins légère, plus sombre, d'un avenir moins facile à envisager ?

A tel point que la syrah est devenue une sorte de référence universelle. Partie des faubourgs de Valence et des coteaux de Tain-l'Hermitage, elle a gagné les Côtes du Rhône méridionales. Plantée en forte quantité dans le Sud, elle a pris même une place parfois trop importante chez certains producteurs de Châteauneuf-du-Pape, patrie du grenache.

A l'étranger ce fut aussi un feu d'artifice. En Australie, en Californie, au Cap, en Nouvelle-Zélande, on a planté de la syrah à tout va.

Mieux même, certains nouveaux vignerons de l'hémisphère Sud étaient persuadés que, s'ils pouvaient greffer des sarments provenant des parcelles cultivées par les grands producteurs de L'Hermitage, de Cornas ou de Côte-Rôtie, leurs vins seraient encore meilleurs. Un peu comme s'ils transplantaient chez eux un peu de la sève, de la substantifique moelle des grands terroirs rhodaniens. La plupart du temps, la demande était amicale et l'opération se faisait au grand jour. Parfois, c'était plus clandestin. Les vignerons de L'Hermitage, quand ils avaient terminé de tailler, voyaient à la nuit tombée des ombres furtives fouiller dans les tas de sarments en bout des rangs. Récupérer des « bois » en bon état pour les emporter dans leurs bagages au-delà des mers et les greffer sur les ceps là-bas, en Australie, n'était cependant pas sans risque.

Certaines fois, la désillusion a dû être totale. Les maraudeurs d'entre chien et loup avaient oublié qu'en Hermitage on produit certes du rouge, mais aussi du blanc de très ancienne réputation. Nombre de ces récupérateurs greffeurs ont dû faire une drôle de tête en voyant mûrir des raisins blancs de roussane ou marsanne en place des noires syrahs…

Le Languedoc, proche voisin, ne pouvait pas rester insensible au succès des Côtes du Rhône nordistes et de leur cépage magique. La syrah existait déjà en Languedoc, mais de façon minoritaire, en cépage de complément. On l'a alors plantée à tour de bras. Parfois dans des endroits qui ne lui convenaient pas du tout et où elle a peu prospéré.

Si l'on peut transférer la plante, il est difficile de lui restituer des climats analogues, des sols identiques à ceux d'origine. Sans parler du savoir-faire en vinification et en élevage.

La syrah a un fort caractère, totalement à l'opposé de celui du grenache, l'autre grand cépage sudiste.

Celui-ci est un grand timide qui craint l'air, la lumière et perd tous ses arômes si on ne l'isole pas suffisamment du monde extérieur.

Avec la syrah, c'est tout le contraire. Elle ne supporte pas de rester confinée à la maison. Pour parler comme les œnologues : le grenache s'oxyde et la syrah réduit. L'un craint l'oxygène et l'autre le demande. La syrah s'en nourrit et sent mauvais si elle en manque. C'est cela la réduction, ou du moins ce qui en résulte au niveau des narines. La réduction se traduit par une montée d'arômes surprenants quand on sait qu'il s'agit de vin. La syrah réduite sent le pneumatique. Encore que cela dépende du niveau de sa réduction.

Parfois, c'est le pneu neuf, tel qu'on le sent dans un garage spécialisé. D'autres fois, c'est le pneu brûlé comme après un freinage brutal. Le Ferodo aussi, cette matière qui sert à fabriquer les plaquettes de frein.

Pour me faire comprendre, je vais faire appel à vos souvenirs de vacances. Avez-vous déjà descendu en voiture bien chargée le mont Ventoux ou toute autre montagne à pente raide et virages en lacet en plein été ?

A l'arrivée, vos freins, que vous avez souvent sollicités, dégagent une odeur forte de combustion chimique presque pétrole, goudron chaud, carton en feu… Un curieux mélange que l'on qualifie dans les livres d'œnologie d'odeur empyreumatique.

Ce n'est pas un joli mot, et quand on le prononce à haute voix, cela donne l'impression de bouger la mâchoire inférieure comme un bœuf du Charolais. L'empyreumatique recouvre tout ce qui confine au brûlé : la suie, la cheminée froide, le cigare éteint, la cendre, le charbon de bois. Le mot lui-même ne me dit rien, ne me plaît pas. C'est pour cela que je préfère, à propos de la syrah réduite, parler de plaquettes de frein, de Ferodo ou de macadam. L'odeur du coup de frein, je l'ai beaucoup fréquentée pendant mes pérégrinations languedociennes.

Trop même.

J'en arrivais à éviter les montagnes lors de mes déplacements en voiture. J'imaginais le pauvre consommateur en bout de chaîne, contraint de boire un machin qui sentait le pneu ou les plaquettes de frein surchauffées. Oui, bien sûr, d'une certaine façon ça lui rappelait les vacances, la descente du Ventoux avec vue sur les dentelles de Montmirail ou, plus prosaïquement, les longues files d'attente en plein soleil sur l'autoroute du retour !

En aucun cas, cela n'évoque la gourmandise.

Un grand vin du Sud peut dans ses arômes posséder une touche de grillé, de goudron chaud style été 2003, quand cela fait partie d'un faisceau, d'un bouquet où se distinguent aussi la violette, les fruits noirs ou les épices. C'est le petit tour de moulin à poivre qui vient corser odeurs et saveurs d'un plat. Mais seuls et dominants sans partage, la plaquette de frein ou le pneumatique, n'en déplaise à Bibendum éditeur du guide gastronomique de référence, n'ont jamais été des stimulateurs gustatifs.

D'un vignoble redécouvrant en partie son identité, il fallait s'attendre à de la diversité.

Diversité des saveurs et des approches du vin. Minervois, saint-chinian, coteaux-du-languedoc, corbières, fitou, faugères, sans parler des côtes-du-roussillon un peu plus à l'ouest, vastes espaces, diversité d'approche et de volonté. Les uns privilégiant le gouleyant, s'imaginant en concurrents du beaujolais à la conquête d'un public neuf, jeune, féminin, en quête de plaisirs immédiats... Le truc dont tout le monde rêve, la fameuse ménagère devenue active de moins de cinquante ans.

Les autres, ou d'autres du moins, imaginaient créer, dans le décor gustatif planté par les spécialistes venus d'outre-Atlantique, des rouges les plus concentrés possible, riches en tanins et en alcool, fortement boisés.

Chacun cherchait sa voie. Chacun ou plus précisément une minorité. Car ce qui continuait à couler très majoritairement en Languedoc, c'était du vin sans intérêt. Au mieux, genre coup de frein, au pire sans goût, sans caractère, du degré et du volume. C'est d'ailleurs ce vin-là qui a plombé les autres. Comment en effet justifier un prix soutenu quand, portant le même label d'appellation contrôlée, corbières ou minervois ou coteaux-du-languedoc, on trouve dans les gondoles de supermarché des vins à trois sous ? Puis il y avait (et ils demeurent) les voyous, ceux qui n'hésitaient pas à trafiquer, à faire de l'AOC avec des vins de table, à vendre en douce, à bricoler les écritures. Récemment encore, il y a eu procès. Une société de négoce bien véreuse et curieusement contrôlée par une union de coop s'est fait prendre la main dans le sac.

Devant les juges, les responsables sont contraints de s'expliquer. Du bout des lèvres. La présidente du tribunal questionne celui qui faisait office de comptable, le délégué aux bricolages des registres :

— Mais enfin comment faisiez-vous ? Vous rentrez dans vos chais du vin de table et il en sort du bordeaux ou du corbières AOC ?

— Je faisais mon maximum, madame la Présidente !

On peut en rire, mais ces gens-là ont plombé le Languedoc, comme en 1907 les fraudeurs que dénonçaient Marcellin Albert et ses amis.

Marlène ou Olivier Jullien, Sylvain Fadat aussi, créateur de grands vins à partir du cépage carignan, ont rapidement trouvé une clientèle durable. Olivier a choisi d'exprimer la diversité des terroirs, des sols et des cépages au travers de vins fins, peu chargés en alcool, d'une grande délicatesse. Ce ne fut pas facile, écrasé qu'il était très souvent dans les dégustations par les vins mastards, engluant les papilles de boisé et d'alcool : des vins qui décrochaient les médailles mais que personne ne pouvait boire à table.

Par bonheur, il fut soutenu par des cavistes et des sommeliers, quelques journalistes aussi, qui comprenaient que le vin est un produit de consommation et de plaisir et non un objet de collection.

Marlène, en boudant le bois neuf, a restitué du soleil, des plantes sauvages, une partie de la garrigue de ses collines dans les bouteilles. Marlène, Sylvain, Olivier et quelques dizaines d'autres heureusement s'en sortent bien.

Mais beaucoup de ces vignerons qui avaient cru dans un Languedoc nouveau et conquérant, qui avaient tout misé sur la qualité, pensant que le marché suivrait, ont dû abandonner leurs illusions et parfois leurs domaines. Les prix de certaines cuvées qui s'étaient envolés sont vite retombés, et dans les rayons de supermarché continuent à se vendre pour trois sous des vins moyens qui parasitent leur démarche.

Jacques Maris avait deviné très vite que rien n'était gagné. Ses virées à Paris en camionnette n'étaient pas destinées à se prouver qu'il était capable de conduire. Sa vision du vin, accessible, gastronomique, parfumé aux senteurs du terroir et peu cher, était la bonne. Avant tout le monde, il avait inventé les soirées Tupperware, chez les amis à faire goûter et vendre ses vins.

Le Bag in Box qui fait merveille en ville aujourd'hui, il fut le premier dans le Languedoc à s'en servir massivement.

Ses cours de marketing, Maris les avait suivis dans la montagne, derrière son père en posant des mines. Ce n'est peut-être pas une formation idéale, mais si les futurs producteurs chinois suivent ses conseils à la lettre, il n'y a pas que dans le textile, l'électronique et l'automobile qu'ils seront de dangereux rivaux.

« Est-ce ainsi que les hommes vivent ? »

Commencement

> « La richesse d'une rencontre se joue à la qualité du silence qu'on est en mesure d'établir. »
>
> François BIZOT,
> *Le Saut du Varan*

Quand j'ai connu Crisol, je m'étais juré de ne jamais pactiser avec les hommes qui portaient un loden vert. C'était à cette époque-là le signe de reconnaissance de tous ceux qui allaient bouffer le monde. Une période que l'on pourrait situer au début du déclin de l'attaché-case et de la cravate jaune sur chemise bleue. Dans l'air flottaient déjà les prémices du golf et du havane.

Je m'étais juré aussi de ne jamais plus faire de radio. Ce dernier serment m'était d'autant plus aisé que l'idée ne venait à personne dans les radios officielles – celles d'avant 1981 et la fin du monopole de radiodiffusion, de me proposer du boulot. Mais ce n'était pas à celles-là que je pensais. Je ne voulais plus connaître les nuits douloureuses, les déchirements, les éclatements des fins de partie telles que je venais d'en vivre après l'arrêt de Lorraine Cœur d'Acier. J'étais parti au tout début de l'année 1979 à Longwy pour animer cette radio pirate interdite. Je n'avais pris qu'un bagage léger. Les autorités françaises ne badinaient pas avec le sacro-saint monopole. Personne, en dehors des radios d'Etat, n'avait le droit d'émettre depuis le sol français (RTL et Europe 1 avaient leurs émetteurs hors de France). Quiconque s'amusait à braver l'interdit était vite identifié et embastillé. Une radio installée en plein cœur de Longwy, dans le hall de la mairie, initiée dans le but de défendre la sidérurgie en Lorraine, n'avait donc que quelques heures ou au mieux quelques jours à vivre. C'est du moins ce que je pensais. En fait, je suis resté dix-sept mois à Longwy… Dure, longue, merveilleuse et pour finir lamentable histoire.

J'ai rencontré Crisol peu après dans un bar à côté de l'Opéra, un lieu bien parisien comme je les détestais où tout le monde semble se connaître, se reconnaître, s'admirer. Sauf moi qui ne connaissais personne. Il me proposait de partir dans une nouvelle galère de radio, une station pirate en Italie, dans la campagne autour de San Remo, installée dans un ancien hôtel et qui émettrait en direction de la France. Elle n'avait pour l'instant pas de studio, pas d'antenne, pas d'émetteur. Le type chargé de la conception technique était un citoyen monégasque un peu escroc, beaucoup mégalo, de ceux que maman a terrorisés en leur interdisant de courir autour de la table du salon.

Bref, l'aventure me tentait tout autant qu'un suicide par lente strangulation. Ce à quoi elle ressemblait d'ailleurs et qui fut son destin. En plus Crisol portait un loden vert. Plus tard, il s'en est défendu. Il m'a dit ne jamais avoir eu de loden vert. Mais il ne faisait guère dans la bonne foi ni dans le souvenir des affaires vestimentaires. Si ça se trouve, comme le parapluie de Brassens, le loden vert, il l'avait volé le matin même à un ami.

Mais je n'avais rien d'autre à me mettre sous le stylo. Nulle part on ne me proposait du travail. La seule piste était celle-ci, Crisol et ses copains, fournie par Katleen Evin alors journaliste au *Nouvel Observateur* et qui avait suivi la fin de l'aventure Lorraine Cœur d'Acier. Professionnelle et amicale. Alors, la mort dans l'âme, je suis parti. Je suis allé rejoindre ce groupe de gens que je n'aimais pas et qui sont devenus des amis, Crisol plus que les autres. Radio K, c'est Jean-Michel Helvig, devenu ensuite un des piliers de *Libé*, qui avait trouvé le nom en référence à une nouvelle de Dino Buzzati.

Radio K a commencé et fini comme LCA (Lorraine Cœur d'Acier). Pour résumer à la manière de nos livres d'histoire du second degré d'antan, on pourrait écrire : « Créées à l'initiative ou avec le soutien d'organisations de gauche, ces radios, par leur ton impertinent et leur refus de s'inscrire dans un cadre militant, sont rapidement devenues plus gênantes qu'utiles à l'égard de ceux qui les avaient initiées. Toutes deux ont subi, en y résistant, le brouillage de leurs émissions, effectué par les services de TDF (Télédiffusion de France) à la demande du gouvernement et du chef de l'Etat. En revanche, c'est de leur propre camp que sont venus les coups fatals. »

Crisol, bac à seize ans, brillantissime et indiscipliné élève de l'école de journalisme de Lille, le seul sans doute à avoir passé la nuit (ou ce qu'il en restait) dans les bras du Manneken-Pis (après quelques repérages dans les bars de la ville), jeune ancien de RTL qu'il avait quittée sur un coup de tête, avait suivi de loin l'aventure LCA.

Lui rêvait d'une radio nouvelle, totalement indépendante au niveau des idées, sans actionnaires encombrants, sans patron incapable de résister au coup de fil du ministre. Quand on s'est rencontrés, il m'a dit tout cela, mais je n'y ai pas cru. Sans doute à cause du loden vert. Seulement je n'avais pas le choix. Plus tard, quelqu'un a demandé à Crisol pourquoi on était devenus copains. A cette même question, Montaigne a mis huit ans pour répondre complètement. Montaigne a d'abord écrit : « Si l'on me pressait de dire pourquoi je l'aimais, je sens que cela ne peut s'exprimer qu'en répondant : parce que c'était lui. » Puis il s'est accordé un temps de réflexion de sept années et il a rajouté dans la marge : … parce que c'était moi. »

Crisol adorait le vin blanc doux que buvait Montaigne. Celui des coteaux de Montravel et de Nastringues. Montaigne habitait sur place. Il avait sa bibliothèque au pied du coteau à Saint-Michel devenu de Montaigne. Au début des années 80, la famille Banizette, des vignerons découverts un peu par hasard et devenus vite des amis, nous faisait boire de très vieux millésimes de ce haut-montravel, ceux du grand-père. Alors on devenait cousin avec Montaigne, on partageait avec lui l'omelette aux cèpes et le foie gras.

Pour la réponse sur notre amitié, Crisol ne disposait pas du délai dont Montaigne a bénéficié pour expliquer sa complicité avec La Boétie.

C'était une interview et Crisol était toujours pressé. Il a répondu : « Parce que très vite, on s'est rendu compte qu'on aimait les mêmes choses : la radio, les nanas et le vin ! »

Il aurait pu ajouter : « Et parce qu'on en a bavé ensemble ! » Je ne sais plus quand il a dit cela, sans doute en 1992. Crisol est mort le 25 septembre

1994, sans que je m'en sois vraiment rendu compte, ni de la densité de notre amitié.

De l'époque des radios pirates devenant « libres », c'est-à-dire autorisées après la victoire de François Mitterrand en 1981, de cette époque précise, de ces quelques mois où leur futur statut faisait l'objet d'après-discussions de coulisses, j'ai gardé en moi quelque mépris pour certains oiseaux hélas pas rares de l'époque. Pour ce paon de Georges Fillioud, ancien journaliste devenu petit ministre ou secrétaire d'Etat en charge des futures radios libres, faisant reconduire Jean-Michel Helvig par deux gendarmes à la fête socialiste de Romans. Helvig était venu lui demander un entretien à propos du sort de Radio K.

Pour André Rousselet, grand défenseur de la liberté d'expression et « créateur de Canal Plus », plus tard viré (bien fait !) et tellement indigné. En 1981, il était conseiller pour l'audiovisuel auprès de François Mitterrand. Il avait dicté l'épitaphe de Radio K : « Je ne veux pas d'un deuxième *Libé* en radio. »

Aujourd'hui, souvent on me demande : « Dans le vin, vous devez subir des pressions... La publicité, les bouteilles qu'on ne manque pas de vous envoyer... comment faites-vous pour résister ? » Sous-entendu : « Y parvenez-vous ? » Alors, je pense au rire de Crisol dans les tempêtes. Le quotidien de l'époque, les pressions, les robinets financiers qui se ferment, les menaces, les interdits. Et surtout les après, les retours à la vie « civile », les atterrissages en plein champ... A mon retour de Lorraine, plutôt anéanti. A notre retour en France, sans argent, sans vrai métier à exercer. A cet hôtel désaffecté de Nantes où l'on campait, à celui minable de Cherbourg où j'attendais que les Anglais bourrés décident de rentrer at home pour pouvoir dormir.

Oui, on a aimé la radio, mais elle nous a assez mal rendu cet amour. Avec « les nanas et le vin » ce fut mieux partagé.

Nos premières sorties en Italie, quand nous finissions d'installer Radio K, furent pour aller découvrir des auberges de campagne, où l'on vendait le vin de la vigne. Là, pour le coup, la cuvée du patron voulait dire quelque chose. A l'époque, la truffe d'Alba était servie presque à volonté dans les petites trattorias de villages, et les vieux barolos, ces fantastiques vins rouges du Piémont, coûtaient sur table le prix d'une bouteille de beaujolais en France. Nous nous sommes peu privés de les goûter et même d'en abuser. Plus tard, revenus en France, Crisol et moi, au cours des installations successives de radios désormais autorisées mais émasculées, nous avons visité les vignobles. A Nantes, où nous avions atterri après le sabordage de Radio K, nous avions monté pour le journal *Presse-Océan* une radio qui rayonnait sur la Loire-Atlantique et donc sur le vignoble du muscadet. Ce fut une de nos premières vraies explorations dans l'univers de ces vins blancs où à l'époque on trouvait un peu de très bon et beaucoup de mauvais. Il m'en est resté une tendresse particulière pour ces vignerons qui vendent leur bouteille une misère et qui cependant usent des mêmes méthodes que certaines propriétés huppées de Bordeaux ou de Beaune pour les produire. Il y a de grands vins en muscadet. Il y a de grands vins partout. Du moins partout où se trouvent de grands vignerons. C'est en résumé ce que nous avons découvert avec Crisol. Notre immersion dans le vin s'est produite presque par hasard. Une rencontre chez Hachette avec un copain journaliste qui avait été recruté par un chasseur de têtes pour diriger la revue *GaultMillau*. Il m'a demandé un coup de main. Lui ne buvait pas de vin et détestait passer du temps au resto. Je ne sais si ce chasseur de têtes-là a perduré dans la profession, mais mon copain n'a fait qu'un passage éclair à *GaultMillau*. Christian Millau m'a proposé de faire un guide. Crisol à la rescousse. Nous nous sommes dit que cela ferait une bien agréable parenthèse dans nos vies. On écrivait un peu sur les vins, ceux du Sud-Ouest dans *L'Almanach de vos vacances*, une revue créée par Claude Fouchier, un ami et lui aussi ancien de RTL. Mais nos connaissances ne dépassaient pas le stade des conseils donnés aux copains ou quelques adresses à Bergerac, dans la Loire et en Bourgogne. Pendant plus d'une année, se balader aux frais d'un journal pour aller déguster les plus grands crus… Que du bonheur !

La parenthèse ne s'est jamais refermée, sauf pour Crisol. Et encore, ce n'est pas vraiment certain. Dans tout ce que j'ai fait depuis, il y a eu toujours un fond de Crisol. Comme un dépôt dans la bouteille. Un dépôt qui garantit la sincérité.

TABLE

Achevé d'imprimer sur les presses de

BUSSIÈRE

GROUPE CPI

à Saint-Amand-Montrond (Cher)
pour le compte des Éditions Grasset
en août 2008

N° d'édition : 15427. — N° d'impression : 082403/4.
Dépôt légal : août 2008.

Imprimé en France